전우치

전우치 1

초판 1쇄 발행 2009년 12월 8일
초판 3쇄 발행 2010년 2월 5일

지은이 권오단
발행인 권윤삼
발행처 도서출판 산수야

등록번호 제1-1515호
주소 서울시 마포구 망원동 472-19호
우편번호 121-826
전화 02-332-9655
팩스 02-335-0674

ISBN 978-89-8097-191-6 04810
ISBN 978-89-8097-190-9 (전3권)

값은 뒤표지에 있습니다. 잘못된 책은 바꾸어 드립니다.

이 도서의 국립중앙도서관 출판시도서목록(CIP)은 e-CIP 홈페이지
(http://www.nl.go.kr/cip.php)에서 이용하실 수 있습니다.
(CIP제어번호: CIP2009003436)

권오단
역사소설

산수야

서문

전우치는 중종 연간에 살았던 이인異人이다. 전우치의 행적에 대한 것은 유몽인柳夢寅의 「어우야담於于野談」, 차천로車天輅의 「오산설림五山說林」, 이수광李睟光의 「지봉유설芝峰類說」, 이덕무李德懋의 「청장관전서靑莊館全書」, 「한죽당필기寒竹堂筆記」, 패관 문학서인 「대동야승大東野乘」에 전하는데, 조선 중종 때의 사람으로 시를 잘 지었으며, 의술에 능하였고 도술을 부렸다고 한다.

『홍길동전』과 더불어 『전우치전』이 고전소설로 이미 크게 알려져 있지만 전우치가 홍길동과 마찬가지로 실제로 살았던 인물이라고 아는 사람은 얼마되지 않는다.

고전소설인 『전우치전』이 있음에도 따로 소설을 쓰기로 마음먹은 것은 전우치가 실존 인물이라는 사실과 우리나라에서 전해 오는 독특한 선도의 도맥을 실제 역사 속에서 관통시켜 재정립해 보고 싶었기 때문이다.

천문·지리·의학·복서·문학·무예 등 조선 사회에서 전해져 내려오는 다양한 이야깃거리를 넣기 위해 많은 자료가 참조되었고 이미 우리에게 잊혀진 잃어버린 것들을 되살리기 위해 오랜 기간이 걸렸다.

딱딱하게만 느껴지는 한시는 소설의 재미를 살리기 위해 재미있는 대구對句나 파자시破字詩를 사용하였는데, 소설에 등장하는 한시는 「해동시화海東詩話」와 「동인시화東人詩話」, 「요로원야화기要路院夜話記」 등에 나오는 재미있는 문장을 인용하였음을 밝혀둔다.

소설에 등장하는 실존 인물들은 그들이 지은 시를 사용하는 것을 원칙으로 하였지만 부득이한 것은 작가가 짓거나 인용하였다.

소설 『전우치』는 고전소설과는 다른 맛이 나도록 쓰기 위해 노력하였다. 역사소설이지만 그 안에 깃들인 또 다른 색다른 맛을 이 소설에서 발견하게 되길 소망해 본다.

2009년 11월 권오단

읽기 전에

진시황 때 방사 노생盧生이 해외에 나갔다 돌아와서 「녹도서」籙圖書를 시황에게 바쳤다. 「녹도서」에 말하기를 진나라를 망하게 하는 것은 호胡라 하니 이로써 시황은 북방에 장성을 높이 쌓아 오랑캐를 방비하였다.

시황은 안심이 되지 않아 맏아들 부소扶蘇를 북방에 보내어 몽염蒙恬을 감독케 하였는데, 시황이 죽고난 후 환관 조고와 승상 이사의 모략으로 부소가 자살하여 호해胡亥를 태자로 삼았다. 후일 진나라는 호해로 인해서 망했으니 「녹도서」의 예언이 적중한 것이다.

노생은 한종과 함께 시황의 명을 받아 불사약을 구하러 갔다온 사람이니 그가 바다로 나갔다함은 즉 해동에 왔다는 말이고, 「녹도서」란 것은 비기를 말하는 것인데 이는 「신지비사神誌秘詞」와 같은 것이다.

「신지비사」란 단군檀君 때 사람이 지은 진조구변도국震朝九變圖局을 말하는 것으로, 해동은 일찍이 도참圖讖과 점성술占星術이 발달하였다.

노생이 우리 해동에 들어왔을 때 이 술법을 배워가지고 진나라의 운수가 호에게 망할 줄을 미리 알았으나, 그 본뜻이 호해를 가리킨 말이라 화가 집안에 있는 줄은 모르고 오랑캐를 막는다고 만리장성을 쌓아 헛수고만 하였던 것이다.

한나라 사람 장량張良은 노생·한종과 같은 때 사람이다. 한나라를 위해 원수를 갚고자 해동에서 창해역사를 청해서 박랑사중博浪沙中에서 시황을 시해하려다가 실패하여 천하를 놀라게 하였다.

장량은 처음에 황석공黃石公의 가르침을 받다가 유방을 도와 한漢을 세운 후에 적송자赤松子를 따라갔다. 적송자는 신농 대代의 우사雨師로서 본래 그 법의 연원은 해동에 있었다.

우리 동방에서 환인천제桓因天帝가 동방 최초의 선조仙祖로서 환웅桓雄이 풍백風伯·우사·운사雲師 등을 이끌고 이 땅에 내려와 그 법을 단군에게 전하여 내려오길 수천 년이나 되었다. 후에 단군이 아사달의 산신이 되어 그 도를 문박文朴에게 전하고 다시 영랑永郎에게 전하였다. 영랑은 마한의 보덕신녀寶德神女에게 도를 전수하였으니, 세상에 전하기를 영랑·술랑述郎·남랑南郎·안상安詳을 신라의 사선四仙이라 하였다.

이밖에도 신라 초에 과공瓠公이란 사람이 있었는데 동해상에서 회오리바람을 타고 신라에 와서 명재상이 되었다.

가락국 거등왕 때 탐시선인旵始仙人은 과공의 도를 이어받았으며, 다시 물계자勿稽子에게 전해졌다. 대세와 구칠, 원효와 도선은 물계자의 도를 이어받았는데, 대세와 구칠은 바다 건너 중원에 뜻을 두어 배를 타고 사라져 버렸으며 원효와 도선은 중이 되어 세상에 그 흔적을 남기었다.

당나라 문종文宗 개성 년간에 신라 사람 최승우崔承祐, 김가기金可紀, 중 자혜慈惠, 세 사람이 당나라에 유학하여 가기는 먼저 진사에 급제하고 승우도 역시 급제하여 서로 종남산에서 지내더니 신원지申元之를 광법사廣法寺에서 만났다.

자혜가 마침 이 절에 우거하는 까닭에 신원지와 매우 친하게 지내었는데 최승우와 김가기가 자혜와 친한 사이임을 알고 매양 같이 놀았다. 이때 마침 정양진인正陽眞人 종리鐘離가 찾아오니 신원지가 이 세 사람을 종리에게 소개하고 도를 전해주길 부탁하였다.

정양진인 종리권은 순양자 여동빈呂洞賓의 스승으로 일찍이 해동에서 건너온 선인에게 그 법을 배웠다. 이에 신라에서 온 세 사람에게 기꺼이 선법을 가르치고 구결을 전수하였다. 이때 종리가 준 서적이 「청화비문靑華秘文」·「영보이법靈寶異法」·「팔두악결八頭岳訣」·「금고내관金誥內觀」·「옥문보록玉文寶錄」·「천둔연마법天遁鍊磨法」·「백양참동계伯陽參同契」·「황정경黃庭經」·「용호경龍虎經」·「청정심인경淸淨心印經」 등이었다.

최승우는 이덕유李德裕의 추천으로 서경에서 수년간 겸염철판서兼鹽鐵判書를 지내더니 찬황죄贊皇罪로 예주에 귀양 살다가 죄가 풀리매 그 후 신라로 돌아와 태위 벼슬을 하다가 93세에 죽었고, 김가기는 종남산終南山 자오곡子午谷에 터를 닦고 집을 마련하여 은거하다가 당나라 대중 12년858 2월 모든 사람이 보는 앞에서 등선하니 선종이 놀라고 두렵게 생각하며 그를 위해 사당을 지었다.

자혜는 김가기를 좇아 돌아오지 않다가 환국하여 오대산으로 들어와 은거하다가 145세에 태백산에서 입적하였다.

최승우는 진사 이청에게 도를 전수하였고, 이청은 명법明法에게 도를 전하였다. 명법은 이청과 자혜에게 요법을 배워 그 도를 권청權淸에 전하였다. 권청은 최치원에게 도의 일부를 전수하였고, 다시 원계현에게 모든 법을 전수하였으며, 원계현은 김시습에게 도를 전하였다.

김시습은 이를 나누어 천둔검법연마결을 홍유손에게 전수하고, 또 옥함기내단법을 정희량에게 전수하고, 참동용호비지를 윤군평에게 전수하였다.

청한자 김시습은 당대 이인으로 바람과 물처럼 세상을 떠돌아다니다가 홍산 무량사에서 입적하였으니, 일찌기 금성 보리나루에 사는 백우자百愚子라는 이의 도에 미칠 바가 아니 된다고 하였다.

백우자는 이름이 혜손惠孫으로 위인이 현묵하고 종일 가도 말이 없고 바보 같았으나 물리나 사물에 달통하여 앞일과 지난 일을 모두 알았다. 그런데 족속도 번성치 못하고 가세도 빈곤하여 생계를 겨우 유지하더니 공산의 새 죽음처럼 아무것도 남김없이 세상을 떠났다.

이밖에도 세종조에 김학서金鶴棲는 맹인으로 명경수明鏡數를 잘 알아 수명과 화복을 잘 맞추었으니 그 술수가 장득운張得雲에게 전해지고 김숙중金叔重에게 전해져 세상에 이름이 높았다.

이들의 도맥이 어디에서 시작되었으며 누구에게 전수되었는지, 알려지지 않고 기록되지 아니한 이인들 또한 한둘이었겠는가.

환웅이 이 땅에 자리 잡은 이래로 수천 년간 유구한 도맥은 이 땅에서 저 땅으로 이어지고, 바다를 건너서 혹은 큰 산맥을 넘어 다시 전해짐이 끊어지지 않고 있었으니, 산하에 이름 없는 수많은 이인들은 바람과 안개 속에 숨은 용과 호랑이처럼 다만 그 자취와 모습을 감추고 있었던 것이다.

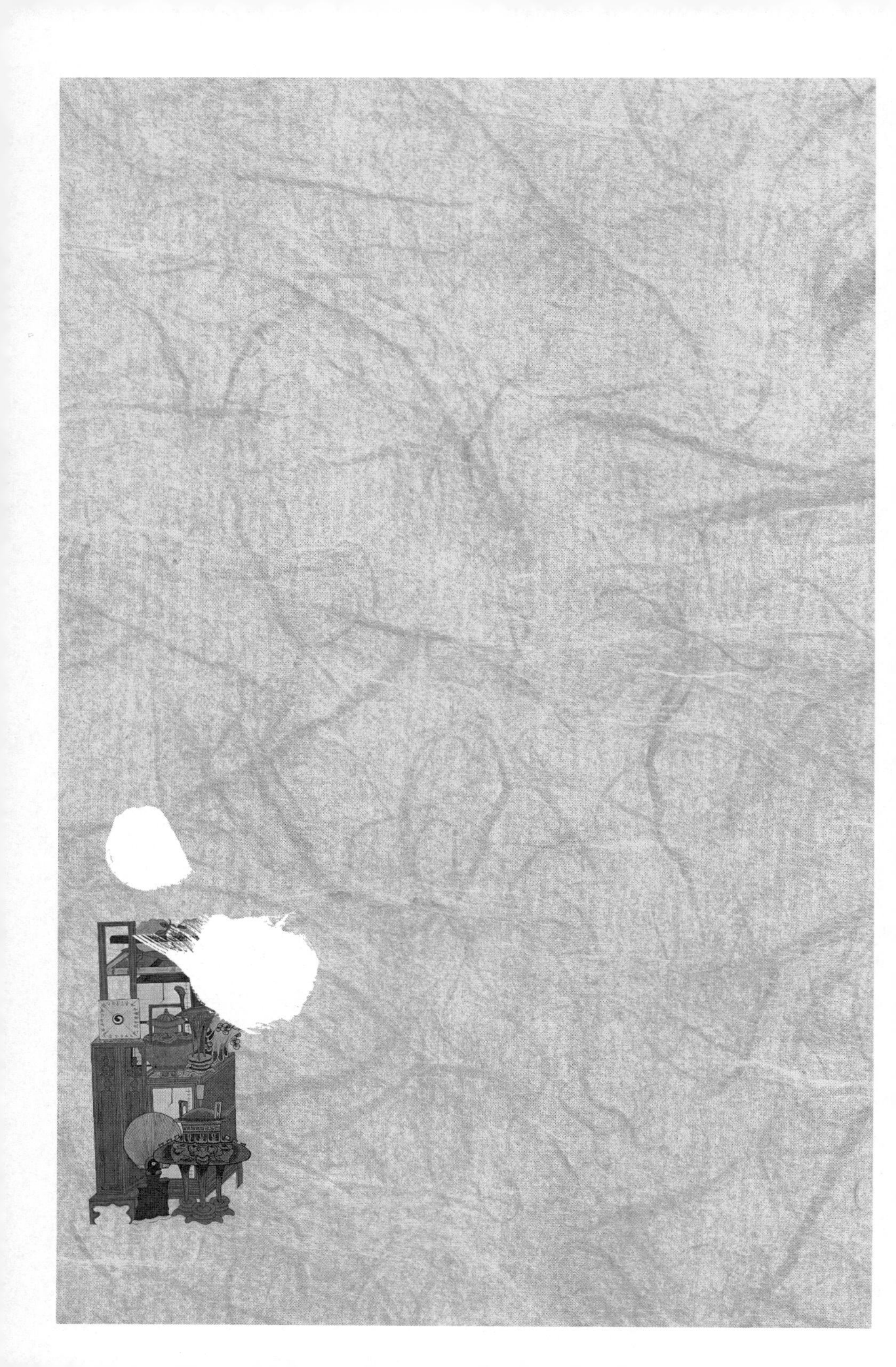

처사處士 전유선

1

백두산에서 남쪽으로 뻗어 내린 맥이 함흥부의 서북쪽에 이르러 뚝 떨어졌다가 불쑥 솟아나 검산령劒山嶺이 되고, 또 남쪽으로 구불거리며 흘러내려와 노인치老人峙가 되었다. 여기서 두 갈래로 나뉘어 하나는 남쪽으로 뻗어 삼방치三方峙를 지나 기세가 약해졌다가 다시금 불뚝 솟아나 철령이 되었고, 또 하나는 서쪽으로 뻗어 곡산을 지나 학령이 되었다.

학령이 또한 세 갈래로 나뉘어져 그 중에 하나의 큰 줄기가 토산·금천을 따라오다가 임진강과 예성강을 만나 뻗지 못하고 뭉쳐져서 송악산松岳山이 되었다.

송악산은 곧 고려의 옛 도읍지인 개성의 진산이니, 개성은 500년 고려사직의 도읍으로 왕조의 영화를 함께하다가 그 흥망을 좇아 마침내 작은 고을이 되고 말았다.

개성에서 북서쪽으로 오십 리 길을 가다보면 아름드리 소나무가 우거져 푸른 풍취를 자랑하고 그 아래로 예성강의 작은 지류가 멀찍하게 돌아드는 곳에 작은 마을이 나타난다. 청하동青河洞이라 불리는 마을은 십여 년 전에 전유선이라는 선비가 개성에 있는 가산을 정리하여 노복들을 이끌고 정착하여 지금은 십여 가구가 모여 사는, 말 그대로 마을이라고 부르기에도 어색할 정도로 단출한 초가집들이 조그만 텃밭을 사이에 두고 옹기종기 모여 있는 마을이었다. 마을은 마을 앞을 멀찍이 돌아가는 하천의 황량한 들판과 산골짜기에 불을 놓아 논과 화전을 일구었고, 논밭이 끝나는 곳에 포도송이처럼 올망졸망한 초가집들이 웅크리듯 모여 있었다. 그 뒤로 그리 크지 않은 기와집 하나가 날아갈 듯한 처마를 자랑하며 서있었다.

"실권아, 실권아……."

뒷머리를 탐스럽게 땋은 계집종이 소리 높여 사람의 이름을 부르더니만 대답이 없자 부리나케 기와집을 뛰쳐나와서는 소나무가 우거진 뒷산으로 올라갔다. 계집종은 산중턱에 아름드리 소나무가 우거진 공터에 있는 더벅머리총각 앞에서 걸음을 멈추었다.

"실권아. 여기서 뭐하는 거야?"

계집종은 이마에 흐르는 땀을 닦더니 눈을 흘기며 매몰차게 쏘아붙였다. 산 위에 굵은 소나무들을 이리 치고 저리 치며 지게 작대기를 휘두르던 실권이라는 더벅머리총각은 하던 짓을 멈추고 계집종을 돌아보았다.

총각의 옷은 흐트러지고 온몸에 흐르는 땀이 저고리며 바지를 흥건하게 적셔 갓 물놀이를 끝낸 사람처럼 보였는데 흐트러진 저고리 사이로 터질 듯 단단한 구릿빛 근육이 번들거렸다.

더벅머리총각은 계집종을 보는 듯 마는 듯 길게 숨을 내쉬더니 이마에 흐르는 땀을 닦았다.

"내가 여기 있을 줄 알았어. 남들은 이른 아침부터 논일하느라 정신이 없는데 너는 허구한 날 이게 뭐야?"

계집종의 앙칼진 말에 실권이는 바지저고리를 단단하게 매면서 느릿하게 말했다.

"뭔 일인데 앙탈을 부리고 난리여. 논일은 아침 해 뜨기도 전에 다 해버렸구먼. 염천 더위에 더위먹을 일 있어? 일 다하구 엊그저께 주인어른이 가르쳐준 거 연습하고 있었구먼."

"그, 그렇게 매일 무술인가 뭔가 하는 데 빠져 있으면 돈이 나와 집이 나와? 나 같으면, 나 같으면……."

계집종은 무안한 듯 말끝을 흐렸다.

"나 같으면 뭐여? 내가 그 낙에 사는디."

갑자기 실권이가 게슴츠레한 눈으로 계집종의 앞에 다가서더니 두 눈을 부라려 뚫어질 듯 바라보며 중얼거렸다.

"가만. 그러고 보니 비탈이 너 내가 보고 싶어 왔구나? 그렇지?"

비탈이라는 계집종의 얼굴이 시뻘겋게 달아올랐다.

"뭐, 뭐라구? 이놈이 미쳤구먼."

한마디를 쏘아붙이고는 매섭게 따귀를 날렸다.

"느리구먼, 느려. 그 실력으론 안 될 거여."

실권이는 벌써 계집종의 손목을 움켜잡고 빙그레 웃고 있었다. 계집종은 손목을 움켜잡히자 이내 수줍은 듯 고개를 내리깔며 기어들 것 같은 목소리로 조심스레 말했다.

"아파. 아프단 말이야. 이 손 좀 놓고 얘기하자니까. 누가 보면 어떻게 해."

"누가 보면 어때? 근데 뭐 때문에 온겨?"

"주인어른이 찾으셔."

"그래? 알았구먼."

실권이는 계집종의 손목을 놓고 땅바닥에 팽개친 지게 작대기를 주워서 산더미만큼 마른 나뭇가지를 쌓아놓은 지게로 성큼성큼 걸어갔다.

"바보. 멍충이."

계집종은 실권이에게 잡혔던 손을 어루만지며 원망스런 눈초리로 쏘아보더니 산 아래 마을로 내달았다. 앞서 뛰어가는 계집종의 뒷모습을 웃으며 바라보던 실권이는 지게를 지고 벌떡 일어나 성큼성큼 마을로 내려가기 시작했다.

무거운 나뭇짐을 지고도 달음질하듯 산을 내려간 실권이는 행랑마당에 지게를 세워놓고 안중문을 들어가 대청 마당으로 뛰어갔다.

대청마루 위에 마흔 정도 되어 보이는 옥골선풍의 선비 하나가 난간에 기대어 앉아 있었다.

"실권이 왔느냐?"

"네. 나리."

실권이가 고개를 숙인 채 삐죽삐죽 튀어나온 더벅머리를 긁적거리는 것을 보고 선비가 빙그레 웃으며 입을 열었다.

"아침밥 먹고 개성엘 좀 다녀오너라."

"개성엘 말입니까요?"

"시전 약방에 가서 약재 좀 사오너라."

"알겠구먼유. 제가 아침 먹고 후딱 다녀오겠구만유. 그, 그런데……."

실권이가 두 손을 마주잡고 머뭇거리자 선비가 고개를 갸웃거리며 물었다.

"왜 그러느냐? 나에게 무슨 할 말이라도 있느냐?"

실권이는 잠시 주저하다 두 눈을 부릅뜨고는 선비에게 말했다.

"저, 나리. 추, 축지縮地라는 것에 대해 물어보고 싶구먼유."

"축지?"

"예. 축지 말입니다요. 옛날이야기에 나오는 거 말입니다요. 땅을 주름 잡고 달리는 거 말입니다요."

"허허허. 땅을 주름 잡고 달리다니?"

실권이는 답답하다는 듯이 제 손으로 가슴을 몇 번 치고는 선비에게 말했다.

"아, 몇 년 전에 개경에 다녀올 때 제가 한 시각이나 먼저 청하동으로 출발했는데, 도착해보니 나리께서는 벌써 집에 도착하셔서 의관을 풀고 글을 읽고 계셨구먼유. 그날 이후로 언제고 나리께 한번 여쭤보리라 생각하고 있었구먼유. 그렇다면 나리께서 축지를 하시는 것이 아니고 뭐여유? 이놈에게 축지도 가르쳐주셔유."

"그놈 참 욕심도 많구나."

실권이는 히죽히죽 웃으며 더벅머리를 긁어댔다.

선비는 탐스럽게 자란 턱수염을 쓸어내리다가 말문을 열었다.

"바람처럼 빨리 달릴 수는 있지만 땅을 주름 잡아 하루에 천 리를 달린다는 축지법은 나도 모르겠구나."

실권이는 눈이 번쩍 뜨이고 입이 헤 벌어진다. 바람처럼 빨리 달릴 수 있다는 말에 실권이의 가슴은 쿵쾅거리며 요동을 쳤다.

"내가 그 이치를 설명해준들 네가 알아들을 수 있을지 모르겠구나."

"아이구, 주인어른. 말을 꺼내셨으면 마저 끝내실 것이지 소인 놈 답답해서 죽어유."

실권이는 애가 닳아 평소의 모습답지 않게 안달이다.

"알았다. 알았어. 네 하는 모습을 보니 금방이라도 숨이 넘어갈 것 같구나."

"나리, 이놈 숨이 넘어가도 좋으니 제발 조금만이라도 가르쳐만 주셔유."

선비는 빙그레 웃으며 대청마루로 내려섰다. 그러고는 나뭇가지 하나를 꺾더니 마당에다 직선과 곡선을 그려놓고 그 선의 좌우에다 발바닥과 크기가 비슷한 작은 선을 여기저기 그려 넣기 시작했다. 선을 그으면서 전유선은 말을 시작했다.

"세상에 축지법縮地法이라는 술법術法이 있다 하는데, 그것은 땅을 주름 잡아 빠르게 걷는 것이라고들 한다. 그러나 사람이 어찌 딱딱한 땅을 주름 잡을 수 있겠느냐? 쉽게 말하면 축지라는 것은 빠르게 달리는 것에 불과하다. 결국 축지라는 것은 비행술飛行術이라는 것이다. 이 비행술에는 크게 대축大縮, 중축中縮, 소축小縮의 세 종류로 나눌 수 있다. 대축이란 마치 잠자리가 풀을 차고 날아오르듯, 제비가 물위를 스치며 날아다니는 것처럼 빠르게 몸을 이동시키는 방법인데 흔히 축지를 한다함은 이것을 가리키는 것이다. 옛날 고구려高句麗의 정령위鄭靈衛란 분이 축지의 명수였는데 그의 비행술을 일러 허공을 날 듯 달린다하여 능공허도凌空虛道라 하였단다. 그것을 대축이라 하는데 그러한 축지는 공력이 정심하지 않으면 불가능한 것이니 너에게는 맞지 않다."

실권이의 얼굴이 일시 일그러졌다.

"그럼, 나리께서는 대축을 할 수 있으세요?"

전유선은 말없이 빙그레 웃다가 다시 선을 그으며 말했다.

"하지만 중축 정도는 너 정도면 한 달 이내에는 숙달할 수 있을 게다. 이미 소축에는 능하니 말이다."

실권이는 자신이 이미 소축에 능하다는 말이 믿어지지 않아 입이 헤 벌어졌다.

"정말입니까요?"

"그럼. 그러나 모든 일에는 기본이 있는 것이지. 비행술을 배우기 위해서는 먼저 기본에 충실해야 한다. 모래땅에 집을 지으면 쉽게 허물어지는 이치처럼 달리기를 잘하려면 우선 기본적인 보법부터 배워야 할 것이다."

"그렇구먼요. 천만 번 지당한 말씀이구먼유."

"알면 되었다. 예부터 이 땅에는 많은 종류의 비행술이 있었으나 그 장단점이 있어, 어떤 것은 무조건 빠르기만 하고, 어떤 것은 변화에 능하며, 또 어떤 것은 평지에서 빠르나 산중에선 느리고, 산중에선 빠르나 평지나 들판에 약한 등의 폐단이 있다. 그래서 우리 가문에서는 대대로 각각의 장점을 연구하여 하나의 비행술을 만들었는데 그 기본이 되는 것이 바로 이것이다."

그는 허리를 펴고 흡족하게 웃으며 다 그려진 선들을 가리켰다. 선은 직선과 곡선이 어울려 원 모양 같기도 하고 혹은 사다리꼴 모양 같기도 하였다.

"이것이 무엇입니까?"

"내가 말했지 않느냐? 걸음 걷는 법을 배우기 위한 기본이라고 말이다."

"저는 도무지 알 수가 없어서……."

실권이는 머리를 긁적이며 아무리 보아도 알 수 없는 도형을 바라다보았다.

그림을 완성한 전유선이 선을 그린 공간으로 들어가서는 말했다.

"이 안에 있는 오묘한 이치를 너는 알 수 없을 테니 직접 보여주마. 네가 한번 나를 잡아 보거라. 나는 이 선 안에서만 움직일 터이니 너는 날 잡기만 하면 되느니라."

실권이는 어이가 없다는 듯 전유선에게 말했다.

"작은 마당에서 코 묻은 아이들이 술래잡기하는 것도 아니고 말도 안 되는구먼요. 설마 제가 이 안에 계신 어르신을 못 잡겠어유?"

"허허. 이놈아. 설마가 사람 잡는다는 말도 못 들어보았느냐? 잔말하지 말고 나를 한번 잡아 보거라."

"알았습니다요. 그럼 갑니다요."

전유선의 재촉하는 말을 듣고서야 실권이는 팔뚝을 걷어붙이고 두 손에 침을 퉤, 하고 뱉어 손바닥을 비빈 후에 비호처럼 두 팔을 벌려 맹렬히 달려들었다.

그와 동시에 전유선은 선을 따라 좌우로 이동하기 시작하였다. 어찌된 일인지 실권이는 그의 옷자락 하나도 잡지 못한 채 헛손질을 하며 우왕좌왕 헤매기 시작하였다. 전유선은 마치 미꾸라지가 된 것처럼 실권이의 손아귀를 벗어나는데 그 발걸음이 시종일관 변함없었고 숨 쉬는 것도 평소 때와 같이 고르고 평탄했다.

반면 실권이는 땀을 뻘뻘 흘리고 헉헉대며 전유선의 옷자락 하나라도 잡아보려 기를 썼으나 매양 허탕만 치며 마당을 정신없이 누비기만 하였다.

"이제 그만 하자꾸나."

전유선이 실권이의 등 뒤에 서서 웃고 있었다.

"아이구, 암만 해도 주인어른은 사람이 아닌 모양이네유. 산중에 있는 멧돼지나 노루도 제 손아귀를 벗어나지 못하는데, 요런 조그마한 그림 안에 계시는 분 옷가지 하나도 잡지 못하는 걸 보니 그 보법步法이라는 게 참말로 요상한 것이구만유."

"하하하! 그럼 내가 귀신이란 말이냐?"

"그것은 아니구요."

전유선이 껄껄 웃으며 말을 이었다.

"이것은 만변행신萬變行身의 보법이라는 것이다. 이것은 원래 바둑판에서의 변화의 원리를 보고 생각해 낸 것인데, 너는 바둑에 대해 잘 모르니 장기를 예로 들어보마. 마馬의 기본 행로는 날 일日 자 하나밖에 없으나 장기판 안에서 네 방향으로 변화가 일어나지 않느냐. 거기다가 상象이나 포包, 차車가 가세한다면 그 변화가 얼마나 무상하겠느냐. 내가 이 도형을 그린 뜻은 너에게 기본적인 행마行馬 방법을 가르치기 위함이다. 내가 그런 다섯 가지 도형은 서로 다르지만 그것이 한곳에 합쳐져서 많은 변화가 있었고 그런 까닭에 나를 잡지 못한 것이니 이제 조금 이해가 되느냐?"

실권이는 장기판에서 장기 알들의 변화를 생각하다가 무릎을 치며 말했다.

"요런 애들 장난 같은 그림에 그런 깊은 뜻이 있는 줄은 소인도 정말 몰랐구먼유."

전유선이 빙그레 웃으며 말했다.

"이제라도 알았다면 때때로 연습하거라. 너는 공력이 부족하니 이것을 연습할 때 언제나 지게를 짊어지고 그 위에 돌절구를 얹은 후에 하도록 하여라. 절대로 돌절구를 빼먹거나 떨어뜨리지 말고 말이다. 그렇게 한다면 진보가 빠를 것이다. 알겠느냐?"

"예. 알겠구먼유."

실권이는 황송하여 고개를 꾸벅 숙였다.

2

아침밥을 먹고 집을 나서던 실권이는 동구 밖 소나무 아래에서 낯익은 처자를 발견할 수 있었다. 비탈이였다.

"비탈아. 네가 여긴 웬일이여? 설마, 나 보구 싶어 왔냐?"

실권이가 능글능글하게 수작을 거니 비탈이가 눈을 흘기며 소리쳤다.

"되지도 않는 말 말어. 누가 너 같은 등충이를 좋아한데?"

"속마음은 그렇지 않다는 것 다 아니까 너무 윽박지르지 마라. 네가 가는 눈을 치켜뜨고 나를 노려볼 때가 제일 예뻐보이니까 말이여."

"이, 이게, 점점."

비탈이는 화를 냈지만 싫지 않은 얼굴이었다. 실권이가 정색이 되어 말했다.

"무슨 일인데 여기서 날 기다린 거여?"

"응. 어서 다녀오라구. 주인나리께 약방문 받았지?"

"어, 그런데 갑자기 무슨 일이야? 아침 댓바람부터 개성 약방가에 다녀오라하시구 말이여."

"바보. 넌 그것도 모르니?"

"내가 어찌 알겠어?"

비탈이가 눈을 흘기더니 실권이 옆으로 살그머니 다가와 주위를 조심스레 살피며 귀엣말을 하였다.

"마님께서 회임을 하셨대."

"뭐라고? 회임이 뭔데?"

"이런 바보. 마님께서 아기를 가지셨단 말이야."

"뭐라고? 그게 정말이여?"

비탈이는 화들짝 놀라 실권이의 입을 막으며 주위를 둘러보다가 조용히 말했다.

"쉿, 조용히 하란 말이여. 남들 들으면 어쩌려고 그래."

실권이는 침을 꿀꺽 삼키더니 비탈이처럼 주위를 둘러보곤 다그치듯 물었다.

"그게 정말이여?"

"정말이라니까. 내가 왜 거짓말을 하겠어? 주인어른께서 그 때문에 널 개성에 보내시는 거라구. 아씨마님 보약 해주시려구 말이야."

"어쩐지."

실권이는 고개를 몇 번 끄덕였다. 전 처사는 나이가 서른 중반이 될 때까지 태평하게 책만 읽고 지내었다. 마을 사람들은 그가 후사를 이미 포기하여 학문만을 벗 삼는다고 여기어 늘 부인 박씨를 측은하게 생각해왔었다. 그런 상황이니 박씨의 마음고생 또한 오죽하였으랴.

부인 박씨는 전 처사의 나이 스무 살 무렵에 열아홉의 나이로 전라도 담양에서 개성 전 처사집으로 시집을 왔는데 원래 허약하여 잔병이 많았던 데다 아기가 들어서지 않아서 오랫동안 근심걱정으로 세월을 보내온 것이었다. 후사를 못 이어 늘 죄책감에 시달리던 박씨 부인을 보아온 지가 십여 년이 넘은 실권이로서는 그 이야기가 정말로 기쁜 소식이 아닐 수 없었다.

"행여 다른 사람한테는 이야기하지 마. 알았지?"

"어째서 이야기하지 말라는 거여? 좋은 일이잖여."

비탈이는 자기 입술에 손가락을 갖다대며 말했다.

"이 바보야. 좋은 일일수록 숨겨야 하는 것 몰라? 그러니 입단속 잘하라구. 알았어?"

"알았구먼."

"그리고 또 한 가지 소식이 있는데 말이야."

"또 좋은 소식이 있어?"

"응."

비탈이는 수줍은 듯 얼굴을 붉히더니 손톱을 잘근잘근 씹으며 조심스레 얘기를 꺼냈다.

"마님께서 올 가을에 너랑 짝지어주신댔어."

"뭐여?"

실권이는 덥석 비탈이의 두 손을 움켜잡고 기뻐 펄쩍펄쩍 뛰었다.

"경사가 겹쳤구먼. 비탈아, 이렇게 기쁜 날 우리 입맞춤 한번 할까?"

비탈이는 두 눈을 흘기며,

"하여튼 남정네들은 늑대라니까."

하고 앙칼지게 실권이의 두 손을 뿌리치더니 부리나케 마을을 향해 달아나버렸다. 실권이는 멀어져가는 비탈이의 뒷모습을 흐뭇하게 바라보다가 중얼거렸다.

"히히. 나도 이제 장가를 가게 되었구먼. 이제 나도 어른이 되는 거구먼."

그동안 노총각 소릴 심심찮게 들어오던 실권이는 장가간다는 생각에 기분이 좋아져서 개성으로 향하는 발걸음이 나는 듯 가벼웠다.

청하동은 개성에서 오십 리밖에 떨어지지 않았지만 첩첩이 산으로 둘러싸여 오고가는 것이 쉽지만은 않았다.

실권이는 이미 소축에 능하다는 전유선의 말처럼 워낙 걸음이 빠른 까닭에 심부름뿐 아니라 생필품 사는 일을 도맡아하였는데 농사일로 바빠서 개성 구경을 못 하다가 오랜만에 기쁜 소식을 안고 길을 나선 터라 발걸음이 시위를 벗어난 화살과 같았다.

산과 들에는 여름의 물이 올라 짙은 녹색의 옷을 갈아입었고, 이름 모를 들꽃들은 향긋한 냄새를 풍기며 나비들을 불렀다. 이 산골짜기 저 비탈에서 산새들의 울음소리가 매미 울음소리와 어울려 실권이의 기분을 돋우었다.

실권이는 정오가 되기도 전에 개성의 남대문 앞에 도착했다. 남대문 앞 개성시장은 고려 태조가 개성에 왕도를 정하고 시가지를 조성할 때 세운 시전이라 그 규모가 방대하였다. 개성의 남대문을 중심으로 동서를 가르는 큰 거리 양편에 상가들이 밀집하여 성시를 이루었는데, 조선이 개국한 후 그 자취가 쇠퇴하여 전조에 미치지는 못하였지만 예성과 임진의 편리한 수로를 이용한 송상들이 터를 잡고 세를 키워 백목전·지전·어과전·남초전·미전·유기전·약전 등의 다양한 물품이 거래되었다.

성시로 어지러운 남대문 앞의 큰길은 행인들로 북적거렸다. 커다란 대문 아래에는 기찰포교가 길 가는 사람을 붙잡아놓고 실랑이를 벌이고 있었고 그 옆에 판을 벌여놓은 점쟁이가 한 노파와 심각하게 얘기를 나누고 있었다. 그리고 지나는 길손들에게 짚신을 파는 사내며, 떡 파는 수다쟁이 아낙이 길 가는 행인들을 상대로 수작을 걸고 있었다.

실권이는 남대문 앞 긴 성시대로의 서쪽 끝에 위치한 약전으로 가서 전유선이 주문한 약방문을 주인에게 내밀었다.

늙은 약방 주인이 쪽지를 물끄러미 바라보며 중얼거렸다.

"인삼, 황기, 당귀, 속단, 황금, 천궁, 백작약, 숙지황, 백출, 감초……."

한동안 중얼거리며 처방전을 읽던 약방 주인이 실권이에게 말했다.

"이 처방은 태산반석산泰山磐石散이군. 누가 임신을 했는가?"

실권이는 마님이 회임을 했다는 비탈이의 말을 떠올리곤 약방 주인에게 말했다.

"용하시네유."

"산모가 기가 허한 모양이군."

약방 주인이 약함에서 약을 꺼내 조제하며 중얼거렸다.

"예? 기가 허하다구유?"

"산모의 기가 허할 때 태산반석산 처방을 하지. 이런 처방을 하는 산모는 특별히 거동을 조심해야 돼. 유산을 할 수도 있거든."

실권이는 침을 꿀꺽 삼켰다.

"약을 먹으면 괜찮겠지유?"

"안 먹는 것 보다는 낫지. 장복하면 기가 보해져서 유산의 가능성이 낮아지니까 말이야."

약방 주인이 잠시 후, 몇 첩의 약을 조제하여 실권이에게 건네주었다. 실권이가 약 값으로 면포 한 필을 셈한 후에 약방문을 나서니 벌써 해가 중천에 올라 뜨거운 햇살이 이글거리고 있었다. 길모퉁이에 주기酒旗가 걸린 주막이 보였다.

'점심이나 먹고 갈까?'

시장하던 참이라 장국 한 그릇과 막걸리 생각이 간절하였다.

'아니여. 내가 이럴 게 아니라 어서 집으로 돌아가야지. 나보다 마님과 아기씨가 더 소중허니까 말이여.'

실권이는 점심 먹는 것을 단념하고 한달음에 집으로 돌아가리라 마음먹었다. 그때였다.

패랭이를 쓰고 등짐을 진 사내 하나가 주막 안에서 뛰어나왔다. 그리고 그 뒤를 따라 건장한 사내들이 주막을 나와 쫓아오고 있었다. 무거운 등짐을 든 사내와 홀가분하게 쫓아오는 사내들의 거리는 순식간에 가까워졌다.

등짐 진 사내가 실권이 앞에 걸음을 멈추자 쫓아오던 사내들이 그 뒤로 멈춰 섰다. 사내들의 숫자가 족히 십여 명은 되어보였다.

급하게 숨을 몰아쉬던 사내는 패랭이와 등짐을 내려놓고 약첩을 들고 있는 실권이에게 말했다.

"이보시오. 내 짐 좀 부탁하오."

사내는 다짜고짜 등짐을 실권이에게 맡겨놓고는 두 손에 침을 퉤 뱉어 문지르며 몸을 돌렸다.

"이놈들. 어디 한번 겨뤄보자!"

실권이가 사내들의 얼굴이 눈에 익어 자세히 보니 개성 송방松房의 주먹꾼들이었다.

"나는 너희와 원한이 없는데 무슨 이유로 나를 잡으려는 게냐?"

주먹패들 중에 의관을 제대로 차려입은 젊은 사내가 히죽히죽 웃으며 말했다.

"네놈이 주막에서 우리 아이에게 주먹다짐을 하지 않았느냐?"

사내는 총오자*가 짧은 흑립을 쓰고 있었으며 푸른 물을 들인 짧은 광목 도포를 입었으니 중인中人이 틀림없어 보였다.

"개소리하고 있네. 시비는 올바로 따져봐야 할 게 아니냐. 주막에서 먼저 시비를 건 놈이 누구냐? 나이도 어린 녀석이 패거리를 믿고 다짜고짜 주먹다짐을 하는 것이 옳은 일인가?"

젊은 사내의 눈썹이 치켜올라갔다.

"뚫린 입이라고 말은 잘하네. 내 구역에 와서 내 허락도 없이 내 아이들에게 주먹을 쓰는 것은 우선 내가 용서할 수 없어. 얘들아, 쳐라!"

명이 떨어지기 무섭게 패거리들이 일제히 달려들었다.

중인 사내는 재빨리 담장을 의지하여 섰다. 건달 하나가 번개처럼

* 총오자 : 갓의 머리부분을 이르는 말

달려들었다. 사내는 좌장을 활개질하여 피하며 우장으로 달려드는 사내의 턱을 쳐올리고, 잇달아 발등을 안에서 밖으로 비틀어 오른편에서 달려드는 다른 사내의 뺨을 후려쳤다. 턱을 맞은 사내는 기함한 듯 쓰러져 움직이지 않았고, 발바닥으로 뺨을 맞은 사내는 그 자리에서 무너지듯 쓰러지더니 몸을 굴려 뺨을 어루만지며 물러섰다.

'어, 대단한데.'

한 번에 두 명을 물리친 싸움 실력이 수박에 능한 사내 같았다. 더구나 다수와의 싸움에서 후방을 의식한 듯 담장을 등 진 것 하며 당황하지 않고 침착하게 상대를 쓰러뜨리는 것으로 보아 싸움으로 단련된 사람이 틀림없어 보였다.

불구경과 싸움구경은 가장 재미있는 구경거리라 무예를 좋아하는 실권이의 시선은 못 박힌 듯 보부상 사내에게 고정되었다.

3

"이놈들. 너희 놈들이 한양의 반촌 오형제를 아느냐? 내가 그 중에 둘째인 방물이라는 어르신이다."

사내가 둘러선 사람들을 의식한 듯 큰소리치자 무리 가운데 있던 젊은 사내가 코웃음을 치며 말했다.

"오호라. 알고보니 한양 주먹이로군. 솜씨가 보통이 아니다하였어. 반촌 오형제 이야기는 나도 귀동냥으로 들었지. 그렇지 않아도 한양 주먹의 실력이 어떤지 보고 싶던 참인데 잘됐군!"

"잘됐어? 좋아. 너희 잡것들이 쪽수를 믿는 모양인데 정 원한다면 한양 주먹맛을 보여주지."

방물이라는 사내가 기세 좋게 소리쳤다. 그 말하는 모습이나 기죽지 않는 담대함이 남자다워서 실권이는 멍하게 사내를 바라보다가 젊은 사내에게 시선을 돌렸다.

젊은 사내가 코웃음을 치더니 패거리들에게 소리쳤다.

"제법 사내다운 척하는구나. 네 놈이 사내다운 척해봐도 매 앞에 장사 못 봤다. 얘들아, 저놈을 쳐라!"

그러자 패거리들이 우루루 방물이라는 사내에게 달려들었다. 덩치 좋은 사내 둘이 방물이를 잡으려고 우악스럽게 두 팔을 벌리며 달려들었다. 벽을 등진 방물이가 발바닥으로 한 사내의 복부를 밀치며 그 반동으로 훌쩍 뛰어 달려드는 다른 사내의 가슴팍을 내질렀다.

"어이쿠."

벼락 같은 발기술에 두 사람이 쓰러졌지만 이 때문에 방물은 패거리들에게 둘러싸이게 되었다. 등 뒤에 허점이 생기게 되자 한 번 치면 한 번 맞고, 한 번 맞으면 한 번 때리는 형국이 되어서 형세가 심히 불리하게 전개되었다. 이때 사람들 사이가 갈라지면서 절구공이를 든 사내 하나가 달려 나왔다.

"이 자식, 뒈져봐라."

사내가 우악스러운 절구공이를 방물의 이마를 향하여 힘차게 휘둘렀다.

방물이가 그 자리에서 몸을 굴려 사내의 가랑이 사이로 빠져나왔다. 헛손질을 한 사내가 몸을 돌리기도 전에 방물이가 훌쩍 뛰어 절구공이를 든 사내의 등짝을 찼다.

"어이쿠."

절구공이를 든 사내가 곤두박질하듯 뛰어가다가 같은 편과 맞부딪혀 쓰러졌다.

가쁜 숨을 돌릴 사이도 없이 송방 패거리들이 방물의 주위를 물샐틈없이 둘러쌌다. 그동안 패거리를 불렀는지 숫자가 더 늘어난 것 같왔다.

"허, 이거 가도 가도 첩첩산중일세!"

방물은 손등으로 이마를 닦으며 좌우를 둘러보았다. 젊은 사내가 신경질을 내었다.

"저놈 하나를 못 잡고 뭣들 하는 게야? 삼시 세 때 먹은 밥이 아깝다. 엉덩이가 불이 나도록 물볼기를 맞아봐야 정신을 차릴 테냐? 어서 저놈을 잡아!"

눈치를 살피던 사내들이 사방에서 달려들었다. 방물은 먼저 달려드는 사내의 주먹을 활갯짓으로 막으며 종종 뒷걸음으로 물러나 손바닥으로 사내의 이마를 밀어 쓰러뜨리고는, 또 다른 사내의 발길질을 역시 활갯짓으로 막으면서 장심으로 상대방의 뺨을 후려쳐 쓰러뜨렸다. 가히 뛰어난 실력이었다. 하지만 등 뒤에서 달려온 한 사내의 발길질에 등을 맞고는 앞으로 휘청거렸다.

이때 패거리의 우두머리 옆에 있던 키 작은 사내의 몸이 새가 된 것처럼 훌쩍 날아올랐다. 그는 둘러선 사내들의 머리를 타넘어 휘청거리는 방물의 가슴을 강하게 차고 바닥으로 가볍게 내려앉았다. 방물은 중심을 잡지 못하고 구부러지듯 몇 걸음 휘청거리다가 다시금 몸을 일으켜 중심을 잡았다.

"이, 이놈들. 개성 송방은 염치도 없느냐? 언제부터 한 사람을 여러 사람이 상대했느냐? 주먹꾼들에게도 권도라는 것이 있는데 너희들은 부끄러운 줄도 모르느냐?"

젊은 사내가 소리쳤다.

"웃기는 소리 마라! 상인들에게 염치가 다 무어야? 개소리말고 병신될 각오나 하거라."

키 작은 사내가 번개처럼 달려들었다. 방물이 한 걸음 물러나며 방어하려 할 때에 달려들던 사내가 공중제비를 돌아 방물의 몸을 뛰어넘으며 등짝을 걷어찼다.

방물이 앞으로 꼬꾸라지자 사내가 다시금 땅제비를 돌아 방물에게 다가왔다. 방물이 벌떡 일어나 주먹을 휘두르는 순간 사내가 방물의 머리를 가볍게 타넘었다.

방물이 고개를 돌리는 순간 사내의 발바닥이 왼뺨에 적중하였다. 방물의 몸이 공중제비를 돌며 바닥으로 쓰러졌다. 일격이 제대로 들어간 모양인지 방물이라는 사내는 정신을 차리지 못하였다.

사내가 어슬렁거리며 다가가 방물의 가슴팍을 밟으며 말했다.

"이래도 비겁하다 할 거냐? 네놈이 사람을 몰라보았으니 속죄로 팔 하나는 내줘야겠다."

무리 가운데서 절구공이를 든 사내가 기세당당하게 다가왔다.

개칠이라는 사내가 방물의 손목을 밟았다.

"이놈의 주먹을 뭉개줘라!"

"예."

사내가 절구공이를 힘껏 쳐들었다. 번쩍 치켜든 손이 힘차게 내려가는 순간이었다.

"어이쿠."

절구공이를 든 사내가 저만치 날아가 무리 사이로 꼬꾸라졌다. 허공에 떠있던 절구공이가 바닥에 힘없이 나뒹굴었다. 때아닌 사내의 등장에 놀란 개칠이 재빨리 몸을 돌쳐 제비를 돌면서 무리들 가운데로 피하였다.

"이놈들아 그만두지 못혀. 한 사람이 여러 사람을 떼로 괴롭히는 것도 모자라 사소한 일로 주먹을 뭉개서 병신을 만들려 하다니 너희가 그러고도 사람이냐?"

대롱대롱 매달린 약첩을 손에 든 실권이가 쓰러진 방물이의 옆에 우두커니 서서 우뚝우뚝 서있는 패거리들에게 호통을 쳤다. 난데없는 실권이의 등장에 방물을 둘러싼 사내들의 시선이 실권이에게 쏟아졌다. 젊은 사내는 실권의 아래위를 훑어보다가, 손에 든 약첩을 보곤 혀를 차며 말했다.

"집에서 병자가 기다리니 네놈은 가던 길이나 가거라. 쓸데없이 끼어들었다가 치도곤당하지 말고."

실권은 그 사내의 말에 더욱 노기가 치솟아 들고있던 약첩을 쓰러져있는 방물의 가슴팍 위에 올려놓았다.

"이것 좀 봐주시유."

그러고는 몸을 일으킨 후 좌우 소매를 차곡차곡 접어올렸다.

소매를 알뜰하게 접은 실권이가 중인과 패거리들을 노려보며 말했다.

"쓸데없이 끼어들고 싶은디 어쩔겨?"

젊은 사내가 뱀꼬리 같은 미소를 지으며 말했다.

"병신 되고 싶다면 할 수 없지. 애들아. 저놈도 정신을 차리게 해줘라!"

키 작은 사내가 앞으로 나섰다.

"그럴 것 없이 제가 손을 봐주지요."

사내는 방물의 가슴을 걷어찼던 이였다.

"자네가? 그럴 것 없이 졸개들을 시키게."

"저놈, 보통 놈이 아닙니다. 제가 상대하지요."

날카로운 눈빛이 매처럼 번뜩이며 실권이의 아래위를 훑어보았다.

"올 테면 어서 와보라구. 난 준비되었으니까."

눈매가 무서운 사내가 실권이를 씹어 먹을 듯이 노려보더니 갑자기 왼쪽 무릎을 굽혀들고 뛰어올라 오른발로 얼굴을 걷어찼다. 이것은 두발당성이라는 수법으로 택견의 기술이었다.

실권이는 사내가 몸이 작고 날렵하여 발기술이 능하리라 짐작했던 참이라 번개 같은 발길질이 날아오자 그 자리에서 돌개질을 하여 피하면서 이마로 사내의 얼굴을 박았다.

퍽!

허공에 떠 있던 사내가 그 자리에서 큰 대 자로 쓰러져 정신을 잃었다. 이것은 실로 짧은 순간에 이루어진 일이었다. 개칠이라는 사내는 송방 주먹패들 중에 다섯 손가락 안에 드는 싸움꾼이었다. 발재간이 좋고 몸이 빨라 원숭이라는 별명이 있었으며 개성 저잣거리에는 왈짜로 유명한 사내였다. 그런 사내가 일격에 쓰러져버리자 중인 사내의 얼굴이 경악으로 일그러졌다.

"저놈 보통 실력이 아니다. 얘들아. 저놈을 쳐라!"

말이 떨어지기 무섭게 방물을 둘러싸고 있던 사내들이 달려들었다.

"이놈들아, 내가 치러 간다!"

실권이는 기다렸다는 듯이 그 사이로 끼어들어 주먹과 발길을 휘둘렀다. 실권이의 한 주먹 한 발길질에 사내들은 볏단처럼 힘없이 바닥에 주저앉았다.

급소를 공격하는 실권이는 실력은 번개처럼 날렵하고 강인하며 정확하였다. 실권이가 순식간에 대여섯 사람을 쓰러뜨리자 사내들은 저마다 손에 몽둥이와 몽치를 들고 달려들었다. 실권이는 몽둥이를 든 사내 하나를 딴죽을 걸어 쓰러뜨리고 몽둥이를 빼앗아 패거리들을 상대하였다.

무기가 없이도 범 같은 실권이었는데 손에 무기가 들려지니 범보다도 무서웠다. 빠른 몸놀림으로 치고 빠지면서 상대방의 이마를 탁탁 치고나가니 순식간에 송방의 패거리들이 이마를 감싸쥐고 땅바닥에 쓰러져 괴성을 내뱉었다. 양 떼를 희롱하는 호랑이처럼 실권이는 송방 주먹패들 사이를 무인지경으로 휘젓고 있었다.

혼자서 이 광경을 지켜보던 젊은 사내는 놀라서 입을 쩍 벌린 채 어찌할 줄 몰랐다. 순식간에 스무 명 남짓한 패거리들이 한 사내에 의해 쓰러진 것이 믿기지가 않는 듯 손등으로 눈을 비비며 다시 보길 반복하다가 놀라서 뒷걸음질치기 시작했다.

"이놈, 어딜 가려고?"

어느 틈에 정신을 차린 방물이가 젊은 사내의 덜미를 붙잡았다.

젊은 사내는 맥이 풀린 듯이 그 자리에서 주저앉아 두 손을 모아 빌었다.

"내가 잘못하였소. 내가 잘못하였소."

기세등등하던 모습과는 달린 얼굴이 새하얗게 질려있었다. 부하들이 모두 쓰러지는 것을 보고 체념한 것 같았다.

방물이 웃으며 농을 건네었다.

"당신이 뭘 잘못했단 말이오? 나는 잘 모르겠구려."

"내 객기가 지나쳤소. 나를 용서해주시오."

젊은이는 맥이 빠진 사람처럼 고개를 푹 숙였다.

"보아하니 송방松房의 귀한 자제 같은데 힘이 있다고 아무렇게나 쓰면 큰 화를 당하게 되는 거요."

"알겠소. 잘 알겠소."

힘없는 젊은 사내의 말에 방물은 덜미를 잡은 손을 놓으며,

"어서 가보시오."

하고 젊은이를 보내주었다. 젊은이는 이제는 살았다 싶었는지 뒤도 돌아보지 않고 남대문 안으로 뛰어가다가 갑자기 생각이 난 듯 멈춰 서더니만 고개를 돌려 실권이에게 물었다.

"이보오. 당신 이름이 뭐요?"

"그건 왜 물어본데? 알면 복수하러 오려구?"

실권이가 껄껄거리며 웃었다. 우두머리가 도망치듯 구경꾼들 사이로 사라져버리자 뒤늦게 정신을 차린 왈짜들이 혹이 난 이마를 부여잡고 그 뒤를 따랐다. 둘러선 사람들이 엄지손가락을 치켜들었다.

"싸움으로 과거를 보면 장원급제는 따 논 당상이오."

"보다보다 이런 기막힌 싸움꾼은 처음이오."

"젊은이, 참말 대단하오."

싸움 구경하러 길가에 모여든 사람들이 염천 더위를 피하여 하나씩 흩어지기 시작하니 잠시 만에 빼곡하던 대로가 한산해졌다.

송방 패거리들이 모두 사라지고나자 방물이라는 사내가 실권이에게 다가와 목례를 하였다.

"고맙습니다. 장사님이 아니었다면 큰 봉변을 당할 뻔했습니다."

"아녀요. 그런데 몸은 괜찮아유?"

방물은 팔을 휘저으며 이리저리 몸을 움직여보고 손으로 얼굴을 만져보다가 웃으며 말했다.

"부러지거나 어긋난 곳은 없는 것 같습니다. 골병이 든 것 같지는 않으니 염려마시오. 그런데 은인의 이름을 물어도 실례가 되지 않겠습니까?"

"저는 실권이라 해유. 댁은 이름이 어찌되남유?"

"나는 방물이라 하는데 한양 반촌에 살고 있습니다. 오랜만에 장사를 나왔더니 뜻하지 않은 시비가 붙어서 큰 낭패를 볼 뻔했습니다."

"송방 행수의 아들 가운데 왈짜로 소문난 팔난봉이가 있다 하더니 그 놈인 모양이네유."
"어딜 가나 세를 믿고 날뛰는 놈들이 하나씩은 있기 마련이지요."
"참. 내가 이러고 있을 때가 아니지."
실권이는 뒤늦게 약을 생각하곤 방물의 손에 들린 약첩을 바라보았다.
"엉?"
약첩의 한지가 뚫어져서 조제한 약들이 바닥에 이리저리 흩어져 있었다.
"이걸 어쩌면 좋데?"
방물이 손에 든 빈 약첩을 무안하게 바라보았다.
"약이……, 저 때문에 낭패를 보셨네요."
"큰일났구먼유. 우리 마님 드릴 약인데 못 쓰게 되었구먼유."
실권이가 만상을 찌푸렸다. 다시 약을 지을만한 비용이 넉넉하지 않았기 때문이었다.
"저 때문에 일어난 일이니 제가 변상해드리겠습니다."
"예? 그러지 않아도 되는데……."
"정말 괜찮으십니까?"
"그, 그건 아니구요."
"하하하. 걱정마십시오. 제가 해결해드리겠습니다."
실권이의 얼굴에 화색이 돌았다. 방물은 실권이와 함께 약방으로 가 새로 약을 지어주었다.
약방을 나서니 벌써 해가 기울고 있었다.
"내가 너무 지체한 것 같구먼유. 저는 이만 가보겠어유."

"잠깐만 기다리시오."

방물이 등짐에서 하얀 은가락지 하나를 꺼내 실권이 손에 쥐어주었다.

"이게 뭐예유?"

"받으시오. 내 마음이오."

"나는 무얼 바라고 도운 것이 아녀유. 그러고 이런 패물은 나와 맞지 않어유. 괜히 치도곤 당하기 십상이니 그냥 집어넣으셔유. 받을 수 없어유."

방물이 낙담하며 말했다.

"정히 그렇다면 한 가지 부탁이 있소. 들어줄 수 있겠소?"

"뭐예유? 사례를 하려 한다면 받지 않겠어유."

방물은 허탈하게 웃으며 말했다.

"허허허. 이것 참. 개성까지 와서 큰 빚을 지고 가는구먼. 나는 빚지고는 못 사는 사람인데……."

"괜찮다니까 그러네유."

실권이가 손사래를 쳤다.

"그렇다면 다음에 한양에 오게 되면 반촌에 꼭 들러주시오. 반촌에 가서 내 이름을 대면 다 가르쳐줄 거요."

"내가 한양에 갈 일이 있겠어유?"

"사람 사는 일이 마음대로 되어지는 것만은 아닙니다. 나중에라도 빚을 갚고 싶으니 한양 오거든 반촌을 찾아오시구려."

"한양에 가게 되면 그럭하쥬."

방물은 아쉬움을 안고 실권이와 헤어져 시장의 인파 사이로 사라져버렸다.

뱃속에서 천둥이 치는 소리가 났다. 점심을 먹지 않고 시간을 지체한 탓에 뱃속이 허전하였다.

"요기나 후딱 하고 가자."

실권이는 가까운 주막 안으로 들어가 장국 한 그릇을 시켰다.

시장하던 참이라 국밥 한 그릇을 게 눈 감추듯 비우고나니 살 것만 같았다. 셈을 치르려고 주모에게 다가가는데 툇마루 위에 앉아있던 선비가 주모를 불렀다.

"주모. 말 좀 물읍시다. 개성에 전유선이라는 처사가 산다는데 어디가면 만날 수 있을까? 의술이 용하다 하던데……."

"저는 잘 몰라요. 의술이 용하다면 약방에 가서 알아보시던가요."

"어? 그런가? 그러고 보니 주모 말이 옳군. 진작 약방으로 가서 수소문해볼 걸 그랬어. 개성이 초행이라서……."

실권이가 바라보니 헤어진 옷을 입고 반쯤 떨어진 갓을 쓴 선비였다. 선비는 개기름이 좌르르 흐르는 얼굴을 소매로 닦더니 미투리가 달린 괴나리봇짐을 매고 어슬렁거리며 주막 삽짝문을 나섰다.

실권이가 주모에게 셈을 하곤 선비를 뒤따랐다.

"이보세유."

선비가 고개를 돌렸다. 키는 작고 눈은 반쯤 감겼는데 팔자 눈썹이 길게 늘어졌다.

"나를 불렀소?"

"예. 나리께서 우리 주인어른은 무슨 일로 찾으시는가유?"

"전 처사가 자네 주인인가?"

"예."

선비의 얼굴에 화색이 돌았다.

"아이구, 용케도 전 처사의 노복을 만났네그려. 그럼 어서 안내하거라."

선비는 용건도 말하지 않고 바로 말을 낮추었다.

"예. 가시지요."

실권이는 군소리 않고 선비를 안내하였다.

개성 시내를 벗어나니 보이는 것은 넓게 펼쳐진 들판이다. 푸른 것은 벼요, 흰 점은 사람이니 논에 뿌리를 내리고 파랗게 자라는 벼들 사이로 허리를 숙여 피를 뽑는 손을 바지런히 놀리는 농부들의 모습이 한가롭게 보였다.

그러나 실권이는 그리 한가하지 못하였다. 잰걸음으로 앞서가던 실권이는 뒤따라오는 선비 때문에 애간장이 탔다.

"빨리 좀 오세유."

"아! 간다, 가!"

뒤따라오는 이 선비의 걸음걸음을 볼 짝이면 뒤 못 보다 치질 걸린 사람마냥 어기적어기적, 느리기가 늙은 자라와 쌍벽을 이룰 정도다. 이 선비의 모양은 또 어떠한가. 초라한 괴나리봇짐에 짚신 한 짝이 굴비처럼 매달려 걸을 때마다 박자를 맞춰 흔들거렸고, 도포는 여기저기 떨어져 기운 것이 바둑판 같아 천상 거지 중의 상거지 꼴이니, 거지 같은 복색 속에 양반이 숨었고 양반의 체신 속에 거지꼴이 드러난다.

잠시 걷던 선비는 이내 걸음을 멈추더니 길가에 늘어진 버드나무를 바라보았다.

"아, 버드나무 좋구나."

축 처진 눈매에 단춧구멍 같은 눈으로 길가에 늘어진 버드나무를 살펴보다가, 다시금 실권이의 뒤를 따라왔다.

"내가 미쳤지. 아는 체는 왜 해가지고……."

실권이는 마음속에서 천불이 일어 애꿎은 이마를 두드리다가 선비를 떼어놓을 심산으로 멀찍이 앞서 걸었다.

"야, 이놈아. 그렇게 멀찍이 가지 말고 이리 오너라!"

선비는 실권이에게 오라고 손짓을 한다.

"내가 똥을 밟았지. 제대로 물똥을 밟았어. 오늘 운수 완전히 똥됐구먼."

실권이는 마지못해 왔던 길을 거슬러 가며 투덜댔다.

"빨리 좀 따라오셔유."

"야, 이놈아. 내가 어떻게 너를 따라갈 수 있겠느냐? 내가 느린 황소라면 너는 비호다. 황소가 비호를 쫓아갈 수 있느냐?"

실권이가 코웃음을 쳤다.

"제 걸음이 게 걸음이라면, 나리 걸음은 자라 걸음이네유. 선비님 걸음으로는 아마 삼경이 지나서야 집에 도착할 겁니다요."

"예끼, 이놈아. 자라가 무어냐? 그럼 걸음을 재촉하면 될 것이 아니냐. 어서 빨리 가자꾸나."

선비는 그제야 걸음을 재촉할 모양이다. 실권이는 다시 다리에 힘을 주어 걸음을 재촉한다. 얼마나 갔을까, 등 뒤에서 선비의 고함소리가 들렸다.

"야, 이놈아. 그리 빨리 가면 어떻게 하느냐? 내가 말했잖느냐. 넌 비호라구. 늙은 자라가 비호를 어떻게 따라갈 수 있겠느냐? 이리 오너라, 같이 가자꾸나."

"같이 가기 싫다면요?"

"이놈아. 내 말 좀 들어 보거라. 공자가 말하길 친구가 멀리서 찾아오니 어찌 기쁘지 아니하겠는가 하였다. 네 주인의 친구가 멀리에서 찾아왔는데 종놈이 구박했다면 네 주인이 좋아하겠느냐?"

"나리께서 주인어른의 친구분 되시는감유?"

"이놈아. 보면 모르겠느냐?"

"저는 나리를 처음 보는구먼유."

"어허, 이놈 봐라. 잔말 말고 네 주인 얼굴에 먹칠할 생각이라면 나를 박대하거라. 내가 전 처사가 몹쓸 사람이라고 천하에 소문을 퍼뜨릴 테니 말이다."

"어이구. 못 말리겠구먼. 알아모시겠습니다요."

두 사람은 땅거미가 깔리는 저녁 무렵에야 청하동에 다다랐다. 새벽같이 어둑한 청하동에 밥 짓는 연기가 초가 위로 너울너울 피어오르자 안개가 깔린 것처럼 아늑하여 마치 한 폭의 그림을 옮겨놓은 것 같았다.

두 사람이 전 처사의 집 앞에 다다랐을 때는 이미 서산을 물들였던 노을도 사라지고 어둠이 밀물처럼 밀려들어 어둑어둑한 하늘엔 초롱 같은 별들이 하나둘 모습을 드러내고 있었다.

선비는 대문 밖에서 사방을 둘러보며 주절거렸다.

"어이구, 멀기도 하다. 이런 곳에 사는 줄도 모르고 개성에서 찾았으니 쯧쯧쯧."

"아, 참! 다 왔으니께 수다 좀 그만 떠세유. 말하시는 것처럼 걸어 오셨으면 벌써 도착했을 거구먼유."

"허허허! 너는 내가 발과 말이 따로 논다 하는데 내가 보기에는 네 놈이야말로 발과 말이 따로 노는 놈이로다. 나는 발보다 말이 앞서지만 네놈은 말보다 발이 앞서니 그렇게 보자면 우리는 둘 다 똑같아서 네가 나를 탓할 것이 못 되고 내가 너를 탓할 것도 못 되느니 그렇지 않느냐? 허허허."

실권이는 그의 말이 그럴 듯하다 생각되어 그를 따라 피식 웃었다.

"참말 말은 청산유수구먼유. 알겠으니께 잠시만 기다리셔유. 발이 앞서는 놈이 주인어르신께 말이 앞서는 양반님 오셨다구 전하구 올 테니 말여유."

실권이는 집안으로 뛰어 들어가더니 잠시 후에 전유선과 함께 대문 밖으로 나왔다. 전유선이 선비에게 공손히 인사하며 말했다.

"실권이에게 말은 들었습니다. 제가 전유선입니다. 어디 사시는 누구십니까?"

선비가 초라한 몰골이지만 의관을 바로 하여 목례를 하며 공손하게 말했다.

"저는 경상도 예안 사는 이회李悔라 합니다. 권오복이와 동접 친구 사이인데 보름 전에 그 친구의 부탁으로 이렇게 찾아왔습니다."

"그런데 부탁이라면?"

"의술이 용하시다고 들었습니다. 제 친구 하나가 모친상을 무리하게 치르다가 풍을 맞았습니다. 오복이가 보다 못해 저에게 부탁을 하기에 이렇게 전 처사님을 찾아오게 되었습니다."

"아! 그러시군요."

"집이 이곳에 있는 줄 모르고 개성을 찾아 헤매다가 오늘 하루 개성에서 유留하는 줄 알았습니다. 다행히 이 집 노복을 만나 쉽게 찾아오게 되어 소문으로만 듣던 전 처사님을 뵙게 되니 기쁘기가 한량없소이다."

"별말씀을 다 하십니다. 누추한 저희 집을 찾아주셔서 감사합니다. 자, 들어가십시다. 아직 저녁도 못 드셨을 텐데 들어가셔서 이야기하시지요."

전유선이 이회와 함께 집 안으로 들어갔다.

5

저녁식사를 끝내고 전유선과 이회는 사랑방에 마주하였다. 툇마루의 양쪽 문을 활짝 열어 젖히고 쳐놓은 대나무 발을 통해 시원한 밤공기가 선선히 불어오고, 뜨락에서 들려오는 이름 모를 풀벌레 소리가 어우러져 싱그러운 청량감을 더해 주었다.

화로에 찻물을 앉혀서 끓인 전 처사는 자개로 만든 찻상 위에 놓인 하얀 찻잔에 차를 따랐다.

"경상도 예안에서 이곳까지는 근 천릿길인데 먼 길 오셨습니다."

"차 맛이 기가 막힙니다."

찻잔을 들어 차를 마시던 이회는 품속에서 서찰을 꺼내 놓았다.

"이것은 오복이 전해달라는 서찰입니다. 제가 찾아온 사연은 편지를 보시면 자연히 아실 겁니다."

전유선이 편지를 꺼내 읽는 동안 이회는 눈을 더 작게 찌푸려 바깥을 유심히 쳐다보았다. 편지를 다 읽은 전유선이 그 모습을 보고 물었다.

"무얼 그리 보십니까?"

이회가 전유선에게 얼굴을 돌려 신기한 듯 얘기했다.

"지금 마당에서 이상한 짓을 하고 있는 아이가 아까 나와 같이 온 노복이 아닙니까?"

"예. 실권이가 맞습니다."

"마당에서 돌절구를 얹은 지게를 지고 무엇을 하는 겁니까?"

"발이 말보다 앞서는 연습을 하고 있지요."

이회는 전유선의 말에 껄껄 웃었다.

"허허허. 제가 좀 전에 발이 말보다 앞선다는 말로 그놈을 놀렸는데 그새를 못 참고 전공에게 말을 하였나 봅니다."

전유선이 말없이 빙그레 웃었다. 이회는 다시금 마당에 있는 실권이를 바라보며 말을 이었다.

"오면서 보니 눈에 총기가 넘치고 걸음걸음에 힘이 넘치는 것이 범상찮아 보이더군요."

"장차 나라의 동량棟梁*으로 쓸 만한 좋은 재목이지요."

이회는 이윽고 고개를 돌려 전유선를 바라보았다.

"제가 오복이와 동접 친구로 가까이 지내면서 전공의 이야기를 간간이 들었습니다. 예전부터 뵙고 싶던 차라 불원천리하고 이렇게 찾아오게 되었습니다."

"과찬이십니다. 오복이와 동접이라면 점필재佔畢齋-김종직의 호 선생

* 동량 : 기둥과 들보를 아울러 이르는 말

님께 수학하셨습니까?"

"예. 위인이 어리석어 관로에 오르지 못하고 이렇게 산림에서 살아가고 있지요."

그때였다. 갑자기 바깥에서 커다란 목소리가 은은한 메아리처럼 울려왔다.

"유선이, 그동안 잘 있었는가?"

이회가 발을 들어올려 마당을 살펴보니 마당에는 돌절구 얹은 실권이 하나밖에 찾을 수가 없었다.

"이상한 일이네요. 이게 어디서 들리는 소립니까?"

"손님이 오시는 모양입니다."

전유선이 마당에 있는 실권이에게 말했다.

"실권아. 대문 밖에 나가면 잠시 후에 스님 한 분이 오실 것이다. 지금 나가서 모시고 들어오너라."

"예."

실권이가 지게를 벗어놓곤 부리나케 안중문을 나갔다.

잠시 후 이회는 안중문으로 걸어 들어오는 한 노승을 발견할 수 있었다. 몰골이 초라한 노승은 실권이보다도 작은 체구였는데, 한쪽 다리를 절고 있었다. 그는 지팡이 하나에 기대어 걸어오고 있었는데, 걸음걸이가 매우 날쌔어 절름발이라고는 생각할 수 없을 정도였다.

"전 처사, 나 들어가오."

스님은 훌쩍 방안으로 들어오더니 풀썩 앉아 한쪽 다리를 몇 번 두드리며 말했다.

"에구 에구, 이제 나도 갈 때가 다된 것 같아."

전유선이 빙그레 웃으며 말했다.
“그게 무슨 말씀입니까, 스님?”
“요즘엔 까닭 없이 몸이 나른한 것이 예전 같지 않네그려. 죽을 때가 가까워온 모양이야.”
스님은 눈앞에 이회가 없는 것처럼 거리낌이 없었다.
“증상이 어떤데 그러십니까?”
“기경팔맥奇經八脈으로 진기가 마구 소용돌이쳐서 온몸이 개미에 물린 듯 따갑고 가렵네.”
“그럴 리가요?”
전유선이 심각한 얼굴로 스님의 맥을 잡았다.
“아무렇지도 않으신데 또 거짓말을 하셨군요.”
“하하하. 그래서 내 이름이 공갈이잖아. 공갈.”
공갈 스님이 목을 젖혀 호탕하게 웃었다.
“스님두 참. 기경팔맥으로 진기가 소용돌이친다면 큰일나지요. 죽지 않으면 십중팔구 미친 사람이 됩니다.”
“그래서 그런 병은 못 고친다는 건가?”
“그건 아닙니다만 좀 어렵습니다.”
“그렇다면 나 좀 가르쳐 줘.”
“뜬금없이 기광을 고치는 법을 가르쳐 달라하시니 가르쳐는 드리겠습니다만 이유는 알아야겠습니다.”
“자네도 잘 알 거야. 사주쟁이 김판수라고 말이야.”
“김판수라면 김숙중金叔重 어르신 말씀입니까?”
“그래. 자네도 알고 있구먼. 얼마 전에 한양에서 숙중이를 만났는데 자네 이야기를 했더니 다짜고짜 기광병을 고치는 법을 물어보라 하더군. 곧 써먹을 데가 있을 거라나 뭐라나. 그 사람이 맹인이지만 눈 밝은 사람보다 세상일을 잘 아는 사람 아닌가. 해서 집에 가는 길에 물어보러 온 거네. 고칠 수 있다면 자네가 나에게 그림으로 그려서 잘 설명해주게나."

"알겠습니다."

전유선은 인체가 그려진 붉은 천을 꺼내어 혈자리에 침을 찌르며 노스님에게 설명해주었다.

"자리가 너무 많으니 헷갈리는군그래. 아예 그 자리를 침으로 찔러 놓게나."

전유선은 붉은 천에 수십 개의 침을 찌르며 스님에게 자세히 고했다. 자그마치 30여 개의 침이 인체 그림에 꽂히고서야 전유선의 설명이 끝났다.

"고맙네. 숙중이가 써먹을 날이 있을 거라 그랬으니 언젠가 써먹을 날이 오겠지."

공갈 스님은 침이 꽂힌 붉은 천을 둘둘 말아 품속에 넣고는 몸을 일으켰다.

"스님. 벌써 가시려 하십니까?"

"응. 볼일 봤으면 가야지. 손님도 왔는데……."

공갈 스님은 가려다 말고 멀뚱히 앉아 있는 이회를 물끄러미 보더니 입을 열었다.

"눈썹이 좌우로 긴 것을 보니 역마살이 있소. 멀리 돌아가시오. 그럼 장수하실 게요."

"그게 무슨 말씀입니까, 스님."

"관상이 그렇다는 거요."

"하관이 빠졌고 눈 밑이 창백한 것을 보니 쓸쓸하고 외로운 상이요. 이마에 관운官運이 없으니 공부를 해야 소용이 없을 것이고, 코가 가늘고 콧망울이 약하니 재물운도 없겠소. 다만 위안이 있다면 눈썹이 팔자로 길게 뻗어서 장수하겠소."

"관운도 없고 재물운도 없는데 장수하면 그게 흉상이 아니고 뭡니까?"

"관운이 있고 재물운이 좋아도 단명하면 그게 흉상인 게요."

"주려서 오래 사느니 배불러 일찍 죽으면 좋겠습니다."

"얼굴에 그렇게 나와 있는데 배부르게 일찍 죽는다고 마음먹은 대로 되나? 관운과 재물운이 없는 것이 오히려 낫소. 복날 개처럼 찢겨 죽는 것보담 백배 낫지. 암."

"그럼 도대체 제가 무슨 일을 하면 좋겠습니까?"

"온전히 수명을 마치시려면 덕을 쌓는 일을 하시게. 그게 무엇인지는 혼자 곰곰이 생각해보시던가."

공갈 스님은 전유선에게 고개를 돌렸다.

"전 처사. 이번에 가면 다시 볼 수 없을 것 같아. 잘 있게. 그동안 자네에게 신세진 것은 후일에 반드시 갚음세."

스님이 쓸쓸한 얼굴로 손을 몇 번 흔든 후에 지팡이를 짚고 마당을 가로질러 중문 밖으로 사라졌다.

이회는 노승이 사라진 어둠 속을 바라보다가 전유선에게 고개를 돌려 말했다.

“저 노스님은 뉘신가요?”

“공갈 스님이라 하는데 본명은 모르겠습니다. 송악산 취적봉吹籍峰 천수암天壽庵에 홀로 사시는데 수양을 오래하셨지요. 젊을 적에는 김시습과 홍유손 같은 당대 이인異人들과 어울려 다니셨다고 들었습니다.”

“그럼 청담파의 한 사람인가요?”

“그럴지도 모르지요.”

청담파는 세조가 단종을 폐한 후 시국을 원망하던 선비들이 중국 진晋의 죽림칠현竹林七賢을 모방하여 동대문 밖 죽림에 모여 고담준론高談錢論으로 소일하던 모임을 일러 붙인 이름이다. 김시습·남효온南孝溫·홍유손洪裕孫·이정은李貞恩·이총李摠·우선언禹善言·조자지趙自知·한경기韓景務 등 쟁쟁한 선비들이 수양의 왕위찬탈과 노산군의 죽음을 비관하여 세상과 등을 돌렸으니, 공갈 스님 역시 이름을 버리고 산속으로 몸을 숨긴 유현의 하나일 것이라 생각하였다.

“김숙중이라면 장안에 용하다는 맹인 점쟁이가 아닙니까?”

“그렇습니다.”

“학서가 귀신 빰치고 숙중이 도깨비 볼기를 때린다는 풍문은 들은 적이 있습니다.”

“김학서는 세종 적의 사주쟁이인데 점을 용하게 봐서 임금께서 불러 점을 보시고 상으로 집을 내리셨지요.”

“그게 명경수明鏡數라는 것이지요?”

“예. 잘 아시는군요. 김학서에게 제자 하나가 있었는데 토산兎山 우봉牛峰 사는 장득운張得雲이었지요. 정축년1457에 세조대왕이 명경수가 탐이 나서 장득운의 집을 수색하여 안효례 편에 부치게 하였는데, 장득운이 정본을 빼돌리고 헛으로 된 음양서를 보내어 임금을 속였던 적이 있지요. 임금이 뒤늦게 알았지만 귀신같이 앞일을 내다보는 사람을 잡을 수가 있어야지요. 장득운이 세상을 피해 다니면서 제자를 두었는데 그가 바로 김숙중입니다. 명경수라는 것이 맹인들에게 전하는 술법 같은데 앞일과 뒷일을 손바닥 들여다보듯 한다더군요."

"앞일과 뒷일을 손바닥처럼 들여다본다니, 참으로 기이한 일이군요. 옛날 중국에는 주역周易으로 점을 쳤다하는데 그럼 그것과 같은 것입니까?"

"주역은 시초점蓍草占을 보지만 우리나라에서는 그와는 많이 다르다 합니다. 주역이 대단하다지만 사람의 길흉화복吉凶禍福을 점치는 데는 명경수를 따라갈 만한 것은 없다고 하더군요. 고려 적에는 나라에서 명과命課를 뽑을 때에 대부분 맹인으로 기용하였는데 바로 그런 이유였지요."

"듣자니 국초에 복진卜眞이라는 맹인이 둔갑술遁甲術을 부려 궁궐에 들어와 주상을 만났다가 죽음을 당했다는 이야기를 들었습니다. 복진이 맹인이라면 그 역시 명경수를 배웠을 터인데 둔갑술 같은 요술을 부리는 것을 보면 명경수라는 책에 요술을 부리는 방법도 있는 것이 아닐까요?"

"글쎄요. 옛날 황건적의 수괴인 장각이 호풍환우하는 요술을 부렸다고 들었습니다. 장량이 황석공을 만나 술법을 배웠다 하는데 축지법이라면 모를까? 사람이 도술을 배운다고 짐승으로 변할 수가 있을까요?"

"그것은 모르는 일이 아니겠습니까? 세상에 이해 못할 일이 많으니까요."

"그것은 그렇지요."

한동안 명경수와 도술에 관한 이야기가 계속되다가 이회가 다시금 말꼬리를 돌렸다.

"공갈 스님 말이 제가 온전히 수명을 다하려면 덕을 쌓으라 하는데 무엇을 하면 덕을 쌓을 수 있을까요? 관운이 없다하니 선정으로 덕을 쌓을 수는 없을 것이요, 재물운도 없으니 사람들에게 베풀 수도 없을 것이요, 도대체 무엇으로 덕을 쌓는단 말입니까?"

전유선이 잠시 생각을 하다가 벽장을 열고 안에서 비단으로 싼 물건을 꺼내어 조심스레 풀었다.

비단 안에는 동의본초경東醫本草經 한 권과 원시침경元施針經 두 권이 들어 있었다.

"이게 무슨 책입니까?"

"이 동의본초경과 원시침경은 예로부터 이 땅에서 전해 내려오는 의술책으로 조선의술의 정수입니다. 관운도 없고 재물운도 없지만 글은 배우셨으니 이 책으로 덕을 쌓으십시오. 덕을 쌓는데 사람을 살리는 것 만한 일은 세상에 없지요."

"이런 귀한 책을 제가 받아도 되겠습니까?"

"의술이란 홀로 가지고 있는 것보다 많은 사람이 아는 것이 백성들에게 이롭지 않겠습니까? 저는 이미 다 알고 있으니 가져가십시오."

"고맙습니다."

이회가 책을 소중하게 갈무리하였다.

"참. 그런데 전 처사께서는 어떻게 하실 겁니까? 불원천리하고 청도로 가실 겁니까?"

"오복이 부탁하는데 아니 갈 수 있나요?"

"풍병은 낫기가 쉽지 않다던데……."

"낫기 쉬운 병도 있고 어려운 병도 있지요. 그렇지 않아도 경상도에 갈 일이 있었는데 잘되었습니다."

전유선은 고개를 돌려 어둠이 내린 남쪽하늘을 바라보았다.

6

청도 김일손의 집 앞 감나무 위에 집을 짓던 까치가 아침부터 깍깍거리며 소리를 지르고 있었다. 권오복은 대청마루 난간에 기대어 감나무 위에서 날갯짓을 하고 있는 까치를 바라보다가 문득 일손에게 말했다.

"일손이, 오늘은 날씨가 아주 무더울 것 같구먼."

"그런가?"

김일손은 얼굴 한쪽이 일그러진 탓에 말이 분명치 못하였다. 김일손의 자는 계운季雲이며 호는 탁영濯纓이니, 성종17년1486년 식년문과에 급제하여 예문관에 등용된 후 청환직을 거쳐 이조정랑이 되었다. 성종이 승하하시고 연산주가 임금이 된 다음해 12월, 어머니가 돌아가신 까닭에 벼슬길을 그만두고 집으로 돌아와 삼년상을 치르다가 무리하여 풍을 맞았는데 한쪽 팔과 다리가 마비되고 구안와사*가 와서 조정에 입궐하지 못하고 정양을 하고 있었다.

권오복은 예천 사람으로 자가 향지요, 호는 수헌睡軒이니 성종 17년에 사마시*에 합격하고 같은 해 식년문과에 병과로 급제하여 예문관에 들어갔다가 봉교·수찬·교리 등을 역임하고 연산주 2년1496년 노부모 봉양을 구실로 벼슬길을 마다하고 귀향하였다.

오복은 김일손과는 김종직의 문하생으로 있을 때부터 막역한 사이로 일손이 와병 중이라는 소리를 듣고 청도로 찾아와 문객 노릇을 자처하고 있었던 것이다.

"오늘 아침에 안개가 자욱한 것을 보면 낮에는 분명 찌는 듯 무더울 것이 분명하네."

"그걸 어떻게 아는가?"

"안개는 음기가 뭉쳐진 것이라 반드시 양기가 반응할 것일세. 그러니 오늘은 무척이나 무더울 걸세."

"여름이니 더운 것은 당연하겠지."

"이 사람. 나를 무안하게 만드네."

"자네가 워낙 싱거운 소릴 해대니 그렇지. 그나저나 약을 먹고 침을 써도 낫지 않으니 답답하네. 이회가 무사히 개성에 갔을까?"

"그 사람이 출발한 지 보름이 넘었으니 벌써 도착했겠지. 전 처사를 용케 찾았다 하더라도 보름쯤은 더 기다려야 하지 않겠나?"

"그도 그렇군. 몸이 불편하니 요즘엔 만사가 귀찮고 우울하네그려."

---

* 구안와사 : 얼굴 신경 마비 증상. 입과 눈이 한쪽으로 틀어지는 병
* 사마시 : 생원과 진사를 뽑던 과거

"자네 맘 이해하네. 그래서 내가 전 처사를 부른 것 아닌가? 그 사람의 의술이 동네에서 흔히 볼 수 있는 부류가 아닐세. 반드시 자네 병을 고칠 것이니 마음을 느긋이 하고 기다려보게."

"알겠네. 자네가 그렇게 자신하니 나도 기다려지네그려."

그때, 바깥문으로 청지기가 들어와 마당에서 꾸벅 인사를 하곤 입을 열었다.

"영감마님. 개성에서 전유선이라는 사람이 찾아왔습니다. 아시는 분이십니까?"

일손과 오복이 놀란 얼굴로 서로를 쳐다보았다.

"일손이 이 사람아. 내가 전에 말했잖은가! 그 사람이 이인이라고."

권오복이 너털웃음을 지으니 김일손이 찌그러진 얼굴을 끄덕였다.

"옛날 팽조彭祖는 하루에 오백 리를 가고, 명나라 장삼봉張三峰은 하루에 천 리를 간다하더니만 전 처사가 그들처럼 축지하는 능력이 있는 모양이군그려."

"이회가 축지를 하진 않을 것이니 자세한 건 오면 물어보세."

"알겠네."

일손은 청지기에게 전 처사를 이곳으로 모셔오라고 이른 후 돌려보냈다. 잠시 후에 청지기와 함께 전유선이 마당으로 들어섰다.

큰 키에 푸른 도포를 입은 전유선은 이목구비가 뚜렷하여 옥골선풍의 풍모가 한눈에 드러났다.

권오복은 버선발로 마당으로 뛰어나가 전유선의 손을 잡고 기뻐하며 맞았다.

"유선이, 이게 얼마 만인가? 반갑네, 반가워!"

"나도 그렇다네!"

유선은 얼굴 가득 웃음을 띠며 권오복과 수인사를 하였다.

"이럴 게 아니라 어서 방으로 들어가세."

권오복은 전유선의 손을 이끌고 방으로 들어갔다. 그는 방에 들어가자마자 윗목에 앉아 있는 김일손에게 소개하였다.

"일손이, 바로 이 사람이 내가 말했던 개성의 전 처사라네."

김일손은 불편한 몸으로 일어서서 예를 취하려 하였으나 전유선이 만류하여 하는 수없이 자리에 앉으며 말했다.

"말씀은 많이 들었습니다. 몸이 불편하여 예의를 차릴 수 없음을 양해하여 주십시오."

이때 오복이 끼어들었다.

"자네도 양반은 아닌 모양이군."

"그게 무슨 소린가?"

"그러잖아도 지금 자네 얘길 하고 있었다네. 그런데 이회, 그 사람이 언제 자네 집에 도착하였나?"

"이틀 전에 만났지."

"이틀 전?"

"자네 지금 천리 길을 이틀 만에 왔단 말인가? 그걸 나더러 믿으란 말인가?"

전유선은 말없이 미소만 지을 따름이다.

김일손이 떨떠름한 얼굴로 말했다. 권오복의 친구라 해서 기대했건만 보기와는 다른 것 같아서 적잖이 실망이 되었던 것이다.

"제가 듣기로 의학에 고명하다 들었습니다. 제가 풍을 맞아 반신을 움직일 수 없는데 제 몸이 나을 수 있겠습니까?"

전유선이 일손의 얼굴을 찬찬히 살피더니 말했다.

"중풍은 사람이 갑자기 정신을 잃고 졸도하여 혹 소생하더라도 얼굴이 일그러지는 구안와사와 반신불수 등의 후유증을 가지게 되거나, 혹은 깨어나지 못하고 죽을 수 있는 중한 병이지요. 그런데 모습을 보니 그리 중한 상태는 아닌 것 같습니다. 이 병의 원인은 비정상적인 기후나 적풍賊風, 사기邪氣의 돌연한 침입 같은 외부 요인이나, 생활에 절도가 없고 규칙적이지 못한 경우나, 과격한 긴장으로 인하여 음과 혈, 기와 혈 상호간에 평형을 잃는 경우에, 사람이 섭생과 정신적 수양을 하지 못하여 심화가 몹시 타올라 열이 위로 거슬러 오르기 때문에 생기지요."

오복이 말했다.

"자네 말이 맞네. 이 사람이 모친상에 무리하여 소상小祥*에 그만 풍을 맞지 않았는가?"

유선은 고개를 끄덕이며 말을 이었다.

"중풍은 크게 다섯 가지로 형태로 나뉘는데 얼굴이 찌푸려지는 구안와사같이 근육과 피부가 든든하지 못한 것은 락絡이 풍을 맞은 것이라 해서 중락中絡이라 부르고, 반신불수가 되어 근골을 쓰지 못하는 것은 경經이 풍을 맞은 것이라 해서 중경中經이라 부르며, 의식이 혼미하여 대소변에 장애가 있는 것은 풍이 부腑에 맞은 것이라 해서

---

* 소상 : 사람이 죽은 지 1년 만에 지내는 제사

중부中腑라 하며, 정신이 혼미하여 인사불성이 되고 입술이 늘어지며 가래 섞인 침이 흐르는 것은 장臟이 풍에 맞은 것이라 해서 중장中臟이라 이르지요. 대감은 중경에 가까우나 치료한 지가 오래되어 상태가 많이 호전되었기 때문에 당장이라도 완치될 수 있겠습니다."

유선의 말에 오복은 눈이 휘둥그레져서 말했다.

"당장에 말인가? 풍을 당장에 치료할 수 있단 말인가?"

전유선이 고개를 끄덕였다. 김일손은 수많은 의원들을 만났지만 풍을 당장에 치료할 수 있다는 유선의 장담을 믿을 수 없었다. 더구나 개성에서부터 청도까지 이틀 걸렸다는 말도 허풍처럼 느껴졌는데 지금 하는 말을 들으니 더욱 신뢰가 안 가 마음이 꺼림칙하였다.

"먼 길을 오셔서 피곤하실 테니 좀 쉬시고 내일부터라도 저를 치료해주시는 것이 어떠십니까?"

"허허허. 괜찮습니다."

전유선이 김일손의 뒤에 좌정하고서는 말했다.

"마음을 편하게 가지고 몸 안에서 기운이 이끄는 대로 가만히 따르기만 하십시오."

"그런데 내가 마음이 편하지 못하오."

김일손이 정색을 하며 말했다.

"어째서 마음이 편치 못하다는 겁니까?"

"내가 당신을 믿지 못하겠소."

갑작스런 일손의 말에 당황한 것은 권오복이었다. 일손의 성정이 대쪽같이 꼿꼿하고 고집스러웠지만 권오복이 일부러 청한 손님이 아닌가.

"이 사람. 갑자기 왜 이러시는가? 자네가 이러면 내 체면이 뭐가 되는가?"

김일손이 오복을 노려보며 말했다.

"자네도 생각해보게. 천리 길을 이틀에 왔다는 것을 믿을 수 있겠나? 그리고 수많은 의원들이 고치지 못한 내 병을 단번에 고칠 수 있다니 그것을 어찌 믿는단 말인가?"

전유선이 낮은 목소리로 말했다.

"그럼 어찌하면 저를 믿을 수 있겠습니까?"

"만약 그대가 나를 당장 고칠 수 있다는 말이 거짓이라면 나는 그대를 관아에 넘겨 혹세무민한 죄를 물을 것이오."

"좋도록 하십시오."

김일손은 노기가 치솟아 마당을 향해 소리쳤다.

"여봐라. 누가 있느냐?"

"예. 찾아 계십니까?"

"너 가서 튼튼한 밧줄 하나 가져오너라. 그리고 튼튼한 종놈들을 모두 이 앞으로 불러오너라."

"예?"

"어서 명대로 행하라."

김일손의 엄명에 종놈이 부리나케 달려가 날이 굵은 밧줄과 건장한 노비들을 데려왔다.

"이 사람아. 자네 대체 왜 이러는가?"

"난 자네가 지각이 있는 사람이라 생각하였네. 관직에 있는 사람이 허무맹랑한 방술을 믿어 쓰겠는가? 이런 자들이 있기 때문에 어리석은 백성들이 속임을 당하는 것 아닌가."

김일손이 되려 큰소리를 쳤다.

"허허허. 듣던 대로 강직한 분이시군요. 좋습니다. 믿고 안 믿고는 두고 보시면 알 것이니 이제부터는 제가 시키는 대로 하십시오. 마음을 편히 하고 두 눈을 감으십시오. 마음이 흐트러지면 병을 고칠 수 없으니, 제 탓이 아닙니다."

"변명하는 거요?"

"허허허. 좋게 생각하십시오. 대감께서 저를 관아에 보내려고 다른 생각을 하시면 모를까, 저는 대감을 고쳐드릴 수 있습니다."

"좋소. 두고 봅시다."

김일손은 노기를 누르며 하는 수 없이 눈을 감았다. 그리고 숨을 고르며 마음을 진정시켰다.

"이 사람들이 점점."

김일손과 전유선 사이에 끼인 오복이 당황하여 어쩔 줄을 몰랐다. 전유선은 권오복을 향해 미소를 지어 보이곤 김일손의 등 뒤에 좌정하였다. 이내 한동안 미동도 하지 않고 입정에 들어간 듯하더니 눈을 떠서 일손의 등줄기 아래에 있는 명문혈에 검지를 갖다 대었다.

이때, 김일손은 등줄기를 타고 찌릿하고 뜨거운 불길 같은 것이 치솟아오는 것을 느꼈다. 그 묘한 불길은 등줄기를 따라 올라와 머리를 타고 가슴으로 내려오더니 배꼽 아래에서 한참을 모여 있다가 한 덩어리가 되어 자신이 쓰지 못하는 다리와 팔을 향해 흘러 들어가는 것이었다. 곧이어 뒤틀린 팔과 다리에서 막혔던 무언가가 터지는 듯하여 일손은 자기도 모르게 몸을 부르르 떨었다. 그러고는 홍시처럼 붉어진 일손의 얼굴에서 구슬 같은 땀이 비오듯 흘러내렸다. 이 광경을 바라보고 있던 권오복은 눈이 휘둥그레져서 엉덩이로 방바닥을 쓸 듯이 다가가 일손에게 소리쳤다.

"이보게, 일손이. 자네 얼굴이, 자네 얼굴이 제자리로 돌아왔네, 제자리를 찾았어!"

전유선은 한동안 검지로 일손의 몸 이곳저곳을 찌르다가 길게 숨을 내쉬며 손가락을 떼었다.

"자. 이제 되었습니다."

김일손은 온몸이 날아갈 듯 가뿐해진 자신을 느끼고 눈을 떠 크게 숨을 내쉬고는 자신의 얼굴과 팔다리를 번갈아 만져보았다. 못 쓰던 팔다리와 구겨진 얼굴이 언제 그랬냐는 듯 정상으로 돌아와 있었다.

"이, 이럴 수가. 침도 약도 사용하지 않고 단지 손가락을 사용했을 뿐인데 풍이 치료되다니……."

일손은 보고도 믿을 수 없어서 놀란 사람처럼 오복을 바라보았다.

"이 사람아. 이래도 내 말이 틀렸단 말인가?"

오복이 책하듯 다그치자 김일손의 얼굴이 부끄러움으로 붉게 변하였다.

"미안하네. 내가 자네에게 미안하고 전 처사에게 무례하였네."

전유선이 미소를 지으며 일손에게 말했다.

"이제는 믿으시겠습니까?"

"내가 옛날 소옹邵雍이 귀신을 봤다는 말을 의심하였더니 이제 내가 잘못되었다는 것을 알았소. 전 처사, 나를 용서해 주시오. 내가 옹졸하여 우물 밖에 사람이 있는 줄 몰랐소."

권오복이 전유선에게 물었다.

"이보게. 도대체 어떻게 치료를 한 건가?"

"사람의 몸엔 피가 도는 혈관이 있듯이 기가 도는 기경이라는 것이 있네. 기경은 음과 양의 순환을 관장하여 음양의 조화가 무너지면 병이 생기는 것이네. 나는 오랫동안 내공을 단련하였는데 그리하게 되면 내 마음대로 기를 조정할 수 있다네. 의학을 배운 이들은 침으로 상대방의 기를 조정하여 병을 고치지만 나 같은 경우에는 내 기운을 이용하여 상대방의 막힌 기경을 뚫어 병을 고치는 것일세."

"그, 그것이 가능한가?"

전유선이 말없이 웃으니 김일손이 말했다.

"이보오, 전 처사. 오복이의 친구라면 내 친구가 아니겠소? 어떻소. 이 옹졸한 일손이의 친구가 되어 주실 수 없겠소?"

"이미 그럴 마음으로 대감을 시험해 본 것입니다."

김일손과 권오복이 서로의 얼굴을 마주보며 기뻐하였다. 이날, 김일손의 병이 나았다는 것이 알려져서 집안에서는 돼지 잡고 닭 잡아 동네잔치를 크게 벌였다.

다음날, 세 사람이 소풍을 나섰다. 김일손이 갑갑증을 참지 못하고 두 사람을 이끌고 나온 것이다.

"옛날에는 사지육신이 고마운 줄 몰랐는데 이젠 얼마나 귀하고 고마운 것인지 알겠네."

"상중에 몸을 상하는 것이 불효일세. 돌아가신 부모님이 슬퍼하실 것을 생각하면 다음에는 그리하여서는 아니 되네."

"잘 알겠네."

"그런데 어디로 갈 생각인가?"

"가까운 장육산으로 가세. 거기 볼 만한 것이 많다네."

세 사람이 정오 무렵, 장육산에 도착하였다. 가까운 내에서 밥을 지어먹은 후 김일손이 앞장서서 산으로 올랐다.

"내가 신기한 것을 보여줌세."

전유선과 오복이 그 뒤를 따라 험한 산길을 오르다보니 단애절벽 가운데에 굴 하나가 보였다.

"저게 육장굴일세."

김일손이 가쁜 숨을 내쉬며 굴을 가리켰다.

세 사람이 굴 안으로 들어가니 제법 넓은 동굴 안에 암반이 펼쳐져 있는데 여섯 사람이 앉은 자국이 선명하게 보였다.

김일손이 가져온 표주박으로 동굴 안의 샘물을 떠 마시며 말했다.

"내 어릴 적에 할머니로부터 들은 얘기가 있네. 이곳에 옛날 여섯 무사들이 모여 수련을 하였는데 신라의 화랑들이었다 하더군. 그중의 한 사람이 김유신인데 이 굴 석벽에 손자국이 뚜렷이 남아 있네."

김일손이 가리키는 곳을 바라보니 과연 다섯 손가락이 뚜렷하게 찍혀 있었다. 오복이 손자국을 뚫어질 듯 바라보며 감탄하였다.

"기이한 일이군. 석벽에 손바닥이 찍힐 정도라면 신력일세."

"그러니 김유신이 삼국을 통일하지 않았겠나. 신라의 화랑들은 이 산에서 무예를 수련하고 밤에는 이 굴 안에 모여 좌선하며 기공을 수련했다하네. 이 산의 산정에는 널따란 암반이 있는데 암반 위에 무수한 말발굽 자국이 있다네. 또 석마를 모신 작은 사당도 있지. 어떤가? 옛 선인들의 자취를 찾아보는 것도 소풍의 한 재미 아니겠는가?"

세 사람은 장육산 산정에 있는 마애불좌상도 구경하고, 산내천에서 옛날 화랑들이 밥 지을 때 솥을 걸었던 바위도 보고, 여섯 화랑이 걸터앉아 놀았다는 놋다방구도 보며 늦게까지 장육산 이곳저곳을 구경하다가 집으로 돌아왔다.

다음날, 세 사람은 낙동강이 내려다보이는 작은 정자에 자리를 잡고 술잔을 마주하였다.

"자네는 우리 임금을 어찌 생각하나?"

오복의 물음에 일손이 땅이 꺼져라 한숨을 내쉬었다.

"점필재 선생께서 벼슬을 그만두고 낙향할 때에 내가 물어본 적이 있네. 선생 말씀이 새 임금의 눈동자를 보니 나처럼 늙은 신하는 목숨을 보전하면 다행이라 하시더군. 성종께서 아끼시던 사슴을 보위에 오르자 마자 손수 쏘아 죽이셨으니 그 잔인한 성정을 어찌 말로 다 하겠는가. 이대로 몸이 불편하다 청하고 은둔하여 사는 것이 상책이지."

오복은 말없이 들으면서 고개만 몇 번 끄덕였다. 일손이 물었다.

"자네가 귀향할 때 조정의 사정은 어떠하던가?"

"허허. 자네가 귀향할 때나 별반 다름이 없다네. 사림을 눈엣가시처럼 여기는 훈구파들이 국왕의 좌우에서 감언이설로 정국을 이끌어 나가고 있다네. 주상께서는 정치에는 관심이 없는 듯하고 매일 활터에 나가 활을 쏘고 계집들을 불러 주색잡기에 바쁘시네. 대간들과 성균관 유생들의 상소에도 눈 하나 깜짝하지 않으시니 선비들을 아끼시던 선왕의 선례가 무색할 따름이라네."

"아! 장차 이 나라가 어찌 될 것인가?"

일손이 길게 한숨을 내쉬었다. 듣고 있던 전유선이 말했다.

"나라 걱정을 하면서 조정을 떠나 있는 것은 무슨 까닭인가? 사육신들은 죽음으로 충성하였고, 생육신들은 절개로 충성을 마쳤는데 자네들은 관직에 있는 몸으로 부끄럽지 않은가?"

김일손과 권오복이 서로의 얼굴을 바라보며 무안하게 생각하였다.

몇 잔의 술이 오간 후 전유선이 자리에서 일어나며 말했다.

"잘 먹고 잘 놀았네. 나는 약속이 있어 먼저 갈까하네."

"아니, 그게 무슨 말인가? 자네가 어딜 간단 말인가? 우리에게 섭섭했는가?"

하는 것은 김일손이요,

"자네는 언제나 바람처럼 왔다가 바람처럼 사라지는구먼."

하는 것은 권오복이다.

"본래 자네들을 탓할 마음이 없네. 곰곰이 생각해보니 선비가 때를 만나지 못하면 물러나는 것도 처세하는 방법이 아니겠는가."

"그럼 우리 때문에 가는 것이 아닌가?"

"나도 자네들과 함께 즐거운 시간을 보내고 싶지만 이미 약속이 되어 있으니 어찌하겠는가? 새털같이 많은 날이 남아있으니 아쉽더라도 훗날 다시 만나 회포를 푸세."

"무심한 사람 같으니. 그러세. 사람은 약속을 지켜야지. 잘 가게나. 다시 볼 날만 기다림세."

권오복은 아쉽게 여기고 김일손은 안타깝게 생각하였다.

전유선은 이별을 고한 후 정자를 내려와 작은 숲길을 따라 바람처럼 걸어갔다. 권오복이 천천히 고개를 돌려 그윽이 강을 바라보았다. 구불구불한 푸른 강물 위로 외로운 배 한 척이 떠가고 있었다.

"무정한 사람."

한마디 중얼거리던 권오복이 붓을 축여 종이 위에 시 한 수를 지었다.

客裏羈懷惡　　객지에서 나그네 마음이 울적한데
逢君又送君　　그대를 만나자마자 또다시 보내네.
孤帆和雁落　　외로운 돛은 기러기와 함께 떠나가고
遠岫點螺分　　먼 산봉우리 소라껍질같이 나뉘어섰네.
樓上一盃酒　　누각 위에서는 한 잔 술이 오고 가는데
洛東千里雲　　낙동강에는 천리 길 구름만 이네.
蒼茫天欲暮　　창망히 저 하늘마저 저물고자 하니
吟斷不成文　　읊는 소리 막히어 글을 지을 수 없네.

처연히 듣고 있던 김일손이 권오복의 붓을 빼앗아 종이 위에 시를 지었다.

落日長程畔　　해는 지고 가는 길 먼 들판 가에서
把盃持勸君　　잔을 잡아 그대에게 권하노라.
危樓天欲襯　　높은 누각은 하늘에 가깝고
官渡路橫分　　나루터에는 길이 가로로 나뉘었네.
去客沒孤鳥　　손님 떠나니 외로운 새만 부침하고

浮生同片雲　　부평초 같은 삶이 조각구름과 같구나.
江風不解別　　강바람 우리 이별을 풀어주지 못하고
吹到動波文　　물 위로만 불어대어 슬픈 물결 일으키네.

천년 고찰 봉정사에는 오늘따라 유난히 많은 중들이 모여 있었다. 대웅전 정전 안에서는 머리가 희끗희끗한 노승들 몇이 회색 먹장삼을 입고 허연 눈썹을 내리깔고 염주를 굴리면서 앉아 있었고, 덕휘루에는 젊은 중들이 긴 봉을 부여잡고 날카로운 눈초리로 봉정사의 입구를 바라보고 있었다.

객료와 해회당에는 우락부락한 중들이 몽둥이와 대봉을 가지고 화적처럼 우뚝우뚝 서있었고, 적연당에서는 가냘픈 학승들이 방안에 앉아 서생처럼 끊임없이 염불을 외고 있었다.

대망산지금의 천등산 아래 숨어있는 봉정사는 여느 때와는 다른 기묘한 분위기 속에서 처마 위에 걸린 풍경소리만이 고요한 정적을 깨뜨리고 있었다.

"전유선과 약조한 날이 오늘인데 왜 아직까지 나타나지 않는 걸까요?"

봉정사 주지인 무허 대사가 염주를 굴리며 옆에 앉아 있는 노승에게 말을 걸었다.

"글쎄요. 한번 한 약조는 지키는 인물이니 곧 오겠지요."

야위었지만 눈썹이 수염까지 내려온 노승이 말을 받았다.

"이보시오, 운공. 이번에도 패한다면 정말 체면이 말이 아니겠소."

"글쎄 말이오."

부석사 주지인 운공 선사는 가슴까지 내려온 수염을 쓸었다. 무허스님은 큰 눈을 끔벅이면서 말했다.

"그런데 반공은 어찌 된 것이오?"

민머리에 거지 같은 꼬락서니의 늙은 중이 술 호리병을 붙잡고 술을 마시며 퉁명스럽게 말했다.

"반공은 통도사에서 진법陣法 연구한다고 혼이 빠져 있겠지. 아마 오늘이 전유선과 약조한 날이라는 것도 모르고 있을 거야."

"이보게, 개통. 자네 또 시빗거리를 찾았구먼."

"큰 바위 중놈이 되레 시비를 거네. 내가 언제 시비를 걸었다고그래? 엉?"

개통이라는 늙은 중은 술병을 고쳐잡고 큰소리를 쳤다. 무허는 그의 위인됨을 익히 아는 터라 고개를 돌려 그의 시선을 피하였다.

"이런 제길. 먼저 시비를 걸어놓고 피하기는 왜 피하는 거야? 너, 지금 나를 조롱하고 있는 게야?"

무허는 속으로 난처하게 생각하며 운공을 쳐다보았다. 운공은 무허의 표정이 말려주시구려 하는 것 같아서 손을 내저으며 말했다.

"개통, 그만 하시오. 정신이 없구려."

"뭐가 정신이 없다는 거야? 내가 정신이 없다는 거야? 네가 정신이 없다는 거야? 아니면 모두 정신이 없다는 거야? 내가 정신없게 한 것이 뭐가 있다고 나보고 모두 정신없다 그러는 거야?"

개통이 핏대를 올리며 한동안 잔소리를 늘어놓고 있는데 덕휘루에 서있던 중들이 외치는 소리가 법당 안까지 떠들썩하게 들려왔다.

"온다, 와."

"우와 빠르다."

봉을 잡은 젊은 스님 하나가 대웅전 앞에 뛰어와서 세 명의 고승에게 합장을 하더니 말했다.

"스님. 전에 봤던 그 선비가 산문 안으로 들어오는데 얼마나 빠른지 번쩍번쩍거리는 것 같습니다. 어서 나와 보십시오."

개통 스님은 젊은 스님의 말을 듣자 하던 말을 멈추고 입맛을 쩝쩝 다시며 중얼거렸다.

"전유선이 제 시각에 왔구먼."

대웅전에 앉아 있던 무허와 운공, 개통이 나왔을 땐 덕휘루와 객료, 해회당에 있던 무리들도 우르르 쏟아져 나와 불전 앞 처마에 새떼처럼 옹기종기 도열해 있었다.

전유선은 덕휘루 앞에서 걸음을 멈추고 계단을 천천히 올라오고 있었다. 대웅전 앞마당은 찬물을 뿌린 것 같은 고요한 침묵이 흘렀다. 계단을 올라온 전유선이 사방을 한번 둘러보더니 대웅전 앞에 서 있는 세 노승들에게 공손히 손을 모아 합장하였다.

"그동안 안녕하셨는지요?"

"시주, 오랜만에 뵙겠소이다."

"나무아미타불."

"아, 전 처사. 나야 별일 없었지."

무허와 운공 스님은 공손히 합장하며 인사를 받았으나 개통 스님은 앞니가 몇 개 없는 입을 크게 벌려 화통하게 웃으며 대답하였다.

"개통 스님은 여전하십니다."

"나야 늘 그렇지 뭐. 헤헤헤."

전유선이 마당 가운데로 나와서 노스님 세 분에게 읍하고는,

"자. 그럼 그동안 어떻게 발전하였는지 한 수 가르침을 주시지요."

하니 부석사 주지가 한발 앞으로 나서 해회당 앞에 있는 중년의 건장한 중에게 말했다.

"해지야, 어서 나오너라."

해지라는 중년의 스님이 마당으로 가볍게 뛰어가 전유선에게 공손히 합장을 하였다.

"전 처사, 오늘을 기다렸습니다."

"부석사의 용권을 기대하겠습니다."

해지 스님이 마당 가운데에서 반마식半馬式을 취하더니 '흡' 하곤 기운을 불어넣었다. 해지의 회색 승복이 갑자기 회오리 바람을 맞은 것처럼 부풀어 올랐다가 가라앉았다.

전유선을 노려보는 해지의 두 눈에 불꽃이 이글거리는 것 같았다.

"사정을 봐주지 않겠습니다."

"저 역시."

전유선의 말이 떨어지기 무섭게 해지가 땅을 박차고 솟구쳐 오른손 왼손을 번갈아 휘두르며 장력을 격출하였다. 그 모습이 마치 구름

속에 숨어 있던 용이 날카로운 발톱으로 겹겹이 쌓인 구름을 걷어내는 것 같았다.

전유선은 뒷걸음질치며 해지의 주먹 공격을 피하다가 탑신 바로 앞에서 몸을 틀듯이 발끝을 회전하며 소매를 털었다. 큰 도포의 소매 끝이 불룩해지며 해지의 주먹에 부딪혔다. 펑, 하는 큰 소리와 먼지가 일어나며 황소처럼 돌진하던 해지가 몇 걸음 물러서서 다시금 자세를 바로 하였다.

"허, 대단하군."

개통 스님이 바람 빠진 소리로 탄성을 질렀다.

해지가 주먹을 불끈 쥐며 전유선을 노려보았다. 이내 해지가 일갈하며 달려와 전유선을 공격하였다.

전유선은 반격하지 않고 탑을 돌면서 해지의 공격을 피하였는데 해지는 그림자처럼 전유선의 뒤를 따르며 쉴 틈 없는 공세를 퍼부었다. 두 개의 주먹이 혹은 장세로 바뀌고 혹은 갈고리처럼 바뀌어 여덟 가지 변화를 일으키는데 그 변화가 동서남북 상하좌우를 종횡무진하며 마치 조자룡이 장판교에서 조조의 백만대군을 무인지경으로 상대하는 것 같았다.

부석사에서 오랜 옛날부터 전해 내려오는 불무도佛武道는 그 절의 역사를 반영하듯 용의 형상을 토대로 한 용권이었다. 부석사는 화엄종의 본찰로 초조인 의상 이래 그 전법이 제자들에 의해 지켜져 온 중요한 사찰이었다. 대개 모든 사찰들이 그렇듯이 사찰 내부에서는 수련 중에 마가 끼는 것을 방지하고 심신단련을 목적으로 하는 불무도가 오래전부터 전해 내려왔다. 초기에는 화타의 오금희五禽戲*와 비슷한 생활체조였다. 그러나 참선을 중요한 수행덕목으로 삼은 불문에서 몸을 유연하게 만들어주고 정신을 맑게 해주는 불무도는 승려라면 반드시 배워야 할 덕목이었고, 이것이 귀족 불교로 발전하는 과정에서 귀족들의 호위나 왜구들의 침입에서 상대방을 제압할 수 있는 무술로 변화하게 되었다.

부석사와 용의 관련은 송宋나라 『고승전高僧傳』에 전하는데, 의상이 당나라로 들어간 669년 등주登州 해안에 도착했을 때 한 신도의 집에 머물렀다 한다. 집 주인은 대사의 뛰어남을 알아보고 머무르게 하였는데, 얼마 후에 고운 옷을 입고 아름답게 화장을 한 선묘善妙란 처녀가 사랑을 속삭여왔다. 그러나 마음이 돌과 같이 굳은 의상을 움직일 수 없었다.

의상은 그 뒤 장안長安의 종남산終南山에 가서 지엄 삼장智嚴三藏 밑에서 『화엄경華嚴經』을 배웠다. 대사는 극히 미묘한 도리를 이해하고, 전체의 흐름을 알고 그 행함에 절도가 있고, 요령이 있어 덕의 그릇에 가득 찼다고 할 수가 있고, 가히 삼장의 바다에 기꺼이 노닌다는 평가를 들을 정도였기에 의상의 주위에는 신도들이 구름처럼 모여들었다. 마침내 의상은 귀국 날짜를 정하고 등주에 있는 신도 집에 다시 들렀다.

대사는 수년에 걸친 뒷바라지에 감사를 표하고 상선을 타고 귀국하게 되었다. 뒤늦게 대사의 출발을 알게 된 선묘는 대사에게 드릴

---

* 오금희 : 도가에서 범·사슴·곰·원숭이·새 등 다섯 짐승의 자세를 흉내 내어 신체의 여러 관절을 부드럽게 하여 혈액 순환이 잘되게 하는 양생법

법복과 여러 가지 집기를 들고 해안가로 달려갔다. 그러나 대사가 탄 배는 이미 항구를 떠나 멀리 가고 있었다.

그녀는 기도를 올려 '내 본래의 참뜻은 법사를 공양하는 데 있습니다. 원컨대 이 의복을 담은 함이 저 배에 날아들어가기를 기원합니다.' 라고 하며 파도 위로 함을 던졌다. 때마침 거센 질풍이 불더니 함은 새털같이 날아 배 위에 떨어졌다. 선묘는 다시 맹세하기를, '이 몸이 큰 용으로 변하여 저 배의 선체와 노를 지키는 날개가 되어 대사님이 무사히 본국에 돌아가 법을 전할 수 있게 하리라.' 하였다. 그러고는 웃옷을 벗어 던지고 바다에 뛰어들었다. 진정한 원력은 통하는 바가 있는 것이니, 마침내 그녀의 몸은 용이 되어 혹은 약동하고 혹은 굽이치면서 배를 안전하게 이끌어 나갔다.

의상은 본국에 되돌아온 후 산천을 두루 찾아 고구려와 백제의 힘이 미치지 못하고, 말이나 소도 접근할 수 없는 곳을 찾았다. 여러 해를 전전하던 의상은 마침내 그곳을 찾았으나 이미 삿된 무리들이 차지하고 있었다. 스님은 혼자 생각하기를, '여기야말로 땅이 신령하고 산이 수려하니 참된 법륜을 돌릴 만한 곳이다. 권종이부權宗異部의 잡귀 무리들이 오백 명씩이나 모여 있을 까닭이 무엇이냐.' 라고 하였다. 의상은 마음속 깊이 대화엄의 가르침은 복되고 선한 곳이 아니면 일으키지 말아야 한다고 느낀 것이다. 그때 의상을 항상 따라다니며 지키던 선묘용善妙龍은 대사의 생각을 알아차리고, 허공에서 대변신을 일으켜 커다란 바위로 변했다. 넓이와 깊이가 1리쯤 되는 바위가 되어, 가람의 정상을 덮고 막 떨어질 듯 말 듯하니 많은 잡귀들이 혼비백산하여 사방으로 흩어져 달아났다. 그리하여 마침내 대사는 절

안에 들어가 『화엄경』을 펴기 시작하였다.

부석浮石이라는 절 이름은 가람이 들어설 터에 잡귀들이 패악을 부리며 방해하자, 대사를 흠모하다가 용으로 변한 선묘가 다시 커다란 돌로 화하여 이들을 물리쳤다는 데서 유래한다. 지금도 무량수전 뒤에 커다란 바위가 있는데 이것이 바로 부석이며, 선묘의 화신이라고 전한다.

의상은 676년 부석사에 자리 잡은 뒤 입적할 때까지 이 곳을 떠나지 않았는데 이때에 제자들에게 불무도를 전하였고 그것이 용권이라는 이름으로 오랜 시간 명맥을 이어오고 있었던 것이다. 신라 때에는 의상뿐 아니라 이름 높은 중들은 제각기 나름의 불무도를 전하였으니, 원광법사圓光法師 역시 그 가운데 하나이다. 원광은 당나라에 다녀와서 호거산에 운문사를 만들고 불무도를 전하였으니, 왕이 이 말을 듣고 청하여 세속오계를 짓고 화랑도 무예의 모체가 되는 체법을 전수하였다.

이뿐만 아니라 신라 때에는 안홍법사安弘法師도 불무도를 전하였으니, 그는 당나라 임금의 존경을 받은 이로 불타승 가야를 데리고 신라로 돌아와서 황룡사에 『전단향화성광묘녀경栓檀香火星光妙女經』을 번역하였다. 그는 물결 위에 자리를 깔고 서방으로 향해 갔다는 말을 남길 정도로 경신술이 높아서 공중과 물을 평지와 같이 다녔다고 전한다. 이밖에도 귀신 쫓는 밀본법사密本法師도 유명하였다. 그의 육환철장六環鐵杖이 왕의 침전으로 날아들어가 늙은 여우 한 마리와 홍륜사 중 법창을 꿰어 뜰로 내리쳤다는 이야기는 삼국유사에 전해오고 있을 정도다.

신라가 망하고 고려가 건국된 후에도 불교가 성행하였으니 각지의 사찰에서는 나름의 역사를 가진 불무도가 꾸준하게 이어져 내려왔다. 그리하여 신라 때에 5교로 나누어져 있던 것이 고려 때에는 9산문으로 분리되어 그 분파된 법맥이 지역을 근거로 하여 꾸준히 전수되어 왔던 것이다.

대웅전 앞에서 두 사람의 대결을 지켜보던 운공 스님이 고개를 내저으며 중얼거렸다.

"해지가 대단하다 하였더니 그와 상대하는 전유선의 무예는 참으로 대단하군."

옆에 서있던 개통이 그 말을 받았다.

"그러게 말이야. 전유선의 무예는 정말 기이하기 이를 데 없구먼. 저 피하는 법을 보면 정말 기기묘묘하단 말이야. 안 그런가, 대면아?"

무허 대사는 그 말을 듣고 가만히 고개를 끄덕였다. 대면은 얼굴이 크다고 개통이 부르는 무허 대사의 별명이다. 개통과 무허는 나이가 비슷할 뿐 아니라 어려서 한 스승 아래에서 계를 받아서 친하기가 형제와 같았다. 허나 한 사람은 큰 절의 주지이고, 한 사람은 떠돌이 행각승에 지나지 않으니 말과 행동에 차이가 현격하게 날 수밖에 없었다.

해지는 다람쥐처럼 빠져나가는 전유선을 공격하면서 아무런 성과를 올리지 못하여 애가 끓기 시작했다. 이때 누군가의 목소리가 크게 들려왔다.

"건乾 방위를 공격하라."

해지는 그 소리를 듣고 무의식중에 몸을 비틀며 비룡수운의 초식을 반대방향으로 펼쳤다. 전유선은 맹렬한 경풍勁風이 갑자기 오른발을 향해 엄습해오자 재빨리 천뢰무망天雷无妄이라는 각법脚法으로 강맹한 장력을 반탄시키며 공중으로 날아올라 반대편 섬 돌 위에 사뿐히 내려섰다. 그러고는 네 명의 젊은 스님을 데리고 대웅전 앞에 서 있는 붉은 법의를 입은 노승에게 공손히 읍하였다.

"반공 스님, 오셨군요."

반공이라는 노승은 키가 작고 단단하게 생겼는데 작은 눈에 불꽃 같은 안광이 번뜩였다. 까마귀처럼 하관이 쏙 빠지고 바싹 마른 얼굴에 희끗희끗한 긴 눈썹이 볼까지 길게 늘어져 있고, 긴 팔이 무릎까지 내려오는 기이한 얼굴의 스님이었다.

스님은 전유선의 인사에 공손히 합장하며 말했다.

"전 처사. 소승이 좀 늦었소이다."

"별말씀을 다 하십니다."

"대련 중에 집중하지 않은 것은 상대방에 대한 실례요."

해지가 일갈하며 질풍처럼 유선의 측면으로 주먹을 날렸다. 전유선은 미리 대비하고 있던 터이라 가볍게 해지의 주먹을 피하면서 이렇게 읊었다.

"우레로 만물을 움직이면 바람으로 만물을 분산시키고, 비로 만물을 젖게 하면 해로 만물을 말리고, 산으로 만물을 멈추게 하면 못으로 만물을 생동하게 한다. 하늘로 만물을 다스리게 하면 땅으로 만물을 간직하게 한다."

운공은 그가 말하는 구결口訣*과 모습을 보고 고개를 갸웃거리며 나직이 중얼거렸다.

"저것이 무슨 구결이오?"

반공이 섬돌 위로 올라오며 말했다.

"만변행신법입니다."

"만변행신법?"

"예. 가야보인법伽倻步引法이 이 땅에서 발전하여 바뀐 신법이지요."

"그, 그걸 스님이 어떻게 알았소?"

"그걸 알아내느라고 오랜 시간이 걸렸습니다."

"그럼 그가 백림거사栢林居士의 전인이란 말입니까?"

"……."

반공 스님이 말없이 해지의 공격을 피하고 있는 전유선을 바라보았다. 나머지 세 명의 노승들이 전유선과 해지를 번갈아 바라보았다.

전유선이 이들과 알게 된 것이 벌써 9년이었다. 그는 3년마다 절을 찾아와 각 절의 무예를 상대하고 있었는데 그의 무예를 당해내는 제자들이 없었다. 때문에 고승들은 제자들의 무예를 지도하고 더욱 분발시켜 그의 사문을 알아내려 하였던 것이다. 그리하여 9년 만에 알아낸 것이 전유선이 만변행신법을 쓰고 있다는 것이었다.

공민왕 19년1370년, 명나라 태조가 도사 서사호徐師昊를 보내어 산천에 제사를 지내게 하였는데, 원을 멸망시키고 명이 건국된 터라,

* 구결 : 한문을 읽을때 그 뜻이나 독송을 위해 각 구절 아래에 달아 쓰던 문법과 요소를 통틀어 이르는 말

서사호의 위세가 하늘 높은 줄 몰랐다.

서사호가 그 위세를 믿고 개성에서 갖은 호사를 부리고 있을 때에 도사 하나가 나타나 그를 꾸짖어 혼을 내주고 사라졌으니 그 이름이 백림거사였다.

백림거사는 이름이 한식韓湜으로 서사호를 상대할 때 만변행신법을 사용하였고, 이것의 근원이 가야보인법이라고 하였다. 가야보인법은 『보사유인술步捨遊刃述』을 저술한 신라의 중 현준玄俊이 최치원에게 전수한 보법이었다

서사호의 기가 꺾인 것은 둘째치고라도 대국의 도사를 준엄하게 꾸짖은 백림거사의 자취는 시 한 수만을 남겨놓은 채 세월의 흐름 속으로 안개처럼 사라져버렸다.

반공의 말로써 노승들은 백림거사 한식의 도문이 끊어지지 않고 이어지고 있음을 짐작할 따름이었다.

이때, 해지는 수백 합을 겨루었음에도 전유선을 어찌할 수 없게 되자 초조해지기 시작했다. 뼈를 깎는 노력과 인내로서 배운 무예가 아니었던가? 무려 이십오 년이라는 각고의 노력 끝에 용권을 본래대로 복원시켰음에도 전유선의 보법 앞에서 무용지물이 돼버리자 그의 가슴속에는 뜨거운 분노의 불길이 치솟았다.

"전유선. 너는 도망가는 법밖에 모르나?"

극도의 분노에 이성을 잃어버린 해지는 갑자기 왼손을 갈고리처럼 구부려 전유선의 옷자락을 움켜쥐며, 쥐었던 오른 주먹을 활짝 펼쳐 들었다. 해지의 펼쳐진 오른손은 갈고리처럼 펼쳐지며 전유선의 열다섯 개의 급소를 향해 찔러 들어왔다.

전유선은 해지의 권법이 돌연 용조공龍爪功으로 바뀌자 재빨리 땅을 차며 공중으로 날아오르더니 갑자기 몸을 빙글 돌렸다.

찌익, 하고 전유선의 옷자락이 힘없이 찢겨졌다.

"와앗!"

자리를 지키며 지켜보던 사람들은 일제히 탄성을 질렀다.

"그럴 리가."

"용기 있다면 정면승부를 벌이자."

"원한다면."

전유선이 손을 펼치며 해지와 맞부딪쳤다.

"저, 저런."

반공이 얼굴을 찌푸렸다. 용권은 강권强拳의 대명사로 불릴 정도로 파괴력이 강한 불무도였다. 그중 용조공은 천하에 이름 높은 금나수禁拿手. 더구나 부석사 최고의 무승인 해지를 상대로 정면승부를 한다는 것은 불나방이 불을 향해 날아가는 것이나 다름이 없는 일이었다. 그동안 전유선은 꾀보처럼 상대방을 상대하였고, 그의 보법에 의지하여 9년 동안 불패를 기록하였다. 그런데 이제 그 보법을 버리고 상대방과 정면승부를 하겠다고 하니 패배는 불을 보듯 뻔한 것이었다.

"부숴줄 테다."

해지가 한 손은 주먹을, 한 손은 갈고리처럼 구부려 전유선을 공격하였다. 전유선이 상대방의 공격에 맞서 두 손을 펼치며 권결拳訣을 읊기 시작했다.

"혼신상하渾身上下에 이화梨花가 춤추는 듯하고 편체분분偏體紛紛하니 서설瑞雪이 나부낀다."

전유선은 마치 수많은 벚꽃잎이 바람에 흔들려 떨어지듯 부드러운 손놀림으로 해지의 열다섯 가지 장법을 차례차례 해소시키기 시작했다.

"오!"

사람들 사이에서 자연스레 탄성이 흘러나왔다. 해지는 전유선이 자신의 권법을 부드럽게 흘려보내고 정면으로 파고들자 깜짝 놀라 더욱 힘을 불어넣어 권각을 휘둘렀다. 거센 장력과 권력이 맞부딪치자 두 사람 사이로 돌풍이 일어나 사방이 흙먼지로 뿌옇게 변하기 시작하였다.

잠시 후 그 흙먼지가 서서히 잠잠해지기 시작하더니 두 사람의 모습이 시야에 나타났다. 두 사람은 탑신 아래에서 두 팔을 마주한 자세로 움직이지 않고 있었다. 대웅전에서 싸움을 지켜보던 개통이 눈을 휘둥그레 뜨며 소리쳤다.

"도, 도대체 어떻게 된 것이냐?"

해지는 전유선과 일장을 교환한 후 순간 그의 몸 이곳저곳이 갑자기 시큰해지는 것 같더니 몸을 움직일 수 없었다.

"점혈點穴?"

해지는 자신의 혈도가 막혀버린 것을 곧 알 수 있었으나 어떻게 자신의 혈도가 봉쇄되었는지 알아낼 수 없었다. 승부 이전에 무인으로서의 수치심이 일었다.

"소승이 졌소이다."

해지는 몸을 움직이지 못하고 체념한 듯 눈을 감으며 말했다. 그러자 전유선이 그에게 다가와 가볍게 등을 두드리며 말했다.

"해지 스님, 혹, 그것이 마불痲不 스님이 만든 용조권이 아닙니까?"

"그, 그것을 어떻게?"

해지가 놀란 얼굴로 전유선을 바라보았다. 해지가 마지막으로 사용한 수법이 용권과 용조공이었다.

고려 중기에 마불이라는 승려가 용권와 용조공을 함께 사용하여 용조권을 만들었는데, 당시 고려는 원나라의 침입으로 나라와 백성들이 고초를 겪는 시기였다. 마불은 절을 뛰쳐나와 김방경金方慶 같은 무신의 편에 서서 수많은 원나라 관원을 죽인 탓에 부석사가 탄압을 받았으며, 그런 까닭에 부석사에서는 함께 사용하는 것을 금했다.

마불 이후로 용조권도 그 맥이 차차 사라져서 없어졌는데, 해지는 전유선을 이기기 위해 마불이 했던 것처럼 용권와 용조공을 함께 사용할 수 있도록 남몰래 수련하여 마침내 독특한 자신의 권법을 완성했던 것이다.

해지는 고개를 숙인 채 천천히 대웅전 앞으로 걸어가 운공 스님 앞에서 무릎을 꿇고 머리를 조아렸다.

"설마 네가 용조권을 사용한 것이냐?"

운공이 노기 띤 얼굴로 해지에게 말했다. 그는 이미 전유선과 해지가 조우할 때에 해지의 손에 살기가 가득한 것을 확인했던 터였다.

"예."

"살심을 가지고 있었더냐?"

"예."

"자비의 가르침을 배우는 자가 살심을 품다니. 나무아미타불."

"스님. 소승을 벌해주십시오."

"일어나거라. 네가 규율을 어긴 문제는 부석사에 돌아가서 해결하도록 하자. 너는 이 길로 덕휘루로 돌아가 근신하고 있거라."

"예."

해지는 힘없이 일어나 운공에게 읍하고는 맥없는 사람처럼 덕휘루로 물러났다.

부석사 주지 운공은 전유선에게 합장하며 말했다.

"나무아미타불 관세음보살. 우리가 또 졌소."

"그럴리가요? 살심에 마음이 현혹되어 빈틈이 생긴 때문입니다. 제가 이긴 것은 마음의 평정을 유지한 때문이지, 무예의 고하가 있기 때문은 아닙니다."

반공 스님이 말했다.

"이보게, 전유선. 그대가 백림거사의 전인인가?"

"과연 반공스님의 눈은 속일 수가 없군요."

"과연 그렇군. 자네가 백림거사의 전인이었어. 그렇다면 이번 기회에 내가 만든 진법陣法으로 그대와 한번 상대해보고 싶소만 어떤가?"

"가르침을 바랍니다."

반공의 뒤에 서있던 네 명의 젊은 중들이 마당으로 내려와 전유선에게 합장을 하고는 그를 둘러싸기 시작했다.

8

그들은 전유선의 사방 동서남북으로 위치하여 각각 자신의 무기를 꺼내 들었다. 전유선은 그들의 무기를 주목하였다. 동쪽에 위치한 중은 철비파를 들고 있었으며, 서쪽의 중은 은빛 노끈을, 남쪽의 중은 목검을 들고 있었고, 북쪽의 중은 긴 봉을 들고 있었다.

"특이하군요. 진법인가요?"

반공 스님이 유선에게 말했다.

"그것은 내가 만든 사왕진四王陣이라는 거요."

"사왕진?"

전유선은 잠깐 생각에 잠겼다. 진법은 나름의 체계가 있었다. 병법에서 흔하게 사용되는 원진, 방진, 학익진 등의 진법은 각각의 상황에 맞게 약한 군세를 보완하기 위해 마련된 것이다. 그 체계는 철저하게 수학적이며 깊은 사고를 요하였기 때문에 진법에 마주치게 되면 먼저 그 원리부터 찾아내야만 해답을 발견할 수 있었다.

이때, 유선의 머릿속에 갑자기 사천왕이 떠올랐다. 사천왕은 세계의 중심에 위치하고 있다는 수미산須彌山 중턱에 있는 사왕천의 주신으로 사대천왕, 혹은 호세사천왕이라고 부르는데 욕계육천欲界六天의 최하위를 차지하나 수미산 정상 중앙부에 있는 제석천에 봉사하며 불법뿐만 아니라 불법에 귀의하는 사람들까지 수호하는 호법신이다. 일반적으로 사찰을 수호하는 외호신으로 알려져 있다.

사찰에 들어서기 전 사천왕사에 나무로 깎아놓은 험상궂게 생긴 네 개의 상이 바로 그것인데 왼쪽에 비파를 들고 있는 것은 동방지국천왕이고 그 옆에 탑과 봉을 들고 있는 것은 북방다문천왕, 그리고 오른편에 칼을 든 남방증장천왕, 그리고 그 옆에 용을 휘감은 서방광목천왕이 서있다.

전유선은 그들의 무기를 보자 반공 스님이 사천왕을 모태로 사왕진이라는 진법을 만들었다는 것을 추측할 수 있었다.

그는 곧 네 중들의 방위를 살폈다. 이때 동쪽에 있는 중이 비파를 타며 불경을 암송하자 사방에서 검과 봉이 날아왔다. 전유선은 아직 방위를 살피지 못했기 때문에 아무런 행동도 하지 않고 검과 봉을 가볍게 피하였다. 이때 한 줄기 흰빛이 무릎 위 위중혈委中穴을 향해 부드럽게 흘러들었다. 그것은 산누에고치실로 만든 노끈으로 서쪽에 위치한 중이 전유선이 피하는 틈을 노리고 던진 것이었다. 전유선은 그 끈에서 무거운 내력을 느끼고는 다리를 들어 노끈을 피했다. 그러자 이번에는 등 뒤에서 바람이 몰려오는 것 같은 느낌이 들었다.

동쪽의 중이 철비파를 휘두른 것이었다. 철비파가 전유선의 등줄기를 내리칠 무렵 그는 몸을 비틀며 긴소매에 기를 실어 철비파를 감아 쳐내버렸다.

전유선은 진법에 대해서 조금 알게되자 걸음을 종횡무진 걸으며 사방으로 둘러싼 스님을 공격하였다. 그러나 방위에 대해 알았다 손치더라도 이들이 가지고 있는 무기가 강한 성질의 것과 약한 성질의 것을 모두 가지고 있었기 때문에 그야말로 빈틈을 찾기가 어려웠다. 그러나 전유선이 사용하고 있는 만변행신의 보법은 시전하면 할수록 힘이 생기는 까닭에 계속해서 사방팔방으로 치고받으며 허점을 찾아 공격을 하니 사왕진도 조금씩 흐트러지기 시작했다.

네 중들이 지키고 있던 방위가 조금씩 흐트러지자 이번에는 한꺼번에 협공을 시작했다. 전유선은 기다렸다는 듯이 공중으로 훌쩍 뛰어올라 그들의 공격을 무위로 만들었다. 그러고는 종횡무진 걸음을 옮기며 빈틈이 보이는 스님에게 공격을 펼쳤다.

그는 승근혈承筋穴을 향해 날아오는 노끈을 발로 밟고는 표풍비각飄風飛却이라는 신법으로 스님에게 다가가 재빨리 좌측 목의 인영혈仁迎穴을 찔렀다. 이때 목검을 휘두르는 스님이 유선의 목을 향해 찔러 들어갔다. 순간 전유선은 기다렸다는 듯 몸을 기울여 목검을 피하며 중의 수삼리혈手三理穴과 편력혈偏歷穴을 동시에 찔렀다.

"아……."

혈을 봉쇄당한 스님은 탄식을 하며 들고 있던 목검을 떨어뜨렸다.

때를 같이하여 전유선은 발에 감긴 노끈을 튕겨 떨어지는 목검을 감싸 앞으로 휘둘렀다. 쉬익, 하고 목검이 방향을 바꾸어 맹렬한 기세로 봉을 들고 있는 중에게로 날아갔다. 깜짝 놀란 중은 봉을 휘둘러 날아오는 검을 쳐내고는 다음 공격에 대비하려는 순간 옆구리가 시큰해지더니 몸이 뻣뻣하게 굳어오기 시작했다.

"어?"

스님은 눈을 크게 뜬 채 나직이 입을 벌렸다. 옆구리의 경문혈京門穴을 제압당해 더 이상 몸을 움직일 수가 없었기 때문이다. 이제 비파를 든 중만이 전유선과 마주하였다.

"음악이라. 풍류에는 음악과 술만 한 것이 없지요."

전유선은 허리춤에서 부채를 하나 꺼내더니 얼굴 앞에 좍 펼쳤다. 비파를 든 중은 순식간에 동료 세 명을 제압한 광경에 이미 기가 죽어 우둑 선 채로 반공의 처분을 기다렸다.

"전 처사. 내 진법이 그대의 재주에는 못 미치는구려."

반공이 탄식을 하며 마당으로 내려와 세 사람의 막힌 혈도를 풀어주었다.

전유선은 반공에게 공손히 읍하며 말했다.

"대사님께서 미리 사왕진이라는 것을 말씀해 주시지 않았다면 상황이 달라졌을 겁니다."

"아니오. 그도 학문이 없으면 깨치기 어려운 법. 내가 진 것을 깨끗이 인정하겠소."

반공은 나직이 불호를 그리며 전유선을 향해 머리를 조아렸다.

무허 대사가 웃으며 말했다.

"승패는 병가에 흔히 있는 일. 원한이 있는 것도 아니고 수련을 위한 대련이니 마음 쓸 것 없소. 해지와 반공의 진법이 와해되었으니 봉정사는 오늘 기권하겠소. 기력을 많이 소모하셨으니 들어와 차라도 한 잔 하십시다."

고승들은 전유선과 함께 대웅전으로 들어가 차를 마시며 한담을 나누었다. 개통은 차 한 잔을 마시고는 입맛을 쩝쩝 다시다가,

"에잉. 나는 말 오줌 같은 차는 싫은데 절에만 오면 이 차를 주니 이것도 내 인생의 고행 가운데 하날세."

하고는 전유선에게 고개를 돌려 말했다.

"이보게, 전유선. 자네가 백림거사의 전인이라면서? 자네가 펼쳤던 무예는 무엇인가? 혹 천둔검법天遁劍法을 배웠는가?"

"아닙니다. 듣기로 천둔검법은 설잠雪岑 스님이 전하셨다 합니다."

"설잠? 설잠이라면 매월당 김시습을 말하는가?"

"예."

무허가 말했다.

"김시습이 이인이라더니 문무겸전하였군."

개통이 눈을 부라리며 무허에게 핀잔을 주었다.

"자네 몰랐는가? 하긴 산구석에 처박혀 늙어가니 세상 돌아가는 사정을 모르지. 내 얘기를 들어보게. 언젠가 속리산에 들어가 학조를 만났는데, 학조 그 사람이 시습과는 먼 친척뻘이 되네. 학조가 시습의 재주를 시기하여서 매번 그를 이기려고 용을 썼는데 하루는 길을 가다가 산돼지가 판 웅덩이에 흙탕물이 가득한 것을 보고 시습이 말을 하기를, '내가 이 웅덩이 속에 들어가서 한 번 둘러 나오려는데 네가 나를 따를 테냐?' 라고 했지. 학조가 응낙을 하여 두 사람이 흙탕물에 들어가 한동안 철벅거리다가 나왔는데 시습은 몸과 의복에 한 군데도 젖은 곳이 없고, 학조는 흙탕물을 뒤집어써서 사람 꼴이 아니었다는군. 그로부터 학조가 시습에게 고분고분하였는데 그 신법과

보법이 초법입성의 경지에 있다는 것을 짐작할 수 있었네."

반공이 말했다.

"소승도 그에 대해 한 가지 이야기를 알고 있습니다. 조우祖雨는 봉은사의 중으로 일찍이 노사신에게 장자를 배웠습니다. 그 중이 한 종실의 집에 머물고 있었는데 시습이 알면서도 모른 체 말하기를 '조우가 노사신에게 수학하였다 하니 그게 사람 축에 가는 자인가? 만약 그자가 여기에 있다면 내가 반드시 죽일 것이다.' 라고 하였다는군요. 조우가 분이 나서 방안에서 튀어나오며 말하기를 '공이 감히 정승을 공공연하게 욕을 하고 사람을 죽이려 하니 참으로 무도한 사람이다. 어디 나를 죽이고 싶으면 죽여보라.' 하며 죽기 살기로 대들었지요. 시습이 건장한 조우를 장사 공깃돌 들 듯하며 때리는데, 사람들이 뜯어말려서 조우가 간신히 목숨만 건져 달아났소. 후에 조우가 시습을 수락산 정사에서 만났는데 시습이 반가운 빛으로 맞이하였답니다. 조우도 이에 이르서는 화가 풀어져서 이야기도 나누고 밥도 지었는데, 상이 들어와 조우가 밥을 먹으려하면 시습이 발끝으로 땅위의 먼지를 밥숟갈에 뒤집어씌워서 한 술도 못 먹게 하였다 합니다. 그러면서 하는 말이 '네가 노가놈에게 글을 배웠으니 사람이라고 하겠느냐?' 면서 꾸짖더라는 거요."

무허가 느릿하게 말했다.

"설잠이 괴팍스러운 사람이군. 사람이 마음에 들지 않는다고 죄 없는 밥에 먼지를 뒤집어씌울 것은 뭔가?"

반공이 눈을 감고 염주를 굴리며 말했다.

"내가 이십여 년 전에 시습을 본 적이 있소이다. 다섯 살 신동으로 세상에 이름이 높았던 그가 때를 잘못 만나 높은 뜻을 이루지 못하고 금수처럼 산속에 숨어 세상을 피해 살아야했던 성정을 생각하면 그런 말씀이 아니 나올 것이오.

달이 밝은 날이면 밤중에 홀로 앉아 상좌중으로 하여금 『이소경離騷經』*을 읊게 하고는 눈물이 흘려 옷깃을 적시면서 '우리 세종대왕을 뵈올 수 없구나' 하고 슬피 울던 모습이 눈에 선하오. 그로 미루어 보면 세종대왕의 은덕을 입은 시습은 불행하게 돌아가신 노산군단종에 대한 절개를 지키던 충성스런 신하라고 할 수 있소. 그런 그가 정승을 하던 노수신을 업신여기어 조우를 무례히 대한 것은 충분히 짐작하고 남을 일이지요."

노승들이 숙연하게 고개를 끄덕였다. 개통이 헛기침을 하다가 말했다.

"말이 나왔으니 말이니 내가 설잠에 대해 재미있는 이야기 하나 해주지. 그 사람이 한번은 속리산 법주사에 들른 적이 있네. 그가 사람이 머물지 않는 암자에 홀로 앉아 보름간을 벽곡을 하는 것을 보고 중들이 섬기길 지성으로 하였는데 하루는 함께 와서 이렇게 청하였네. '저희들이 대사를 받든 지가 오래인데 아직 한번도 설법을 듣지 못하였습니다. 대사의 청정하신 법안을 누구에게 전하시겠습니까? 저희들이 방향을 잘 알지 못하니, 원컨대 금 집게로 눈에 가린 것을 긁어주소서.' 시습이 흔쾌히 허락하여 말하길 '정히 그렇다면 크게 법연

---

* 이소경 : 전국시대 초나라의 시인이자 정치가였던 굴원이 쓴 장편 서정시. '이離'는 만나다, '소騷'는 근심으로 '근심을 만나다'라는 뜻인데 후세 사람들이 이를 높여 '이세경'이라 불렀다.

을 열어라.' 고 하였지. 그리하여 법주사에 때 아닌 큰 법석이 벌어졌는데 충청도 일대에서 내로라하는 부자들이 모여들어 성시를 이루었어. 법연하는 그날 시습은 화려한 가사를 입고 높은 법연대 위에 가부좌를 장엄히 틀고 앉았지. 중들과 신도들은 너른 마당에 무릎을 꿇고 합장하여 시습을 바라보았고 말이야. 이때, 시습이 뜰에 가득한 사람들을 그윽이 내려다보다가 '너희들이 나에게 법을 배우고 싶으냐? 그렇다면 소 한 마리를 가져오라.' 고 하였지. 중들이 영문을 모르고 소 한 마리를 끌어다 뜰에 매어놓으니 이번에는 '소 먹일 꼴을 가져오너라.' 하여 소 먹일 꼴을 소 뒤에 놓았어. 사람들과 중들이 무슨 말을 하려는지 궁금하여 시습을 넋 놓고 바라보고 있으니 시습이 한마디를 하였지. '너희들이 법을 듣고자 하는 것이 이와 같다.' 시습이 앙천대소 하면서 자리에서 일어나 바람처럼 사라져버렸으니 사람들과 중들이 부끄러워하였다 하네. 속담에 소 뒤에 꼴 두기라, 대개 사람이 희미하고 어둡고 무식한 자를 이르는 것이니, 법주사에 가득 모인 중들과 사람들을 일러 비유한 것이네. 지금 생각해보면 시습 같은 이인이 뜻을 꺾고 세상을 떠돌아다니다가 덧없이 홍산 무량사에서 입적하였으니 이 나라의 장래를 보아서도 안타까운 노릇일세."

개통의 한숨에 다른 노승들이 말없이 고개를 끄덕거렸다. 반공이 전유선에게 말했다.

"내 보니 전공의 기량 역시 그에 비할 바 아닌데 어찌 세상을 피하여 은거하는 것이오? 사연이 있는 것이오? 그런 높은 재주를 썩히는 것은 나라의 장래를 생각하더라도 안타까운 일이 아니오?"

"저에게도 사연이 있지요. 제 스승의 함자는 한유韓流라 하온데 저에게 진전을 물려주시기 전에 제자 하나가 더 있었습니다."

"오! 그가 누구요? 우리도 아는 사람이오?"

"예. 제 사형의 이름은 성이 남南이고 이름이 이怡 외자 올시다. 여러 스님들도 그 분의 이름은 익히 들어보셨을 것입니다."

"아!"

개통은 장딴지를 치며 탄성을 지르고 반공과 운공, 무허는 서로의 얼굴을 바라보았다.

남이는 태종의 외손으로 호방하고 용맹스러움이 남보다 뛰어나서 일찍이 귀신을 쫓고, 빠른 범을 사로잡았는가 하면, 어용소魚用沼와 함께 북쪽 오랑캐를 쳐서 이름이 온 나라에 드러났다. 1457년세조 3 무과에 장원급제하고, 세조의 총애 속에서 여러 무직을 역임했다. 1466년 발영시拔英試에 급제한 뒤, 1467년 포천 · 영평 등지에서 도적을 토벌했다. 이시애가 반란을 일으키자 우대장이 되어 진압에 참여했고, 이 공으로 적개공신 일등에 책록되고 의산군宜山君에 봉해졌다. 이어 서북변 건주위建州衛의 여진토벌에 참여하여 이만주를 죽여 이등군공을 받았으며, 그 뒤 공조판서에 임명되었다. 1468년에는 오위도총부도총관을 겸했으며, 이어 병조판서가 되었다. 그해, 남이는 모반죄로 사형을 당하였는데 숨은 이유가 있었다.

세조가 죽은 후, 둘째 아들인 예종이 왕위에 올랐는데, 예종은 세자 때부터 남이를 꺼렸다. 예종이 왕위에 오르고 얼마 되지 않아 하늘에 혜성이 나타났는데, 남이가 대궐 안에서 숙직하다가 다른 사람에게 말하길, '혜성은 곧 묵은 것을 제거하고 새로운 것을 포치하는 형상이다.' 라고 하였다.

유자광柳子光은 평소에 남이의 재능과 명성을 시기하였는데, 이날 대궐에서 숙직하다가 남이의 말을 엿들었다. 이에 유자광은 남이의 시 한 수를 가져와 평국平國을 득국得國으로 고쳐가지고 남이에게 배반할 마음이 있다고 고변하였던 것이다.

白頭山石磨刀盡　백두산 돌은 칼을 갈아 다하고
豆滿江水飮馬無　두만강 물은 말을 먹여 없애리라
男兒二十未平國　남아 이십 세에 나라를 평안하게 하지 못하면
後世誰稱大丈夫　후세에 누가 그를 대장부라 하겠는가.

이는 남이가 야인들을 물리치고 백두산에 올라 지은 시였다. 남이가 말 한마디와 이 시 때문에 모반에 엮여 모진 국문 끝에 억울하게 죽임을 당하였으니 그때 그의 나이 28세였다.

"스승께서는 큰 사형의 죽음을 상심하여 세상에 나가지 말라는 다짐을 주셨습니다. 하여 저는 스승과의 의리를 중히 여겨 세상에 나갈 수 없습니다."

전유선의 말에 노승들이 고개를 끄덕였다. 반공이 입을 열었다.

"남이라면 유영검법流影劍法의 달인이 아니었나? 남이와 한 사문이라면 자네도 유영검법을 배웠는가?"

"예."

"그대의 장법이 물 흐르듯 부드러운 것이 그런 연유가 있었군."

"자네 사문의 연원은 어찌 되는가?"

"제 사문의 종조는 고려 숙종 때 어의御醫였던 한상림韓尙琳이십니

다. 조사祖師께서는 장서각에서 의서를 뒤지다가 우연히 무술에 대한 서적을 탐독하였는데 의학과 무학 사이에 많은 관련성을 찾았지요. 그리하여 의학과 무학을 연구하던 끝에 마침내 독특한 일가를 이루셨습니다. 검술의 연원은 고구려 시대로 거슬러 올라가고, 권법은 수박과 택견 등 먼 옛날부터 전해 내려오는 권술에서 유래합니다. 보법은 가야보인법을 근본으로 하지만 오랜 시간 동안 많은 부분이 발전해서 만변행신이라는 독특한 보법이 되었지요."

"기이하군. 무인이 아니라 의원으로부터 시작되었다니. 내공수련은 무엇을 근본으로 삼고 있는가?"

"용호비결을 기본으로 삼아 진기를 운용합니다."

"용호비결이라면?"

"원시침경에 나오는 기경 입문서입니다. 음과 양을 용과 호랑이의 체계로 나누어 몸속에 기를 운용하는 법문이지요."

차를 마시며 한담을 나누던 전유선이 자리에서 일어났다.

"그럼 저는 그만 가보겠습니다."

"벌써 가려구? 할 얘기도 많은데……."

하고 만류하는 이는 개통 스님이다.

"집에 병약한 아내를 혼자 두고 왔더니 걱정이 되는군요. 마음은 여러 노스님들과 무학에 대해 깊은 이야기를 나누고 싶지만 현실이 허락하지 않습니다. 부디 양해해 주십시오."

"아내가 많이 아픈가? 약이라도 쓰지 그래? 내가 인삼을 가지고 있는데 줄까?"

"마음만 받지요. 임신을 한 몸이라 인삼은 몸에 맞지 않습니다."

"임신? 그럼 산모를 집에 놔두고 왔구먼. 이런 무정한 사람 같으니. 어서 집으로 돌아가게. 사람이 그럼 안 돼."

개통이 혀를 차며 가라고 재촉을 하였다.

"그럼."

노스님들에게 공손하게 합장을 한 전유선이 몸을 돌려 산문 밖으로 걸어 나갔다. 무허와 운공, 반공 세 사람은 그가 떠나버린 것을 아쉬워하며 그가 사라진 방향을 향하여 조용히 두 손을 모아 합장하였고, 개통은 쓴 입맛을 연신 다시었다.

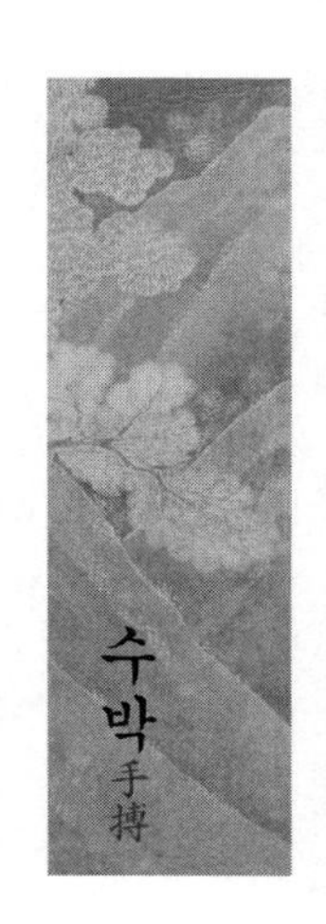

1

청하동 어귀에는 새벽부터 실권이가 나와 서성이고 있었다. 오늘이 전유선이 돌아오기로 약속한 날이었기 때문이다. 실권이는 전유선이 떠난 후에도 열심히 그가 가르쳐준 보법을 익혔다. 그리고 닷새 후에 전유선이 말한 이치를 어렴풋이 깨닫게 되었다. 동작과 호흡이 일치되면 그리 어렵지 않다는 것을 말이다.

실권이가 그것을 차차 익히게 된 이후부터는 돌 지게를 져도 진 것 같지가 않았으며 한 번 동작을 시전하여 끝이 나면 훨씬 몸이 가벼워지고 온몸에 힘이 충만한 것 같은 기분이 들었다. 동작을 반복하면 할수록 다리에 근력이 생기고 기력이 솟구쳐서 실권이는 또 다른 세상을 만난 것만 같았다.

실권이는 그것을 저희 주인에게 자랑하고 싶은 마음에 아침부터 청하동 어귀에서 전유선을 기다렸던 것이다.

"올 때가 되었는디……."

길가에 피어난 들꽃을 따기도 하고 괜스레 삐죽하게 자라난 풀에 낫질도 하던 실권이는 고개를 들었다. 눈부신 해가 중천에 솟아 햇살이 따갑게 얼굴을 때렸다.

찡그린 눈을 가리기 위해 손을 이마에 가져가 그늘을 만들던 실권이는 길가에 있는 소나무 아래 바위 둔턱에 어슬렁거리며 가 앉았다.

"호호호. 여기서 뭘 하는 거야?"

바위 뒤에서 비탈이가 불쑥 나타났다.

"어매. 깜짝 놀랐구먼. 여기서 뭐하는 거여?"

실권이가 놀란 사람처럼 눈을 크게 뜨고 바라보았다. 비탈이는 실권이가 놀라는 모습이 재미있는지 손뼉을 치며 한바탕 요란하게 웃었다. 비탈이가 숨은 것을 어찌 모를 것인가. 실권이는 자신을 속였다고 즐거워하는 비탈이의 모습을 웃으며 바라보았다.

"너는 나를 놀려 먹는 게 좋으냐?"

"흥!"

비탈이가 팔짱을 끼며 콧방귀를 끼었다. 실권이는 그런 비탈이가 더욱 예뻐만 보였다. 조금만 있으면 자신의 안사람이 될 비탈이가 아닌가. 댕기치마를 입고 코를 질질 흘리면서 다니던 어린 아이가 이렇게 숙성한 처녀가 되어 자신의 배필이 된다니 실권이는 믿어지지가 않았다.

"주인어른 기다리는 거지?"

비탈이가 다가와서 속살거렸다. 비탈이의 반달 같은 눈이 미소를 머금고 붉은 입술 아래 하얀 이가 눈부셨다.

"비탈아. 너 나한테 시집오는 거 맞니?"

"느끼하게 왜 이래?"

비탈이가 새우처럼 몸을 움츠렸다. 그러다간 무슨 생각이 들었는지 두 눈을 꼭 감고 말했다.

"좋아. 한 번은 용서해주지."

비탈이가 도톰한 입술을 쭈욱 내밀었다.

실권이는 가슴이 두 근 반 세 근 반 뛰었다. 혼례도 치르기 전에 비탈이의 입술을 훔칠 수 있는 절호의 기회가 절로 찾아왔던 것이다.

실권이는 침을 꿀꺽 삼키곤 누가 있나 좌우를 둘러보았다. 인적 없는 동네이고 손이 없어서 동구에는 인기척이 없었다. 마른 입술을 혀로 축인 후 실권이는 눈을 감고 입술을 돼지처럼 내밀었다. 그러고는 비탈이의 입술을 향해 서서히 나아갔다. 바로 그때였다.

"어허, 그놈들. 급하기도 하구나."

정신이 번쩍 들어 고개를 돌리니 길 한가운데에 전유선이 우두커니 서있는 것이 아닌가.

"에구머니."

놀란 비탈이는 얼굴을 감싸 쥐고 부리나케 바위 뒤편으로 숨고, 실권이는 어찌할 줄을 몰라서 꾸벅 인사를 하였다.

"주인어른, 오셨어유?"

실권이는 부끄러운 마음에 얼굴이 불처럼 화끈거렸다.

"아무리 좋아도 길에서 입맞춤을 하면 쓰겠느냐? 나는 갈 테니 하던 것 마저 하고 오너라."

전유선이 싱긋 웃더니 동네로 통하는 오솔길로 사라져갔다.

"난 몰라. 어쩜 좋아. 난 몰라. 난 몰라. 모두 너 때문이야."

바위 뒤편에서 얼굴을 감싸 쥔 비탈이가 울 것처럼 발을 동동 구르며 호들갑을 떨었다.

"뭐 어때?"

비탈이의 눈이 도끼눈이 되었다.

"뭐 어때? 나리를 볼 때마다 부끄러워 어떡해?"

실권이도 무안한 마음에 머리를 긁적거렸다.

"내가 말을 말어야지."

비탈이가 오솔길을 종종걸음으로 달려 내려갔다.

"어휴. 바보. 그런 절호의 기회를……."

실권이는 자신의 더벅머리를 몇 번 두드리더니 낫을 챙겨 지게를 지고 비탈이를 향해 달려갔다. 걸음 빠른 실권이는 이내 비탈이를 추월하여 그 앞에 멈추어 섰다.

"비탈아. 타라!"

"미쳤어? 남이 보면 어떡해?"

"뭐 어때! 조금 있으면 내 색시 될 사람인데……. 까짓것 흉볼 테면 흉보라지. 잔말 말고 어서 타. 나리가 집에 도착하셨으니 마님께서 부를 거 아녀."

비탈이가 조심조심 지게에 올랐다.

"간다. 꽉 잡어."

실권이가 산비탈을 곤두박질하듯 내달렸다. 실권이가 전유선에게서 틈틈이 무예를 배운 지가 십여 년, 그동안 몸의 단련은 말할 것도 없지만 경신법을 배운 후론 일취월장하여 걸음이 바람과 같았다.

비탈이의 좌우로 나무와 풀들이 쌩쌩 지나갔다. 비탈이가 보기에 실권이는 한편으론 어리석고, 한편으론 다정한 사람이었다. 무엇보다 책임감이 강하고 건실하다는 것을 알기에 그가 자신의 짝이 된다는 사실이 무척이나 기뻤다. 그런 까닭에 입술을 허락하려 한 것이다.

그녀는 지게머리를 쥔 손을 풀어 살며시 실권이의 더벅머리를 어루만지려 손을 뻗쳤다. 그때였다. 실권이가 돌연 고개를 홱 돌렸다.

"너 뭐하는 거여?"

비탈이는 놀라 뻗쳤던 손을 잽싸게 당기며 고개를 도리도리 흔들었다.

"다 왔어. 내려."

"벌써?"

비탈이가 고개를 돌려보니 어느새 집 앞에 도착해 있었다.

2

전유선은 부인 박씨와 함께 대청마루에서 초여름의 더위를 식히고 있었었다. 매미는 뭉게구름이 피어오른 푸른 하늘을 향해 울음을 터트리고 논둑에 되새김질을 하고 있던 누런 황소 한 마리는 한가하게 그늘에서 더위를 식히며 기다란 꼬리를 채찍처럼 휘둘러 귀찮게 달려드는 파리들을 쫓다가 이따금 음매, 하며 긴 하품을 터뜨렸다. 비탈이가 탕약을 가지고 대청으로 올라왔다. 조심스레 탕약을 건네니 박씨 부인이 군소리 없이 약을 받아 마셨다.

안중문으로 슬그머니 들어온 실권이는 담벼락에 걸쳐놓은 빗자루를 들어 마당을 쓰는 시늉을 하였다. 전유선이 비탈이와 실권이를 번갈아 바라보며 말했다.

“하던 일은 마저하고 왔느냐?”

비탈이는 얼굴이 붉어져서 어쩔 줄을 모르고, 실권이는 싱글싱글 웃으며 머리를 긁적거렸다.

"그게 무슨 말이에요?"

박씨 부인의 물음에 전유선이 빙그레 웃으며 말했다.

"그런 게 있다오. 그런데 비탈이와 실권이 혼례는 언제로 잡았소?"

"다음달, 초하루로 잡았습니다."

박씨 부인이 비탈이와 실권이를 바라보며 웃었다. 그 웃는 모습이 이른 봄 햇살을 받고 피어난 복사꽃처럼 아름다웠다.

"제 혼인날이 다음 달 초하루라구유?"

전유선이 물었다.

"왜 싫으냐?"

실권이는 손을 도리도리 내저으며 다급하게 말했다.

"아니구만요. 아니구만요. 제가 언제 싫다 했남유? 그런데 혼례 준비하기엔 시간이 촉박한 거 아녀유? 열흘밖엔 안 남었는디?"

박씨 부인이 말했다.

"걱정 마라. 지금부터 해도 늦지 않으니. 너희들 이부자리와 입을 옷감은 벌써 마련해 놓았단다."

비탈이가 실권이에게 눈치를 주었다. 내당을 오가는 비탈이는 이미 알고 있는 일이기에 눈치 없이 물어보는 실권이에게 눈총을 주었다. 전유선이 말했다.

"듣자하니 그동안 마당에서 내가 그려놓은 그림을 열심히 수련 하였다면서? 그래, 내 말대로 하니 느껴지는 것이 있더냐?"

"예. 처음에는 숨 쉬는 것도 힘에 부치던데 계속하다 보니께 힘도 들지 않고 숨도 자연스럽게 쉬어지는 것이 한 번 걸음을 옮겨 끝이 나면 온몸이 개운하고 힘이 막 솟더구먼유."

"허허허. 네가 실로 재주가 있구나. 그 묘리를 그렇게 빨리 깨우치다니 말이다. 하긴 재주를 익히는 데는 몸으로 익히는 것 만한 게 없지. 네가 참 재주 있는 아이이다. 실권아. 이참에 무예를 제대로 배워볼 테냐?"

"예? 정말이유?"

실권이는 막연하게나마 전유선이 엄청난 무예실력을 가지고 있음을 알고 있었다. 그런 전유선이 무예를 제대로 가르쳐준다 하니 실권이로서는 횡재를 맞은 것만 같았다.

"네가 배우고 싶은 것이 무엇이냐?"

"최고의 권술이유. 이왕이면 칼 휘두르는 법도 배우고 싶구먼유."

"최고의 권술에, 검법이라……."

전유선이 고개를 끄덕이더니 입을 열었다.

"실권아. 네가 수박手搏을 할 줄 아느냐?"

"어유, 나리두. 수박이야 삼척동자들도 다 하는 거 아녀유? 조선 천지에서 수박을 모르면 그게 사내 축에나 드남유?"

"보여 줄 수 있느냐?"

뜬금없는 소리에 실권이는 두 눈을 멀뚱멀뚱하게 뜨고 바라보다가 빗자루를 섬돌 위에 걸쳐놓고 너른 마당 가운데 섰다.

"보셔유."

실권이는 두 팔을 휘저으며 덩실덩실, 너울너울, 으쓱으쓱, 살랑살랑 마치 춤이라도 추는 사람처럼 두 팔을 흐느적거리다가 갑자기 다리를 허공에 차고, 몸을 휘청거리다가 두 주먹을 힘차게 반공에 작렬하였다. 느린 듯하면서 빠르고, 빠른 듯하면서 느리고, 부드러운 듯하면서 강하고, 강한 듯하면서 부드러운 실권이의 몸동작은 무희의 춤사위처럼 자연스럽고 아름답기까지 하였다. 활개질하는 손은 나비의 날갯짓처럼 부드럽고, 품을 밟는 다리는 앞뒤좌우를 오가며 쉼 없이 계속되었다. 한동안 수박희를 하던 실권이가 이윽고 동작을 멈추었다.

비탈이가 손뼉을 치다가 무안한 듯 몸을 돌렸다. 앞뒤가 훤하게 뚫린 대청마루에 앉아있던 박씨 부인이 미소를 짓고 있었다.

이마에 맺힌 땀을 훔치며 실권이가 물었다.

"나리. 이 정도면 됐남유?"

"잘했다. 그런데 방금 네가 최고의 권술을 가르쳐달라고 했지?"

"예."

"너는 무예로서 수박을 어떻게 생각하느냐?"

"수박을 어떻게 생각하다니유? 수박이 수박이지유. 동네 아이들도 다 아는 수박에 뭐가 있겠남유?"

실권이는 난데없이 수박을 들먹이는 전유선을 쳐다보며 고개를 갸우뚱거렸다. 수박은 고대로부터 내려오는 민속놀이의 하나라고 할 수 있었다. 사람들은 그것을 수박희手搏戱라고 불렀다. 수박희는 단오 무렵에 열흘이나 혹은 보름 동안 판을 벌리고 사월 초파일과 추석 때도 사나흘씩 행해질 정도로 나라에서 가장 성행한 놀이무예였는데, 그 시기에는 이 마을 저 마을의 청년과 소년들이 수박으로 자웅을 겨루어 이 대결에서 이긴 마을이 진 마을로부터 술과 음식을 대접받는 풍습이 이어져 내려오고 있었다. 때문에 수박은 씨름처럼 사람들의 몸에 자연스럽게 익숙해 있었고, 남자라면 누구나 수박을 익히고 있었다.

실권이는 수박을 무예라고 생각하기보다는 씨름과 같은 놀이로 생각하고 있었기 때문에 전유선이 하는 말을 이해할 수가 없었다.

"너는 내가 가르쳐준 무술들과 수박을 비교해 본 적이 있느냐?"

실권이는 갈수록 전유선의 말이 아리송하여,

"별 생각은 안 해봤는데유. 아무렴 주인어른이 가르쳐주신 무술이 너도나도 할 줄 아는 수박보다는 낫겠지유."

전유선이 고개를 내저었다.

"가장 널리 알려진 무술이 가장 강한 무술이다."

"예? 그게 무슨 말씀이세유?"

"나는 이 세상에서 가장 강한 권술이 수박이라고 생각한다."

"예?"

팥으로 메주를 쑨다고 해도 믿을 수 있는 주인어른의 말이지만 이미 수박희를 잘 알고 있는 실권이에게 전유선의 말은 믿기 어려웠다.

"못 믿겠느냐?"

전유선의 말에 실권이는 고개를 갸웃거리며 말했다.

"솔직히 저는 못 믿겠구먼유. 만약에 나리의 말씀대로라면 조선 천지에 수박을 할 줄 아는 사람들은 모두 천하제일의 고수겠네유."

"허허. 그 녀석. 그건 네가 모르는 소리다. 아침 이슬도 소가 먹으면 젖이 되고, 뱀이 먹으면 독이 되는 이치를 아느냐? 사람들은 가까운 곳에 있는 진리를 찾기보다 멀리 있는 공허한 법을 선망한다. 참으로 어리석고 안타까운 일이 아닐 수 없다. 내 오늘 너에게 이야기를 아니할 수 없구나."

전유선이 실권이를 손짓하여 대청마루로 불러 앉힌 후에 이야기를 시작했다.

"예부터 검술과 봉술 따위의 무예를 연마하기 전엔 먼저 권법을 익히도록 하였다. 어째서 검이나 도나 곤 같은 기법器法을 익히기 전에 권법을 연마할까? 그것은 신체를 단련시키면서 보법과 호흡법을 익혀 봉이나 검 같은 무기를 들었을 때 진보가 빠르게 하기 위함이란다. 따져보면 무기는 손과 팔을 대신하는 것이니 무술의 기초는 권법에 있는 것이지."

실권이가 고개를 끄덕였다.

"그건 일리가 있는 말씀이셔유."

"수박은 그저 즐기는 유희가 아니라 권법이다. 다른 말로 각저角抵, 각희脚戱, 권박拳搏이라고 하고 또 지방마다 부르는 명칭은 다르지만 그 원류는 고구려 무사들이 전투를 위해 익힌 무예였다. 수박, 각저, 각희, 권박이라는 말은 손과 발뿐만 아니라 인체의 모든 부분을 사용하여 상대를 쓰러뜨리는 무술이라는 뜻이다. 일반적으로 주먹과 발을 사용하는 무술과는 그 기본부터 차이가 난다고 해야할까? 비유하면 씨름은 수박과는 틀려서 오직 힘과 기술을 샅바에 의지하여 싸우는 데 불과하지만 수박은 주먹과 발뿐 아니라 온몸을 흉기처럼 사용하기 때문에 일격에 사람을 죽이기도 하고 병신으로 만들기도 하는 무서운 무술인 것이다."

실권이는 눈이 휘둥그레져서 물었다.

"수박이 그렇게나 무서운 건가요?"

"허허허. 모든 것은 그 이치와 묘리가 있다. 네가 그걸 모르니 고수가 될 수 없었던 것이다. 수박은 특정한 형태가 없으니 상대와 떨어져 있으면 권법이 되고 상대와 붙으면 씨름이 된다. 형태가 없으므로 그 변화가 무궁하고, 부드러움 속에 강한 이치가 숨겨져 있으니 강유의 두 가지 성질을 모두 갖추었다. 그러나 모르는 이는 어리석게도 그 숨겨진 이치를 가까운 곳에서 찾을 생각을 하지 않고, 먼 곳에서 찾고자 한다. 그렇게 되니 진정한 수박의 고수들이 생겨나지 않는 것이지. 전조에는 정말 고수들이 많았는데 그들은 모두 수박을 연마한 사람들이었다."

"그렇다면 곽근수 같은 이는 유명한 수박의 고수니 정말 대단하겠군요."

전유선이 고개를 끄덕이며 말했다.

"그렇단다. '남원술북근수南元述北根壽' 이라고 하면 수박을 아는 사람이라면 모르는 이가 없을 정도니. 그들은 그 기술을 재미로 익히는 것이 아니라 체계적으로 연마한 사람들이다. 너는 수박을 재미로 익힌 까닭에 그들에 비하면 멀었지만 기틀이 좋으니 배우기만 한다면 머지않아 그들과 어깨를 겨룰 수 있을 것이다."

"정말유? 제가 정말 그럴 수 있남유?"

"이슬이 젖으로 변할지 독으로 변할지는 네게 달려있다."

"나리. 제발 가르쳐주셔유."

"수박을 제대로 배우고 싶으냐?"

"예."

"그렇다면 매일 아침, 축시卯時 오전5시~7시에 내 방 앞으로 오너라. 내 너에게 수박의 깊은 묘리를 가르쳐주마."

"예."

실권이가 좋아라 머리를 긁적이며 밝게 웃었다.

3

동이 트기 전 하늘과 땅은 차가운 기운을 머금었다. 반짝이는 구슬 조각을 흩뿌려 놓은 것 같은 하늘은 검푸른 빛으로 더욱 짙어지고 지평선은 희미하게 빛을 머금어 먹장 같던 산의 음영이 도리어 두드러졌다. 검은 거인 같은 산봉우리 좌우로 희미한 빛의 음영이 드리워졌다. 그것은 마치 옅은 먹을 머금은 붓을 하얀 화선지 위에 그은 것처럼 밝고도 어두운 빛이었다. 그 빛은 산봉우리들을 두드러지게 드러내듯 점점 밝아지면서 어둠의 푸른빛을 서서히 하늘 위로 몰아내었다.

'꼬끼오'

아직 동이 트기도 전에 성질 급한 수탉은 목이 터져라 새벽을 깨웠다. 머슴방에 누워있던 실권이는 잠을 이루지 못하다가 수탉의 울음소리에 방문을 열고 나왔다. 선선한 아침 바람이 폐부 깊숙이 시원하고 상큼한 기운을 몰고 들어왔다. 짚신을 신은 실권이는 길게 기지개를 켜곤 안중문으로 들어가 전유선이 거처하는 사랑채로 들어갔다.

사랑채는 기역자 다섯 칸으로 되어 있는데 대청마루 좌우로 방이 하나씩 있고, 기역자의 끄트머리에 누각을 겸할 수 있는 방이 하나 있었다. 그곳은 방문을 젖혀 지붕에 매달면 사통팔달하는 누각이 되는데 전유선은 여름이면 이곳에서 거처하였다.

전유선은 잠을 자지 않고 좌정하여 석상처럼 밤을 지새웠다. 전유선은 그것을 행기라고 하였는데 좌정하여 호흡을 들이마시고 내뱉는 것이라고 하였다.

숨 쉬는 것이야 일상의 일이지만 밤새 앉아서 잔다는 말은 들어본 적이 없어서 호기심 많은 실권이는 전유선의 행동을 따라해 본 적이 있었다. 그러나 무엇보다 허리가 결리고 또한 잡생각이 많이 나서 앉아서 자는 것을 포기한 지 오래였다.

실권이는 전유선의 행기에 방해될까 저어하여 마당에서 그가 기침하기만을 기다렸다. 아직 어둠이 거치지 않은 어스름 새벽인데 매미들이 요란하게 울어댔다.

실권이는 얼마 전 전유선이 그려주었던 도형을 머릿속으로 떠올리며 발을 내딛었다. 돌절구를 지지 않아서인지 몸 놀림이 가벼웠다.

"실권이 왔느냐?"

방안에서 전유선의 목소리가 들려왔다.

"예, 왔구먼유."

"왔으면 들어오너라."

"예."

실권이가 짚신을 벗고 방안으로 들어갔다. 어두컴컴한 방안에 전유선이 좌정한 채 단정하게 앉아있었다. 삼면에 둘러진 미닫이문이 새벽빛을 받아 희뿌옇게 변해서 전유선의 모습이 검은 돌부처처럼 보였다.

"문을 접을까유?"

"좋을 대로 하거라."

실권이가 미닫이문을 차곡차곡 접어서 서까래에 매달린 들쇠에 올려놓았다. 삼면의 문을 접어 올리자 사방이 탁 트인 누각이 되었다. 실권이가 전유선 앞에 무릎을 꿇고 앉았다. 전유선이 천마산 위로 떠오르는 붉은 해를 바라보다가 입을 열었다.

"실권아. 조선팔도에 너처럼 수박을 하는 사람은 많지만 곽근수라는 이가 유독 이름이 높은 것이 무엇 때문이라고 생각하느냐?"

"지는 그것을 잘 모르겠구먼유."

실권이가 머리를 긁적였다.

전유선이 말했다.

"세상엔 싸움기술을 타고난 자도 있고 타고나지 않은 자도 있다. 그러나 타고났다고 노력을 게을리 하는 자는 노력하는 자에게 이길 수 없는 법이다. 그러나 노력한다고 반드시 고수가 되는 것은 아니다. 사물은 정심하고 자세히 아느냐 모르느냐에 따라서 그 고하가 결정되는 것이다. 힘센 장사라 할지라도 어린아이가 내지르는 주먹에 맞아 급사할 수 있다. 기운이 약한 사람이라도 명줄을 끊을 수 있는 급소를 안다면 어렵지 않게 장사를 죽일 수 있는 것처럼 말이다. 무예의 고하는 네가 세밀하게 그 원리를 잘 아느냐 모르느냐에 달린 것이다. 네가 나에게 그 이치를 배워 보겠느냐?"

"예."

"수박을 함에 있어서 공격과 방어를 하는 연장은 온몸이다. 그 중에서 손과 발이 가장 활용도가 높은데 여기에는 각각 일곱 가지 형태가 있다."

전유선은 손을 펼쳤다.

"손은 장심·주먹·모서리·손바탕·웃아귀·범아귀·손끝을 무기로 삼는다. 손의 모든 부분이라고 할 수 있지. 발은 앞발바닥·발장심·뒷발바닥·발뒤축·발뒤꿈치·발등·발모서리·발부리를 무기로 삼는다. 이 역시 발의 모든 부분이 무기가 되는 것이다. 이밖에도 팔꿈치·무릎·어깨·머리 등 거의 몸의 모든 부분이 무기로 사용된다고 할 수 있다. 온몸이 무기라 특별히 지칭할 이유가 없지만 그것은 곽근수 같은 고수의 경지에서나 가능한 일이다. 그러나 곽근수도 특별히 잘 쓰는 부위가 있으니 이마를 잘 써 유명하다. 그의 박치기 실력은 정평이 높아서 평양 박치기라는 별명이 있을 정도지. 온몸의 힘이 머리라는 한 점에 집중되기 때문에 어떤 타격보다 큰 충격을 줄 수 있기 때문이다. 주먹에는 세 가지 연장이 있다 하였는데 주먹머리, 주먹 등, 주먹 모서리를 사용하고 그 치는 힘은 능히 호랑이를 한 번에 쓰러뜨릴 정도란다."

전유선이 손을 펼쳐 이야기를 계속하였다.

"손 모서리는 다섯 손가락을 힘 있게 벌려서 손 전체에 힘이 강하게 들어가게 해야한다. 이때에 누르는 힘은 능히 천 근 바위가 누르는 것과도 같다. 그러므로 주먹과 손 모서리를 사용할 때는 먼저 손을 구부리고 펼 때의 미묘한 힘의 변화를 잘 알아야 할 것이다. 장심은 손바닥을 이용하여 고막이나 턱치기 같은 얼굴 공격과 상대의 공격에 힘을 흘려보내거나 약화시키기 위해 사용하는데 과거에는 장심을 가장 많이 사용하였다. 왜냐하면 주먹을 쓰다가 부러지는 경우가 많았기 때문이다. 손바닥은 살이 두툼하기 때문에 큰 충격을 줄 수 없어 보이지만 수련의 고하에 따라 달라지는 법이다. 하수는 주먹을 써서 상대방에게 큰 충격을 주지만, 고수는 뺨 한 대를 때려 상대방을 즉사시킬 수 있을 정도이니 말이다. 장심을 사용하는 수법은 봉정사의 반야장般若掌이나 신계사神溪寺의 연화장蓮華掌과 같은 불무도에서 볼 수 있는데, 수박은 따로 특별한 법식이 없고 그때그때 상황에 따라 사용된다는 점이 틀리다고 말할 수 있을 것이다. 후일 네가 행기를 느껴서 장심으로 힘이 집중되는 이치를 알게 된다면 장심이 얼마나 무서운 힘을 가진 것인지 알게 될 것이다."

전유선은 손바닥을 젖혀 장심 아래에 있는 두툼한 살을 가리켰다.

"이것을 손바탕이라고 한다. 손바탕은 손장심 아래에 있는 두툼한 살이 있는 곳으로 손가락을 안으로 구부리고 손목을 강하게 뒤로 젖히면 돌출되고 단단해지는데 낙함이나 가슴치기에 사용한다. 웃아귀는 엄지손가락과 둘째 손가락 뿌리가 맞닿는 부위로 목이나 울대 같은 곳을 공격하고 범아귀는 상대의 옷자락을 잡을 때 사용하는데 한 번 잡히면 결코 빠져 나올 수 없을 정도다. 이것으로 합곡合谷*이나 소해小海* 같은 급소를 쥐어버리면 상대가 맥 없이 쓰러져 버린다. 손끝은 찌르거나 후벼 파는 데 사용되는데 기운이 그곳에 집중된다면 사람의 몸은 물론이거니와 나무나 돌까지 뚫을 수 있다."

실권이는 얼굴이 상기되어 나무껍질같이 두툼한 자신의 손을 바라보며 중얼거렸다.

"저는 손안에 이렇게 많은 무기가 숨어있는 줄은 꿈에도 생각 못했구만유."

"알고 사용하는 것과 모르고 사용하는 것은 그렇게 차이가 나는 것이다. 네가 모르고 있다면 평생 사용할 수 없을 것이니 그것은 무기 하나를 버리는 것과 같다."

"그렇구먼유."

"그렇다고 공격할 생각만 하고, 수비를 생각하지 않으면 소용이 없겠지?"

"그렇구먼유."

"손은 항상 회전하며 공격과 수비를 해야 한다. 팽이가 회전할 때 돌을 튕겨버리는 것처럼 말이다. 수박이나 택견에서 수비의 수법으로 활갯짓을 사용한다. 그것은 팽이의 수법이 변화된 것이다. 좌우로 교차하며 방어하는 활갯짓은 너도 잘 알고 있을 테니 더 말하지 않겠다."

전유선은 앉은자리에서 활갯짓을 해보는 실권이를 바라보며 빙그레 웃었다.

* 합곡 : 엄지손가락과 집게손가락 사이에서 약간 위쪽 손등부위에 있는 혈
* 소해 : 팔꿈치 안쪽의 혈

"이번에는 발기술에 대해 이야기를 하겠다."

전유선이 다시금 이야기를 시작하였다.

"백기신통비각술百技神通飛脚術이라는 말이 있다. 수박은 손 기술도 무섭지만 정말 무서운 것은 발 기술이라는 말이다. 수박의 발 기술을 일러 흔히들 각희脚戲라고 하는데 그만큼 발 기술이 무섭다는 얘기다. 남쪽의 조원술曺元述이라는 사람은 곽근수와 함께 권각으로 유명한데 남원술 북근수 중에 남원술이 바로 그 사람이다. 곽근수가 손 기술을 잘 쓰는 반면 조원술은 발을 잘 사용하여 크게 이름을 떨쳤는데 남쪽에서는 택견托肩이라 부른단다. 예로부터 북수박남택견北手搏南托肩이라 하였는데 북쪽은 손 기술을 많이 쓰고 남쪽은 발 기술에 능하여 이런 말이 나온 것이다. 수박의 발질은 차기·치기·밟기·밀기·당기기·깎아내리기·뛰어오르기·걷기같이 많은 방법이 있을 정도로 발을 손처럼 자유로이 사용하는데 이것이 중국의 무술과는 다른 큰 차이점이다. 중국의 무술에도 발을 사용하는 것이 있으나 우리나라 처럼 다양하지는 않으므로 우리가 그들과 대적한다면 우위를 점할 수 있지. 수박의 동작은 무리가 없고 마치 물이 흐르듯이 자연스러운 흐름을 가지고 있으므로 겉으로는 강하게 보이지 않으나 실상은 그렇지 않다는 것을 알아야 한다. 수박이 정말로 무서운 이유는 한 주먹에 승부가 끝이 날 정도로 살수殺手가 다양하고 많기 때문이다."

"그 정도입니까유?"

"그렇다."

"그럼 정말로 곽근수·조원술 같은 고수를 만난다면 온몸에 칼과 창이 달린 사람이라고 생각하고 피하는 것이 낫겠네유."

전유선이 빙그레 웃으며 말했다.

"정말 고수들은 무턱대고 싸우려는 사람들이 아니니 그런 걱정을 할 필요는 없다."

"그, 그런가유?"

"네가 고수가 되고 싶다면 내가 앞서 말해준 수박의 이치를 하나하나 생각하며 신중히 연습하거라. 손과 발에 숨어있는 무기를 자유자재로 쓸 수 있도록 말이다."

"예. 알겠구먼유."

실권이는 다시금 신기한 듯이 자기의 손발을 번갈아 바라보았다. 이렇듯 별거 아닌 것 같은 손과 발에 수많은 무기들이 숨어있을 줄은 이전에 생각해 본 적이 없었다.

전유선은 그런 실권이에게 엄숙하게 말했다.

"실권아. 무술을 배우는 자는 먼저 마음을 닦아야한다. 승패란 긴 인생에서 중요한 것이 아니다. 중요한 것은 마음의 자세, 다른 이를 때리고 죽이려는 마음으로 무술을 배우는 것이 아니라 다른 이를 살리고 돕기 위해, 자신을 지키기 위한 수단으로써 무술을 연마해야하는 것이다. 그 마음을 호승심 아래에 깊이 간직하고, 겸손한 마음으로 부지런히 무술을 연마한다면 언젠가 너도 모르는 사이에 높은 고수가 되어있을 것이다."

"예. 명심하겠어유. 참말 명심하겠구먼유."

"실권아. 내가 너에게 한 가지 궁금한 것이 있구나."

"뭐가 궁금하신가유?"

"너는 장차 무엇이 되고 싶으냐?"

"예? 저 같은 것이 무엇이 되어요. 지는 다만 무술이 좋아서……."

실권이는 말끝을 흐렸다. 기억의 끝자락 속에서 잊혀졌던 기억들이 떠올랐다.

시커먼 연기, 그 사이로 풍기던 매캐한 살타는 내음, 처참한 비명소리, 하늘을 삼키는 불꽃, 사립문 밖으로 도망가는 여자와 쫓아가는 사내, 따닥거리며 마당으로 걸어 들어오는 사람들의 나막신 소리. 다리 사이로 피 묻은 은빛 왜도, 마룻바닥으로 점점이 떨어지는 붉은 선혈, 눈을 부릅뜬 시신들, 잔인하게 난자된 시체들, 불길에 휩싸인 집. 코를 자극하던 역한 피비린내. 불꽃은 연기와 함께 반딧불이처럼 솟아올랐다. 푸른 하늘 위로 무수히 피어오르던 불꽃. 실권이는 온몸의 피가 끓어오름을 느꼈다. 실권이는 주먹을 불끈 쥐었다가 머리를 설레설레 내저었다.

"원수를 갚고 싶은 것이냐? 원수를 갚고 싶다면 열심히 연마해서 군관이 되거라."

전유선이 말했다.

실권이는 충청도 태안에 살다가 왜구의 침입으로 부모와 동생들을 잃고 고아가 되었다. 전유선이 고아가 되어 떠돌던 실권이를 거두었으니 그 사정을 모를 턱이 없었다. 실권이는 왜구에게 죽은 부모와 동생의 원수를 갚을 생각으로 무예를 연마하였고, 전유선은 군말 없이 무술을 가르쳐주었다. 이제 실권이는 전유선이 무예를 가르쳐준 뜻을 짐작할 수 있었다.

실권이는 눈가가 뜨거워졌다. 이토록 주인께서 자신을 생각해주고 있다는 것을 알게 되자 설움이 복받쳤다. 이를 앙물어 참아보았지만 콧등이 시큰해지며 얄궂은 눈물이 뺨을 타고 흘러내렸다.

"남아가 울음이 많아 쓰겠느냐? 마당으로 나오너라."

전유선이 자리에서 일어나 마당으로 내려갔다. 실권이는 손등으로 눈가를 닦고 그 뒤를 따랐다. 동녘에 빨간 해가 떠올랐다. 어둠을 뚫고 나오는 해는 처음부터 눈부실 정도의 빛을 쏟지 않는다. 처음에는 붉은 빛을, 그리고 주홍빛으로, 반공에 솟아오를수록 빛을 바꾸어 노란색에서 은빛으로 변해가는 것이다.

전유선은 허리춤에서 제기 하나를 꺼내었다.

"제기, 아닌감유?"

"그렇다."

"그거로 뭘 하시게유?"

"수련을 하려고."

"제기로 수련을 한다구유? 에이, 주인어르신. 제기가 무슨 무예 수련이 된다고 하세유. 전 제기를 수백 번도 넘게 찰 수 있구먼유."

"그럼 한 번 차보겠느냐?"

실권이는 전유선에게 제기를 건네받아 차기 시작하였다. 무명으로 잘 만든 제기가 실권이의 발장단에 맞추어 툭툭 꼬리를 털며 떨어졌다가는 허공으로 튀어올랐다. 어릴 적부터 제기로 단련된 실권이에게 제기 차는 것은 일도 아니었다.

"벌써 삼백 번이나 찼구먼유. 이제는 다른 것을 가르쳐 주셔유."

전유선이 고개를 내저으며 말했다.

"다른 것을 가르치기에는 네 실력이 아직도 부족한데?"

"그게 무슨 소리예요. 보시고도 그러세유?"

"그렇다면 발끝으로 찰 수 있겠느냐?"

"예?"

실권이는 제기 차는 것을 멈추고 말했다.

"에이, 주인어른도. 발끝으로 어떻게 제기를 차남유."

"못한단 말이냐?"

"아녀유. 제가 차겠구만유. 그거 뭐 어렵겠어유?"

실권이는 발끝으로 제기를 차기 시작했다. 발끝으로 제기를 차기 시작하니 처음 두 번까지는 괜찮았으나 이내 제기가 삐뚤빼뚤 제멋대로 날아다니기 시작하였다.

"어? 어허."

실권이의 몸도 제기를 쫓아 이리저리 뛰어다녔다. 그리고 채 열 번도 차기 전에 제기는 실권이의 발이 미치지 못하는 곳으로 날아가 마당에 떨어져버렸다.

"봐라. 그래서 너는 아직 멀었다는 것이다."

전유선이 손을 내밀어 실권에게 제기를 받았다.

"잘 보거라."

전유선이 발끝으로 제기를 차기 시작했다.

"한 번, 두 번, 세 번, 네 번……."

제기가 올라갔다 내려가길 반복하는데 구경하던 실권이의 두 눈이 황소처럼 휘둥그레졌다. 뾰족한 발끝으로 차는 것인데도 한 발로 차는 것처럼 높이가 일정하였고 흔들림이 없었다. 마치 제기가 전유선의 발끝에 붙어있는 것만 같았다.

"이것은 어떠냐?"

전유선이 높게 제기를 차올렸다. 제기가 하늘로 꼬리를 물고 날아가다 떨어졌을 때 이번에는 발뒤꿈치로 제기를 차올리기 시작했다. 제기가 발뒤꿈치에 붙은 것처럼 오르내리길 반복하였다.

실권이는 전유선이 제기를 능수능란하게 차는 것을 보고는 놀라 혀를 내둘렀다. 실로 놀라운 실력이 아닐 수 없었다.

'주인어른 같은 양반님이 언제 이렇게 제기 차는 것을 배우셨을까?'

"실권아 제기 받아라!"

전유선의 발끝에서 날아간 제기가 실권이의 손으로 정확하게 떨어졌다.

"어떠냐? 네가 이렇게 할 수 있겠느냐?"

전유선의 말에 실권이는 부끄러워 머리를 긁적였다.

"모든 무예는 하체를 단련하는 것을 기본으로 삼는다. 하체는 타격의 힘을 실어주는 기초가 되기 때문에 이를 무시하면 모래 위에 집을 올리는 것이나 마찬가지가 되는 것이다. 그러고 보면 제기 차는 것은 아주 훌륭한 하체 단련법이라 할 수 있다. 다리의 근력을 키워주고 정확성을 높여주는 데 제기 차는 것 만한 수련이 없느니. 제기를 제 마음대로 찰 수 있다는 것은 발의 모든 부분을 사용할 수 있다는 것을 의미하는 것이다. 네가 수박이나 택견의 고수가 되고 싶다면 가장 먼저 제기를 네 마음대로 찰 수 있어야 할 것이다."

실권이는 손에 든 제기를 물끄러미 보았다. 동네 꼬마들이 갖고 노는 이 작은 제기가 무술의 기본이 된다니 실권이는 믿어지지 않았다.

"제기 차기와 자치기 같은 놀이에는 우리 민족만의 고유한 수련법이 숨어있다. 그것을 찾아내는 자와 찾아내지 못하는 자 사이에 우열이 존재하는 것이지. 주위의 별것 아닌 하찮은 것이라도 잘 살피고 묘리를 찾아 연습하면 무술 수련이 따로 있겠느냐? 너는 제기를 네 마음대로 자유자재로 찰 수 있을 때까지 부지런히 연습을 하도록 하거라."

"예. 명심하겠구만유."

전유선은 고개를 몇 번 끄덕이다가 몸을 돌려 천천히 중문 안으로 나가버렸다. 실권이는 한동안 무명 제기를 들고 바라보다가 고개를 갸웃거리며,

"내가 한참을 잘못 봤구먼. 이것이 애들 놀잇감인 줄 알았더니만 무술 수련의 도구였구먼. 내가 이제껏 모르고 있었으니 참말루 미안허다. 이제부턴 너를 열심히 찰 테니 아프더라도 나를 원망하지 말거라."

하고는 다시 제기를 차기 시작하였다.

5

전유선은 지그시 웃더니 대청마루로 실권이를 불렀다.

"실권아. 이번에는 검술에 대해 말해주마."

그러고는 방으로 들어가더니 무명으로 싼 길쭉한 자루 둘을 가져왔다. 전유선은 그것을 방바닥에 공손하게 내려놓더니 그것을 싸고 있던 무명을 풀었다. 무명 하나를 풀자 비색의 칼집에 비색 손잡이의 은은한 빛을 내는 검이 하나 나왔으며 다른 것을 풀자 누런 가죽 칼집에 싸인 넓적한 칼이 하나 나왔다.

그는 비색 칼집에 꽂힌 칼을 뽑았는데 갑자기 흰색의 빛나는 광채가 대청마루를 환하게 만들었다. 실권이는 개성에서 관아의 간부가 차고 다니던 도검만 보아온 처지라 첫눈에도 범상치 않은 검을 눈앞에 대하고 보니 마치 큰 보물이라도 본 듯 두 눈이 휘둥그레졌다.

전유선은 들고 있던 검을 공손히 놓더니 이번에는 누런 가죽 칼집에서 칼을 뽑았다. 이 칼은 푸르스름한 광채를 내뿜는 검은 빛깔의 칼이었는데 칼끝이 날카롭지 않고 네모졌으며 칼의 가운데가 둥글게 휘었는데 칼등이 두꺼워 언뜻 보기에도 매우 무거워보였다.

검과 도의 옆면에는 지렁이 같은 글씨가 가지런히 쓰여져 있었다.

전유선은 비색 칼집 옆에 가지런히 놓인 칼을 가리키며,

"이 검의 이름은 수류水流이고 이 도의 이름은 인영人影이라 부른다. 하나는 검이요, 다른 하나는 도라 부르니 같은 칼이로되 쓰이는 용도가 다른 것이다. 저자거리의 아낙들은 하나의 칼로 음식을 만들지만 임금님의 음식을 만드는 숙수는 요리를 할 때에 하나의 칼을 사용하지 않는다. 왜 그런가? 쓰이는 용도가 다른 것을 아는 까닭이다. 그것이 고수와 하수의 차이인 것이다. 내가 너에게 검의 법을 세세하게 가르쳐 준 것이 바로 그 때문인 것이다. 내가 예전에 가르쳐준 것들은 아직까지 잊어먹지 않았느냐?"

"그럼유. 제가 그걸 어찌 잊어먹겠어유."

"그럼 한 번 들어볼까?"

전유선이 웃으며 말하자 실권이는 눈을 위로 추켜올리며 한참을 생각하더니 입을 떼기 시작했다.

"주인어른께서는 처음으로 안법眼法을 가르쳐 주셨고, 그다음 격법擊法, 세법洗法, 자법刺法을 가르쳐 주셨어유."

"안법은 무엇이냐?"

"안법이란 보는 법으로 먼저 마음을 비우고 상대와 마주하였더라도 눈을 돌리지 않고 상대의 공격을 막을 수 있거나 피할 수 있는 법이어유. 이것은 눈의 움직임을 섬광처럼 빠르고 정확하게 하여 적의 움직임을 살피고 주위환경을 살펴 적절하게 움직일 수 있도록 하는

법이지유. 한 번을 보고 주위의 환경이나 상대방의 무기, 도망갈 수 있는 퇴로나 도움이 되는 장애물 등을 판단할 수 있는 능력을 키우는 법인 게지유."

"그렇다. 눈이 빠르면 적어도 낭패를 당할 일은 없느니라. 격법으로는 무엇을 배웠느냐?"

"표두격豹頭擊, 과좌격跨左擊, 과우격跨右擊, 익좌격翼左擊, 익우격翼右擊을 배웠구먼유."

"자법에는 무엇이 있느냐?"

"역린자逆鱗刺, 단복자坦腹刺, 쌍명자雙明刺, 좌협자左夾刺, 우협자右夾刺가 있구먼유."

"격법에는 어떤 것이 있느냐?"

"거정격擧鼎格, 선풍격旋風格, 어거격御車格이 있어유."

"세법은?"

"봉두세鳳頭洗, 호혈세虎穴洗, 등문세騰蚊洗를 배웠구먼유."

"그래. 잘 기억하고 있구나."

전유선은 흡족한지 웃으며 말했다.

"검을 운용하는 데 자刺, 참斬, 료撩, 벽劈, 붕崩, 제提, 말抹, 략掠, 구鉤, 운雲, 타剁, 찰札, 찬鑽, 격擊, 세洗, 활豁 등의 많은 법들이 있다. 내가 세분하여 가르친 것은 그 세세한 이치를 익히게 하기 위함이었다. 이 모든 법들을 네가 익히게 되면 그때부터는 검과 도뿐 아니라 손에 잡히는 모든 것들을 무기로 사용하여 자유자재로 다룰 수 있는 경지에 이르는 것이다. 궁중의 대령숙수는 요리사 중에 으뜸이니 그에게는 오직 하나의 칼만이 전한다. 소 잡는 칼과 닭 잡는 칼이 다르고 고기를 베는 칼과 채소를 베는 칼이 다르지만 대령숙수에게 전하는 식칼은 오직 하나이니 그것은 그가 하나의 칼로 수백 가지 칼의 용도를 사용할 수 있는 능력이 있기 때문이다.

무예도 마찬가지다. 처음에 배우는 사람은 세부적으로 공부해서 하나하나의 용도를 익히지만 그것이 익숙해져서 몸의 일부처럼 되어버린 후에는 그동안에 배운 세법들은 사라지고 느낌에 따라 자유자재로 응용할 수 있는 경지가 나타난다. 수박과 같은 권술과 검술의 기법은 지극히 간단하다고 할 수 있다.

그러나 그 안에 숨겨진 이치가 정심精深 하여 수법手法과 족법足法, 신법身法과 같은 권술의 묘리妙理나 도법刀法과 검법劍法의 묘리妙理는 스스로 열심히 배우고 반복해서 익혀야만 그 이치를 알 수가 있다.

권술과 검술에 통달한 연후에는 잡다하고 세부적인 자세들은 자연적으로 사라져서 어떤 상황이라도 네 마음대로 자세를 행할 수 있으므로 결론적으로는 자세란 쓸모가 없어지게 되는 것이지. 때문에 초식이란 고수에게는 쓸모없는 껍데기가 되는 것이다."

"너무 어렵구먼유."

실권이가 머리를 긁적였다.

"요지는 열심히 연습해서 몸에 익힌다면 나중에는 초식을 잊어버리는 경지에 자연스럽게 오를 수 있다는 말이다."

실권이는 그제야 환하게 웃으며 말했다.

"알겠구먼요. 알겠구먼요. 그런데 칼에 글자가 있구먼유. 이게 무슨 뜻인감유?"

전유선은 검신과 도신에 씌어진 글귀를 가리키며 말했다.

"검신에 쓰인 글자는 인생무상人生無想 수류억겁水流億劫이다. '물은 억겁의 세월을 그치지 않고 흐르지만 짧은 인생사 무상하구나' 라는 뜻이다. 앞의 글자를 따서 이 검의 이름 수류가 되었다.

도신의 글자는 천고유장千古有長 인영일각人影一刻이다. 사람의 일생은 찰나지만 천고에 그 이름이 길이 남는다는 뜻이다. 도의 이름이 인영이 된 것은 바로 그 때문이다."

"글의 뜻이 요상하네요. 검과 도의 뜻이 정 반대 같구먼유."

"보기엔 정 반대의 글 같지만 깊이 들어가 보면 그것은 하나의 의미로 통한다. 이 두 가지 검과 도는 한사람의 명공이 만들었다. 수류는 옛법에 충실하게 만든 검으로 이것이 만들어진 지가 이미 이백 년이 지났건만 아직까지 새로 만든 검에 못지않은 명검이란다. 그러나 인영도는 옛법과 다르게 만들어져서 무게가 다른 도검의 다섯 배가 넘는 열 근 여섯 량짜리로 그 위력이 다른 환도와는 비교할 바가 없다. 고대에는 말을 타고 싸우는 기마전이 많아서 선조들의 도검은 이렇듯 낫처럼 휘어져 있었다. 중국의 도검이 일직선인 반면 우리의 도는 반월의 형상을 하고 있지."

실권이는 혼이 나간 듯 정신없이 수류검과 인영도를 바라보았다. 전유선은 검과 도를 칼집에 집어넣고 마당으로 나오더니 실권이가 검술 연습을 할 때 사용하던 지게 작대기를 들고는 천천히 검술을 하기 시작했다. 그는 덩실덩실 춤을 추는가 하면 매우 느리게 작대기를 밀기도 하고 당기기도 하였고 또는 매우 빠르게 검을 휘둘렀다.

실권이가 보기에 그 모습은 마치 검술이라기보다는 춤에 가까웠다. 그러나 그의 지게 작대기가 가리키는 곳이 수풀이라면 수풀이 흔들렸고 휘두르는 곳이 허공이더라도 나무쪽을 휘두르면 나뭇잎이 강한 바람을 맞은 듯 우수수 떨어지곤 하였다.

"주인어른, 작대기에 맞지도 않았는데 나뭇잎이 떨어지는 것은 무슨 조화래유? 그 나무 작대기에서 바람이라도 나오는 모양이지유?"

"장심에 기가 모이는 이치를 너도 알게 될 것이다. 끝없이 원이 반복되면서 흐름이 끊기지 않는 검법은 불가에서 전하는 단배검법檀配劍法이다. 마지막으로 내가 스승에게 가르침을 받은 유영검법流影劍法을 보여줄 테니 잘 봐두어라. 검을 사용하면 검법이 되고, 도를 사용하면 도법이 된다. 따로 법식이 없는 것은 이미 말했으니 이치를 말하지 않겠다."

전유선은 천천히 자세를 잡고 지게 작대기를 휘둘렀다. 실권이에게 보여주기 위해 전유선은 느리게 검법을 전개하였다. 실권이 역시 전유선의 자세를 놓치지 않으려고 눈이 뚫어져라 그 모습을 지켜보았다. 얼마를 보다 보니 과연 전유선의 말대로 그 검법이 눈에 들어오기 시작했다.

"이것은 요화번신妖嬅飜身이라는 초식이다."

전유선은 검을 좌우로 휘두르다가 몸을 돌려 칼끝을 가슴께로 향했다. 이내 몸을 펄쩍 뛰어 솟구치며 칼을 쓸 듯이 휘둘렀다.

"선동추저仙童墜底란 초식이다."

전유선은 잇달아 화풍검영花風劍影, 석문출선石門出仙, 매표가선梅飄佳扇, 공산제앵空山啼鸎, 선추월문仙推月門 등의 초식을 보여주었다.

느리게 전개되는 동작이지만 하나하나의 변화가 무궁하여 실권이는 정신없이 바라보았다. 예전에 전유선이 가르쳐 주었던 본국검법과 비슷한 동작이 있는 것도 같고 전혀 다른 동작이 있는 것도 같았다. 다만 다른 점이 있다면 초식이 쉴 새 없이 끊어지지 않고 전개되어서 물처럼 도도히 흘러가는 느낌이 있다는 것이었다.

"노선귀천老仙歸天."

전유선이 작대기를 둥글게 회수하면서 호흡을 길게 내쉬더니 실권이에게 지게 작대기를 넘겼다. 그리고 대청마루에 앉더니 이야기를 시작했다.

"조선 검술의 원류가 지금은 그 맥을 잃어 유명무실해졌지만 옛날 신라 사람으로 황창랑黃倡郎이란 사람이 있었느니라. 그 사람은 검술을 춤의 형태로 만든 사람인데 세상 사람들은 그 춤을 황창무라 불렀다. 황창무는 무가 무술의 형태에서 춤의 형태로 변화한 것으로 검술의 극치라고 할 수 있다. 그 검법은 신라가 망하면서 없어졌다고 하는데 아주 대단한 검법이라고 하더구나. 돌아가신 스승님께 들은 바로는 아직까지 창랑검법이 계승되어 온다고 하였는데, 인연이 없어 만나지 못했으니 안타까울 따름이다. 어쩌면 유영검법 안에 창랑검법이 숨어있는지도 모르겠구나."

"나리. 그렇다면 그것 말고도 우리나라에 알려진 검법이 무엇이 있남유?"

"우리나라에 오랜 예부터 알려진 검법이 있으니 첫째는 천둔검법이요, 둘째는 부월도법斧鉞刀法이요, 세 번째는 자미검법紫微劍法이며 넷째는 단배검법이다. 천둔검법은 당唐대의 도사 종리권이 전한 검법인데 천둔天遁, 지둔地遁, 인둔人遁의 세 가지 경지가 있지. 김시습이 익혔다 하는데 그 전인이 누군지는 나도 알 수가 없다. 부월도법은 고구려 을지문덕과 연개소문이 연마한 도법으로 중원에까지 이름이 높았지만 고려 이후로 알려지지 않아 역시 그 전인은 알 길이 없다.

자미검법은 고려 왕건이 배워 이름을 떨친 검법이다. 듣기로 무학대사가 그 법을 전하였다 하는데 왕실에서 대대로 전해 내려오다가 실전되어서 아직도 그 전하는 자가 있는지는 나도 잘 모르겠구나. 단배검법은 불가에서 전하는 검법으로 밀본대사로부터 내려왔다는 일설이 있다. 그밖에도 상산창법尙山槍法도 유명하지."

"상산창법은 무언감유?"

"경상도 상주는 본래 후백제를 세운 견훤甄萱의 고장이지. 견훤은 창술이 아주 뛰어났다. 상주의 옛 지명이 상산이기 때문에 상산창법으로 불리는 것이니 상주 근방의 칠봉산七峰山에는 지금도 옛 무사가 수련을 했던 굴이 남아 있다."

"정말 우리나라에 유명한 무사들이 많군요."

"그렇다. 비록 이 나라가 작지만 옛날에는 중국조차 무서워하던 나라였지. 수나라 황제들이 고구려를 치려다가 망하였고, 당나라 황제 역시 고구려를 치다가 낭패를 볼 정도로 고대에는 무인들의 힘이 강대하였다. 그러나 세월이 지나 작은 변방의 제후국으로 전락하면서 무풍은 점차 줄어들어서 도적 떼 같은 왜구의 침공에도 벌벌 떠는 나라가 되었구나."

실권은 말없이 고개를 끄덕였다. 부모님이 돌아가시게 된 것은 이 나라 무풍이 약해져서 그런 때문이라는 생각이 들었기 때문이다. 왜구의 칼날 앞에서 관원들은 활에 의지하였다. 싸우는 훈련을 기피하였고, 접전을 두려워했기 때문에 싸우기도 전에 기가 죽어버린 군사들은 왜구의 칼날 앞에 어육이 되었다. 군사들이 지키지 못하는 마을은 왜구의 칼날 앞에 불바다가 되었다. 무고한 사람들이 죽어나가게 된 것은 힘을 키우지 않은 탓이었다.

"실권아."

전유선의 말에 실권이는 고개를 들었다.

"비록 네가 배우는 무술이 이름 있는 무술은 아니나 아무리 무서운 검법이라도 능숙한 하나의 초식을 당하지 못하는 것이니 너는 그 점을 명심하고 수련에 정심을 기울여야 할 것이다. 알겠느냐?"

"예. 열심히 하겠구만유."

전유선은 고개를 몇 번 끄덕이더니 내당으로 들어갔다.

"유영검법이라고 했구만?"

실권이는 전유선이 했던 동작들을 떠올리며 작대기를 휘둘렀다. 품밟기와도 비슷한 것 같았지만 그보다 느리고 더욱 힘이 들었다.

"어유, 생각보다 힘드네. 다리가 후들거리는구만."

실권이는 지게 작대기를 휘두르다 말고 땀을 닦다가 다시 휘두르길 반복하였다.

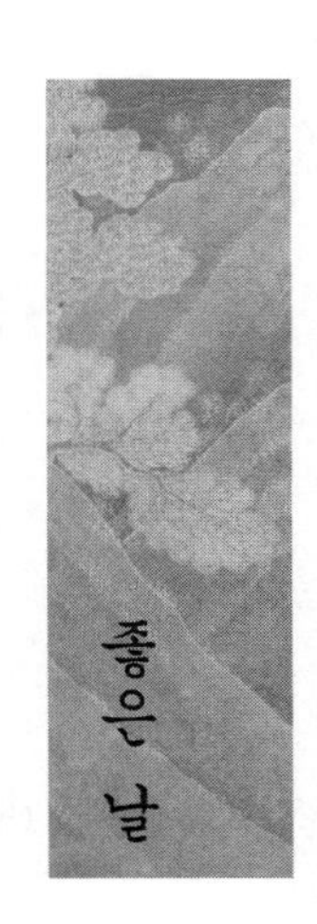

시간이 살처럼 흘러가서 실권이의 혼례일이 찾아왔다. 붉은 저녁놀이 서산을 물들일 때에 전유선의 집 앞마당에는 마을 사람들이 구름처럼 모여서 설왕설래 이야기꽃을 피웠다.

"아랫사람 혼인인데도 양인들 혼례나 다름없구먼."

"자네도 보았는가?"

"아이구 보기만 했나요? 옷이 날개라고 그렇게 차리니께 신랑하고 신부가 사대부집 자제들하고 다름이 없더구만요."

"참말로 우리같이 천한 사람이 가당키나 한 거여?"

"그러게 말여. 개성에서 이렇게 혼례를 올렸다면 모르긴 몰라도 관아에 끌려가서 모질게 치도곤을 당했을 거여. 시방 아랫것들이 하늘 무서운 줄 모르고 양반님네들의 혼인을 한다고 말이야."

"하기야 그래. 우리 같은 사람들이야 새 옷이나 지어입고 정한수에 맞절 한 번 하고 나면 끝이 아닌가. 언감생심 이런 혼례가 다 무어야?"

"맞어. 구메혼인*이라도 했음 다행이게. 실권이랑 비탈이는 주인 어르신을 잘 만나서 호강하는 겨."

"그러게. 실권이하고 비탈이는 복 터졌다니께."

마당 복판에 놓여있는 붉은 탁자 위에선 왕관을 쓴 것 같은 붉은 벼리의 수탉이 붉은 보자기에 싸여 이리저리 머리를 돌리는 것이 제가 도리어 사람구경을 하는 것 같았다.

"신랑 입장!"

중갓을 쓴 늙은이가 도포를 쓰고 탁자 앞에서 소리를 쳤다. 그러자 서문에서 중갓 쓰고 도포 입은 실권이가 마당으로 씩씩하게 걸어 나왔다.

"신부 입장이오!"

주례자의 걸쭉한 목소리와 함께 동문에서 붉은 족두리를 쓰고 두 볼에 연지곤지 찍은 비탈이가 은비녀에 족두리 댕기를 길게 늘어뜨리고 두 아낙에게 부축되어 수줍게 걸어나왔다.

탁자 앞에 서있던 실권이는 비탈이의 모습이 선녀가 하강한 듯하여 두 눈이 휘둥그레졌다. 비탈이를 보는 아낙들은 부러워서 연신 입방아를 찧었다.

"아이고 공주 같네그랴."

"그러게 말이여. 저렇게 차리니 양반댁 자제와 다를 바가 없네."

"그러게. 사실 벗겨놓으면 양반이나 노비나 다 일반이제."

---

* 구메혼인 : 널리 알리지 않고 하는 혼인

아낙들이 저마다 손으로 입을 가리며 까르르 웃었다.

"실권이랑 비탈이는 주인어른을 잘 만나 호강하는구먼."

"그것도 복이제. 안 그래?"

"맞네. 맞어!"

작은 개다리소반을 가운데로 하여 신랑은 서쪽에서 동향하고, 신부는 동쪽에서 서향해 마주보고 주례자의 말에 따라 각각 큰절을 하였다.

"교배례!"

실권이가 한 번 절을 하면, 비탈이는 두 번 절을 하였다.

남자는 하늘이니 양의 숫자를 따라 한 번하고, 여자는 땅이니 음의 숫자인 두 번으로 맞절을 하는 것이다.

"합근례!"

신부를 돕는 아낙이 상 밑에 있던 막걸리를 상 위로 올려 표주박으로 휘휘젓다가 술을 떠선 실권이에게 건네었다.

실권이가 막걸리를 꿀꺽꿀꺽 마시자 아낙이 눈총을 주었다.

"혼례술을 다 먹으면 어떡해?"

"예?"

"하여간 사내들이란 이렇게 눈치가 없다니까."

아낙이 표주박을 뺏다시피 신부에게 건네었다.

비탈이가 다소곳이 표주박에 입을 대서 막걸리 마시는 시늉을 하였다. 아낙이 좌우를 오가며 세 번씩 나누어 술을 먹였으니, 첫째 잔은 천신에게 감사하는 뜻으로 고수레하는 잔이며, 둘째 잔은 지신께, 셋째 잔은 부부의 화합을 기원하여 마시는 잔이었다.

실권이와 비탈이가 전유선과 박씨 부인에게 큰절을 하고, 비탈이의 부모에게도 절을 하였다. 서산에 노을이 져서 거뭇거뭇 땅거미가 깔렸다. 곳곳에 화톳불을 피워 마당이 환한데 술판이 벌어져서 아낙들이 떡과 고기를 나르고 아이들이 뛰어다니며 시끄럽게 놀았다.

실권이와 비탈이는 행랑방 한 칸에 마련된 신방으로 들어갔다. 호롱불이 호젓하게 켜진 방은 아담하게 꾸며져 있었고 특별히 박씨 부인과 비탈이 어머니가 만든 금침이 깔려 있었다.

호롱불 아래에는 술상도 차려져 있었다. 실권이는 술상 위에 올려진 절편을 손으로 집어 우적우적 씹다가 또 하나를 집어 비탈이에게 건네었다.

"비탈아. 먹어라."

비탈이가 다소곳하게 머리를 돌렸다.

실권이는 들었던 떡을 입에 넣고 비탈이를 바라보았다. 선머슴 같은 비탈이가 오늘은 달라보였다. 아리따운 자태에 실권이의 입이 귀에 걸렸다.

"비탈아. 아까 보니께 정말 이쁘더구만."

비탈이가 하얗게 눈을 흘기었다.

"그럼 내가 언제는 안 예뻤나?"

"네가 그리 입으니까 정말 여염집 규수 같구만."

실권이는 갓을 벗고는 비탈이에게 손짓했다.

"비탈아. 이리 와봐라."

비탈이는 몸을 비비꼬며 입술을 물어뜯었다.

"히히히. 부끄러워하기는. 좋아. 내가 가면 되지 뭐."

실권이는 비비적거리며 천천히 비탈이에게로 다가갔다. 순간 방문에 구멍이 벌집처럼 뚫리기 시작했다.

"저것 보게. 신랑이 먼저 수작을 거는구만."

"그러게. 노총각이 별 수 있나? 저것 보게. 제비 잡아먹으러 가는 능구렁이 같네그려!"

"신랑이 숭물스럽네."

"에구 참말 그러네. 비탈이가 불쌍해서 어쩌!"

"어디, 어디. 나도 한 번 보자."

벌집같이 뚫린 구멍으로 사람들의 호기심 어린 눈초리가 쏟아졌다. 비탈이는 놀라고 부끄러워 길디긴 소매로 얼굴을 가리고 실권이는 얼굴이 시뻘겋게 변하여 소리쳤다.

"방문이 다 뚫어졌네. 차라리 문을 열고 보시지 그러남유?"

바깥에서 입심 좋은 여인네 하나가 소리쳤다.

"신랑이 화끈하네그려. 어서 문을 열어주소. 숭악한 헌 신랑이 새 신부를 얼마나 잘 다루나 한번 보게."

사람들이 우흐흐 하고 웃었다.

"에이. 모르겠구만!"

실권이는 잔뜩 몸이 달아 있던 참이라 촛불을 확 꺼버리고는 비탈이를 껴안고는 비단 금침 속으로 파고들었다.

"노총각이 급하긴 급했네."

"신랑이 뭘 모르는 거 아닌감? 계집은 보물 다루듯 해야 하는디?"

"신랑이 급해서 옷은 잘 벗길는지 몰러."

"호호호. 묵은 신랑이니까 알아서 잘하겠지."

"그 나이가 되도록 묵혔으니 어떻게 하는지 모를지도 몰러."

"아따. 그런 건 안 가르쳐줘도 알아서 잘하게 되더구만. 안 그려?"

동네 아낙들이 문구멍을 엿보며 자지러지게 웃었다. 잠시 후 사람들의 웃는 소리가 서서히 잠잠해지더니 이내 쥐죽은 듯 조용해졌다. 사람들의 기척이 사라지자 실권이는 비단 이불을 살짝 걷고는 길게 숨을 내쉬었다.

"도대체 첫날밤을 치르라는 거야, 말라는 거야?"

중얼거리던 실권이가 자신의 팔에 안겨 있는 비탈이를 내려다보았다.

"비탈아. 이게 꿈은 아니지?"

비탈이는 고개를 끄덕였다.

"비탈아. 내 소원이 뭔지 아남?"

"소원이 뭔데?"

"내 소원은 우리 비탈이랑 아기 낳고 알콩달콩 사는 거."

"피. 평범하구먼."

"무신 말이여? 우리 주인어른께서는 평범한 것이 제일 좋은 거라 하셨구만."

"피. 평범한 게 뭐가 좋아?"

비탈이는 몸을 살짝 돌렸다가 잠시 후 고개를 돌려 실권이에게 말했다.

"나도 소원이 있는데……."

"뭐여?"

"알아도 들어주기 힘들 텐데?"

"뭐여? 말해보아. 내가 할 수 있는 일이면 해줄 테니께."

"정말이야?"

"그럼. 우리 마누라 소원인데 내가 할 수 있으면 해주고 말고. 안 그려?"

비탈이는 애교 어린 눈으로 실권이를 바라보다가 거친 손가락을 내밀었다.

"내 소원은 말이야. 이 손에 은가락지 한 번 껴보는 것이야."

"뭐라구? 은가락지는 양반댁의 부인들이나 할 수 있는 것이 아니여?"

"그러니까 소원이라고 하잖아."

실권이는 사랑스러운 눈으로 비탈이를 바라보다가 조용히 말했다.

"알았어. 내가 언젠가 네 소원 들어줄 테니 기다려."

"정말?"

"밤마다 남모르게 끼고 있으면 누가 알겠어? 내가 네 소원 들어줄게."

"아이 좋아."

비탈이는 실권이의 가슴에 안기었다. 실권이는 자기의 품에 안긴 비탈이의 얼굴을 자세히 살폈다. 이른 새벽 풀잎에 맺힌 이슬 같은 땀방울이 박같이 매끄러운 이마 위에 송송 돋아나 있었다. 실권이는 귀여운 병아리처럼 자신의 품에 안겨 있는 비탈이가 너무나도 예쁘고 사랑스러웠다. 실권이는 가볍게 비탈이의 얼굴에 입을 맞추고 비탈이를 끌어당겼다.

2

박연폭포 흘러가는 물은 범사정으로 감돌아든다.

에 헤 에 헤 에루화 좋고 좋다 어럼마 디여라 내 사 랑 아

박연폭포가 제 아무리 깊다 해도 우리네 양인의 정만 못 하리라

에 헤 에 헤 에루화 좋고 좋다 어럼마 디여라 내 사 랑 아

삼십장 단애에서 비류가 떨어지니

박연이 되어서 범사정을 감도네.

담장 너머로 개성 난봉가 한 자락이 시끄럽게 들려오고 있었다. 행랑 마당에 차려진 술판에서 들려오는 소리였다.

"개똥 아범이 술을 많이 마신 모양이군."

"그러게요."

말없이 담장 너머로 들려오는 구성진 노래를 듣던 박씨 부인이 전유선의 잔에 술을 따랐다. 조용한 내당의 안방에서는 호롱불을 사이

에 두고 전유선과 박씨 부인이 주안상을 마주하고 앉아 있었다.

"혼례준비 하느라 애쓰셨소. 몸은 괜찮으시오?"

"예. 서방님께서 주신 약 때문인지 몸이 한결 나아졌어요."

박씨 부인은 수줍게 미소를 지어보였다.

술잔을 들던 전유선이 부인에게 말했다.

"배가 봉긋하면 딸이고 펑퍼짐하면 아들이라 하던데 부인은 아들이었으면 좋겠소? 딸이면 좋겠소?"

"전 아들이면 좋겠어요."

박씨 부인은 부끄러워 말을 끝내곤 고개를 숙였다. 그 얼굴에 미소가 가득하였다.

시집 온 이후로 자식이 없던 박씨 부인은 근심 걱정으로 시름이 얼굴에 가득하였지만 임신을 한 이후로 오뉴월 복사꽃처럼 밝은 얼굴이 되었다.

근심이 컸기에 기쁨이 큰 것이니 이른바, 칠거지악 중에서 자식을 낳지 못하는 죄를 지었기 때문이었다. 사대부가의 칠거지악은 첫째로 시부모에게 순종하지 않는 것, 둘째로 자식을 낳지 못하는 것, 셋째로 음탕한 것, 넷째로 질투하는 것, 다섯째로 나쁜 질병이 있는 것, 여섯째로 수다스러운 것, 일곱째로 도둑질하는 것이었다.

박씨 부인은 자식이 없어서 전유선의 후사를 잇지 못한다는 마음에 한때 전유선에게 첩을 들이기를 권하기도 하였다.

멀쩡한 자신을 놔두고 다른 이에게 사랑을 빼앗겨야 하는 여자의 마음은 말하지 않아도 알 것이지만, 그걸 알면서도 첩을 들이지 않는 전유선 때문에 또한 마음고생이 많았던 박씨 부인은 모든 근심이 일거에 사라지게 되면서 마음에 안정을 찾았던 것이다.

"나는 아들이든 딸이든 상관없소. 부인만 무사하다면 족하오."

"그래도 전 아들이면 좋겠어요. 어렵게 가졌는데 이왕이면 가문의 대를 이을 아들이면 원이 없겠어요."

아들을 바라는 여자들의 마음은 아주 오랜 옛날부터 기인해왔다. 아들을 낳기 위해 삼신이나 용왕, 부처에게 비는 것은 기본이요, 돌부처의 코를 갈아 먹거나 비석에 새겨진 글자 중 아들과 관련된 한자인 자 · 남 · 문 · 무 · 용 등을 떼어 가루로 먹기도 하였다.

그밖에도 수탉의 생식기를 생으로 먹기도 하였고, 아들 낳은 산모에게 첫 국밥을 끓여주고 그 산모와 함께 국밥을 먹기도 하였으며, 아들 낳는 부적을 간직하거나, 아들을 많이 낳은 여자의 고쟁이를 빌려 입거나, 아들 많이 낳은 집안의 식칼을 녹여 작은 도끼로 만들어 몸에 지니고 다니기도 하였다.

박씨 부인은 마을에서 아들이 셋이나 되는 아낙의 집에서 식칼을 얻어서 작은 도끼를 만들어 가지고 다녔는데 내심 아들을 낳을 수 있기만을 고대하였다.

"궁금하시오?"

"……."

박씨 부인이 수줍게 고개를 끄덕였다.

전유선이 박씨 부인에게 다가가 한 손을 당겨 맥을 살폈다.

"어떻습니까?"

"좌맥이 빠르면 남자아이가, 우맥이 빠르면 여자아이가 들어선다 하는데 맥이 같아서 잘 모르겠구려."

전유선이 미소를 지으며 말했다.

"혹시 왼쪽 젖에 멍울이 생기지 않았소?"

"그건 왜 물어보십니까?"

"왼쪽 젖에 멍울이 생기면 남자아이고, 오른쪽 젖에 멍울이 생기면 여자아이가 들어선다 합디다."

박씨 부인이 돌아앉아 조심스럽게 자신의 젖을 만져보았다.

"멍울이 생기지 않아서 잘 모르겠어요."

"내가 만져 볼까요?"

박씨 부인은 부끄러움에 얼굴이 사과처럼 붉어져서 몸을 돌리며 말했다.

"이제 보니 절 놀리시려고 그러신 거군요."

"하하하. 이리 오시오. 내가 부인을 한번 안아봅시다."

박씨 부인이 슬그머니 몸을 돌려 전유선의 품에 안겼다.

"부인. 부인께서 만약 아들을 낳으면 이름을 우치禹治라고 지을 것이오. 우禹는 황하를 다스려 백성들을 이롭게 한 성군이었소. 우왕의 다스림처럼 이 나라를 이롭게 할 동량으로 자랐으면 하는 바람이오. 부인께서 딸을 낳으면 이름을 태임太任이라 지을 것이오. 태임은 주나라 문왕의 어머니로 현명한 여인이었지요. 태임의 성품은 단정하고 성실하며 오직 덕을 실행하였으니, 그가 문왕을 임신해서는 눈으로 사악한 빛을 보지 않고, 귀로는 음란한 소리를 듣지 않으며, 입으로는 오만한 말을 하지 않았다고 합니다. 후세 사람들이 아이를 가진 후에 태교한다, 하는 것은 태임의 법을 배운다는 것이니 장차 이 나라에 동량으로 쓰일 수는 없지만 동량이 될 아이를 낳으라는 뜻이오.”

“알겠습니다. 저도 태임을 본받아 훌륭한 아이가 태어날 수 있도록 노력하겠어요. 아들이든 딸이든…….”

박씨 부인은 너무나 행복해서 하늘에 두둥실 떠오른 것 같았다. 마음을 졸이며 근심으로 살아왔던 나날들은 어느 사이에 안개처럼 잊혀지고 좋은 일들이 갑자기 찾아드는 것이 박씨 부인은 왠지 두려웠다. 그러나 아주 오랜만에 찾아온 이런 행복이 언제까지나 자신의 곁에서 영원히 계속되었으면 하고 박씨 부인은 마음속으로 간절히 기원하는 것이었다.

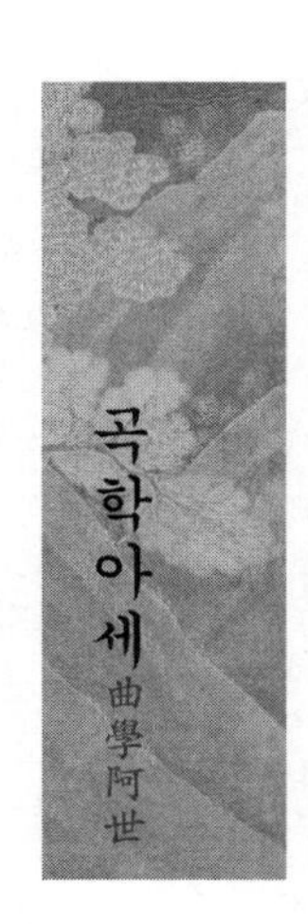

연산주 4년1498년 7월, 청도 김일손의 집 앞에 포졸들과 군관들이 들이닥쳤다.

"어명이다. 역적 김일손은 당장 나와 오라를 받아라!"

붉은 홍립을 쓰고 홍철릭*을 입은 금부도사가 안마당으로 성큼성큼 들어와 크게 소리쳤다. 방안에 있던 김일손이 버선을 신은 채 마당으로 내려와 금부도사에게 말했다.

"금부도사, 도대체 내가 무슨 잘못을 하였기에 이리도 오만무도한 행동을 하는 것인가?"

김일손은 조정에서 청렴한 인품으로 명성이 높던 인물이라 금부도사의 기세가 사뭇 꺾였으나 잠시 후 되레 목청을 높여 소리쳤다.

"그건 내 알 바 아니오. 어쨌든 어명으로 죄인을 호송하러 온 것이

---

* 홍철릭 : 무관이 평상시 조정에 나아갈 때 입던 제복

니 자세한 이야기는 한양에서 들으시오."

금부도사는 고개를 돌려 날카로운 눈초리로 관원들에게 소리쳤다.

"여봐라. 죄인을 압송하고 집 안팎으로 쥐새끼 하나라도 빠져나가지 못하도록 엄중히 감시하라. 대역 죄인이니 경계를 엄중히 하라!"

"예."

김일손은 봉두난발이 되어 목에 칼*을 차고 발에 차꼬*를 찬 채 수레에 실려 한양으로 압송되는 신세가 되고 말았다.

수레에 실려 압송되는 김일손은 어떤 이유로 자신이 대역죄를 얻었는지 까닭을 알 수 없었다. 일행이 청도에서 출발하여 사십 리 오동원梧桐院에 도착했을 때 긴긴 해가 저물었다. 오동원에서 유숙하기로 정한 금부도사가 일손의 차꼬를 풀어 방안에 거처를 정하게 하곤 저녁밥을 내오게 하였다

"도망가지 않을 것이니 이 오라도 좀 풀어주오."

금부도사 두 사람이 방안으로 들어와 양편에 앉은 후에 일손의 오라를 풀어주었다.

"도대체 무슨 일이기에 대역죄로 연루되었단 말이오? 이유나 알고 갑시다."

"인사가 늦었습니다. 저는 의금부도사義禁府都事 신극성愼克成올시다."

---

* 칼 : 죄인에게 씌우던 형틀로 널빤지의 한끝에 구멍을 뚫어 죄인의 목을 끼우고 비녀장을 질렀다.
* 차꼬 : 죄수를 가두어 둘때 쓰던 형구. 두 개의 기다란 나무토막을 맞대어 그 사이에 구멍을 파서 죄인의 두 발목을 넣고 자물쇠를 채우게 되어 있다.

"저는 의금부 경력經歷으로 있는 홍사호洪士灝라 합니다."

금부도사가 자신의 이름을 밝혔다.

김일손이 신극성과 홍사호를 번갈아 바라보며 물었다.

"도대체 무엇 때문이오? 내가 대역죄라니, 나는 그 이유를 알고 싶구려."

신극성이 말했다.

"대감이 대역죄로 연루된 것은 당상관堂上官 이극돈李克墩 대감과 연관이 있습니다."

"이극돈?"

"저도 자세한 사정을 잘 모릅니다."

김일손의 얼굴빛이 창백해졌다. 김일손과 이극돈의 사이에는 말 못할 원한관계가 있었다.

김일손이 사관으로 있을 때에 이극돈이 세조조에 불경을 잘 외운 것으로 벼슬을 얻은 것과, 정희왕후貞熹王后의 상喪을 당하였음에도 장흥長興의 관기官妓 등을 가까이 한 일을 기록한 적이 있었다. 그 뿐만이 아니었다. 성종대왕이 붕어하셨을 때에 서울에 향을 바치지도 않았으며 사사로이 기생을 싣고 다니며 소풍을 간 적도 있었다. 이는 신하로서 크나큰 불충이 아닐 수 없었으므로 김일손이 보고 들은 것을 사초에 낱낱이 기록하였던 것이다.

후에 이극돈이 성종실록을 편수하기 위해 편수관 당상이 되었는데 문제의 사초를 보고 삭제를 요청한 적이 있었다. 강직한 김일손은 일언지하에 거절하였고, 그때부터 이극돈이 일손을 원수처럼 여기었다.

김일손은 얼마 전 이극돈의 아들 세전世詮이 이웃 고을에 수령이 되어 왔을 때 문안 인사도 오지 않은 것을 보고 원수가 그 후대에까지 미친 것을 짐작하였지만, 사사로운 원한 때문에 무고한 자신을 대역죄로 연좌시킨 이극돈의 처사를 이해할 수 없었다.

사초의 내용은 역대로 직필을 기본으로 하였으며, 옳고 그름을 떠나서 임금까지 간섭할 수 없는 불문율이었다.

"이극돈이 사사로운 원한으로 비어를 날조하여 나를 무고하였으나 나는 사관으로서 직필의 도리를 다했을 뿐, 죄 지은 것이 없으니 문제될 것이 없소."

김일손이 당당하게 말했다.

다음날, 이른 아침에 출발하여 영남대로를 따라 올라가 대구를 지나 칠곡에서 중화하고 인동에서 하룻밤을 보내었다. 다음날 선산을 거쳐 상주에서 유숙하고, 다음날 유곡을 지나 조령을 넘을 때에 말을 탄 전령이 죄인의 호송을 독촉하였다.

금부도사가 어명을 받들어 밤낮을 쉬지 않고 호송을 한 끝에 사흘만에 한강을 넘어 도성 안으로 들어올 수 있었다. 이때에 김일손은 염천 더위에 제대로 쉬지도 못하고 먹지도 못하며 노상에서 시달린 탓으로 과천에서 토사곽란을 만났으니, 그 다음날 풍병이 도져서 입이 돌아가고 팔 하나가 뒤틀리게 되었다.

동재기 나루를 지나 금부도사의 행렬이 한양 도성 안에 들어서자 일손은 심상치 않은 기운을 금세 느낄 수 있었다. 건양문建陽門 앞에서는 겸사복兼司僕*들이 창을 들고 엄중히 대기하고 있었으며, 전립 쓰고 남철릭 입은 군졸들이 연영문延英門 빈청賓廳 근처를 에워싼 채 사람의 출입을 금하며 파수를 보고 있었다.

신극성은 성안에 들어서자 홍사호에게 전권을 맡기고 의금부로 들어갔다. 원래 그는 유자광의 심복으로 자광의 명을 받고 그동안 있었던 일을 보고하러 들어간 것이었다.

정청 안 탁자에서 사모를 쓰고 홍단령을 입은 벼슬아치 두 사람에게 홍사호가 꾸벅 인사를 하였다. 둥그스름한 얼굴에 기름기가 좔좔 흐르는 것은 이극돈이요, 매부리코에 날카로운 눈매를 가진 것은 유자광이었다. 이극돈이 신극성을 보곤 손짓을 하며 말했다.

"김일손이 금부에 들어왔다고?"

"예."

"김일손이 오는 동안 뭐라 하던가?"

"대감께서 사사로운 원한으로 사초를 고발한 것이라고 자신은 죄가 없다고 하였습니다. 사초는 역대의 임금도 건드릴 수 없는 사서인데, 일개 신하가 사초를 엮어 죄를 만들었다고 도리어 역정을 내었습니다."

이극돈이 울상이 되어 유자광을 바라보았다.

"이보시오. 무령군. 나 좀 도와주시오."

유자광이 입가에 냉소를 머금고 있다가 소매 속에서 책 한 권을 꺼냈다.

"이거면 될 거요."

"이게 뭐요?"

* 겸사복 : 조선시대에 기마병으로 편성한 금군. 100명씩으로 편성한 두 부대가 임금의 신변 보호를 맡았다.

“김종직의 문집이오.”

“이, 이것으로 문제를 해결할 수 있단 말이오?”

유자광이 냉소를 머금으며 고개를 끄덕였다.

“제 놈들이 청류를 자처하지만 청류라는 것들은 제가 잘난 줄만 알고 다른 사람을 무시하기 좋아하는 인간들이오. 두고 보시오. 저희 혼자 잘났고 저희 혼자 깨끗한 척하는 부류들을 이참에 모조리 쓸어버릴 것이니.”

유자광이 이극돈을 도와주려는 데에도 또한 이유가 있었다. 유자광은 부윤府尹이었던 유규柳規의 서자庶子로 건장하며 날쌔고 천성적으로 힘이 세었다.

어릴 적에 무뢰배들과 어울려서 장기와 바둑이나 두며 활쏘기 내기로 세월을 보내었는데, 새벽이나 밤길에 돌아다니다가 여자를 만나면 낚아채어 간음을 일삼기도 하였다. 유규는 미천한 관기의 아들로 태어난 자광이 하는 짓까지 방종하여 불러다가 매질도 하고 타일러도 보았지만 끝내 고쳐지지 않아 자식으로 여기지 아니하였다. 그러나 아버지의 정리를 이기지 못하여 조정의 대관에게 선을 대어 유자광을 건춘문의 갑사로 들여놓았다.

유자광이 건춘문을 지키는 갑사로 몇 달을 보내고 있을 무렵, 이시애李施愛가 반란을 일으켰다. 그러자 반란군을 평정할 정벌군이 모집되었고, 타고난 용력을 믿던 자광이 스스로를 천거하여 토벌에 참여하였으니, 이때에 세조가 자광을 기특하게 생각하여 불러다가 대궐 뜰에서 시험을 시켰다.

유자광은 세조 앞에서 수박희로 다섯 무사들을 잇달아 쓰러뜨리고, 수십 사람의 머리 위를 가볍게 뛰어넘었으며, 높은 나무기둥을 원숭이처럼 재빠르게 올라가는 기예를 보여 세조가 매우 사랑한 바가 있었다.

그해 유자광이 이시애의 난을 평정한 공으로 병조정랑이 되었다. 이에 유자광은 경서자집을 공부하여 다음해에 문과에 나가 장원으로 뽑혔는데, 세조의 입김이 작용한 것이었다. 세조의 총애로 승승장구하던 유자광은 훗날 남이南怡를 고변한 공으로 무령군武靈君에 봉해졌다. 그는 항상 자신을 호걸이라 일컬으며 남이 자신을 업신여기는 것을 참지 못하였다.

어느 날은 함양咸陽 제운루齊雲樓에 놀러갔다가 시를 지었는데 아주 마음에 들어서 군수에게 부탁하여 나무판에 새겨 누각에 달아둔 적이 있었다. 후에 김종직이 이 고을에 군수로 와서 보곤 이것을 못마땅하게 생각하여 떼어내 불태워버렸는데, 유자광이 이 소문을 듣고 분해하며 이를 갈았다. 그러나 당시 김종직은 성종대왕의 신임을 한몸에 받고 있었으므로 자광이 도리어 교분을 맺으려 하였고 종직이 죽었을 때에는 제문을 지어 울면서 그를 왕통과 한유 같은 문장가에 비하기까지 하였다.

김종직은 유자광의 무뢰배 시절 추악한 과거와, 남이를 모함한 간특한 성정을 알고 있었기에 사특한 자라 하여 죽을 때까지 유자광을 가까이 하지 않았는데, 자광에게는 그것이 한이 되었다.

한주먹 감도 되지 않은 조그마한 김종직이 청류를 자칭하며 자신을 무시할 때에 자광은 이를 갈면서 한을 풀기로 다짐하였다. 한을 풀기도 전에 김종직이 죽었지만, 이제 그 다짐은 더욱 날카로운 화살이 되어 김종직의 제자들에게 쏟아지고 있는 것이었다. 유자광은 김종직의 문집에서 조의제문弔義帝文과 술주시述酒詩를 펼치며 말했다.

"조의제문이 사초 안에 기록된 것이 확실하겠지요?"

"예. 틀림없습니다."

"그럼 되었습니다. 제가 처리할 것이니 대감은 마음 놓으십시오."

"저는 그저 무령군 대감만 믿습니다."

이극돈이 이마의 땀을 닦으며 유자광을 올려다보았다.

수문당修文堂 안에서 국청이 열렸다. 수문당 앞문으로 연산주가 들어왔고 그 뒤를 따라 파평부원군坡平府院君 윤필상尹弼商, 선성부원군宣城府院君 노사신盧思愼, 우의정右議政 한치형韓致亨, 무령군武靈君 유자광柳子光, 도승지都承旨 신수근愼守勤과 주서注書 이희순李希舜이 들어왔다.

연산주는 의금부 국청 위에 있는 용상에 자리하였고, 군신들은 금부 툇마루 아래에 나란히 도열하였다.

유자광이 포박된 김일손을 내려다보곤 말없이 냉소하였다. 김일손 역시 김종직처럼 청류를 자처하여 고고하게 자신을 비웃던 인물 중의 하나였다. 이제 그 인물이 김종직을 대신하여 자신의 복수를 받게 될 것을 생각하니 묘한 설렘이 생겨났다.

그것은 잘난 척하는 남이를 모함했을 때, 추국장에서 주리를 틀어 그의 정강이를 부러뜨릴 때에 느꼈던 알 수 없는 희열 같은 것이었다.

용상에 앉아있던 연산주가 윤필상에게 말했다.

"국문鞫問을 시작하라."

급창이 윤필상의 말을 되받아 소리쳤다. 윤필상이 연산주에게 국궁을 하곤 몸을 돌려 김일손에게 소리쳤다.

"죄인은 들어라. 너는 사관으로서 마땅히 직필해야 하거늘, 어찌하여 헛된 사실을 쓰려했단 말이냐?"

윤필상의 말을 듣고 김일손은 예감대로 사초의 일이 발단이 되었음을 알 수 있었다. 그는 담담하고 차분한 어조로 대답했다.

"신이 어찌 망령되게 거짓을 쓰겠나이까? 그러나 사관에게 들은 것을 캐묻지 않는 것은 역대로 불문율인 줄 알고 있습니다. 국가에 사관을 설치한 것은 역사를 서술하는 일을 소중히 여겼기 때문입니다. 사초에 기록된 것은 헛된 사실이 아니옵니다. 이극돈은……."

"이놈 닥쳐라!"

윤필상이 불호령으로 김일손의 말을 끊었다. 김일손이 고개를 들어 머리를 갸웃거렸다. 윤필상이 이극돈을 비호하고 있다는 것은 공정한 국문이 이루어질 수 없다는 의미였다. 아니 윤필상에게 공정함을 기대하는 것 자체가 무리였다. 그는 철저하게 청류의 배척을 받은 권신이었다.

윤필상은 영의정에 자리에 앉아 치부하는 데 힘을 써서 곳간에 무명베가 천여 동이 넘게 쌓여있고, 소작농에게 거둬들이는 곡식만도 일년에 수천 섬이 넘어, 경상 대행수 심금손沈金孫과 어깨를 겨루고 있었다. 그가 여러 상단에서 뇌물로 받아들이는 금액만도 곳간 하나를 채울 정도였으니, 사전에 이극돈과 밀약이 있었던 것이 틀림없었다.

"네 놈이 사초에 조의제문을 넣은 이유는 무엇이냐?"

"조의제문은 점필재 김종직 선생이 젊을 적에 여행을 하다가 밀성密城, 지금의 밀양 답계역에서 꿈을 꾸고 난 뒤에 소회를 적어놓은 글이오. 그것이 무슨 문제가 된단 말이오?"

"문제가 되지, 그것도 아주 큰 문제가 되지."

유자광이 성큼성큼 국청으로 내려왔다.

"조의제문은 의제를 조상하는 글이 아니더냐? 의제는 항우에게 죽음을 당한 인물인데, 하필이면 의제를 조상할 것이 무엇이냐?"

"신하인 항우에게 임금이 죽었으니 어찌 의제를 조상하지 않을 수 있단 말이오."

유자광이 냉소를 띄며 말했다.

"그러니 너와 김종직이 대역죄인이란 말이다. 너는 사초에 '노산군魯山君-단종의 시체를 숲속에 던져버리고 한 달이 지나도록 거두는 자가 없어 까마귀와 솔개가 날아와서 쪼았는데 한 동자가 밤에 와서 시체를 짊어지고 달아났으니 시체를 물에 던졌는지 불에 던졌는지 알 수가 없다'고 하였다. 이는 의제를 노산군에 비유한 것이니, 그렇다면 항우가 대체 누구란 말이냐? 너는 사초를 통해 공공연히 세조대왕을 비방하였으니 이래도 대역죄가 아니란 말이냐?"

김일손이 물끄러미 유자광을 바라보았다.

"네놈이 전번에 상소하여 소릉昭陵-노산군의 능을 복구하자고 청한 것이 그것 때문이겠지? 난신들이 절개로 죽었다고 쓴 것은 네가 반드시 반역의 마음을 품은 것이다."

"점필재 선생께서 그대의 혀끝이 독사와 같다고 상종하지 말라 하시더니 과연 그러하구료. 문자로 사람을 얽매이는 재주는 당금 제일이외다."

유자광의 눈썹이 올라갔다. 유자광은 목구멍까지 올라오는 화를 참으며 냉소를 머금었다.

"이 일을 누구와 더불어 상의했는지 말해보라."

"전적으로 내가 써 넣은 것이지 관여한 사람은 없소."

"누가 네 말을 믿을 것 같으냐? 함께 역모를 꾀한 사람이 누구냐?"

"역모를 꾀한 적이 없소."

용상 위에 앉아있던 연산주가 화를 버럭 내었다.

"저, 저런 망할 놈이 있나? 죄상이 백일하에 들어났음에도 죄를 인정치 못한단 말인가. 여봐라. 저 망할 놈의 주리를 틀어라!"

나졸들이 달려들어 김일손의 결박된 양다리 사이에 두 개의 주장朱杖을 끼워넣었다. 나졸들이 손바닥에 침을 뱉더니 주장을 잡고 힘껏 당겼다.

"크으윽!"

정강이뼈가 부러질 것 같은 고통에 김일손이 비명을 질렀다. 나졸들이 당겼던 주장을 원래대로 가져다놓으니 김일손이 이를 앙물고 소리쳤다.

"노산군을 모신 정본이 어찌 정몽주에 비할 수 없고, 황보인과 김종서가 어찌 절의에 죽었다 할 수 없다는 말인가? 하늘이 보고 있소이다!"

연산주가 용상에서 벌떡 일어나 소리쳤다.

"저 놈이 아직도 기가 살았구나. 저 망할 놈의 입에서 바른 소리가 나올 때까지 주리를 틀어라!"

나졸들의 악형이 계속되었다. 주리를 틀던 나졸들이 이번에는 김일손을 형틀 위에 올려놓고 커다란 곤장棍杖을 들었다.

"매우 쳐라!"

관원이 장杖을 내휘두르자 큰바람이 일었다. 커다란 곤장이 엉덩이 위에 떨어지자 짝, 하는 소리와 함께 일손의 몸이 움칫거렸다. 잠시 후 엉덩이에서 번진 피가 바짓자락을 붉게 물들였다. 곤장이 엉덩이에 떨어질 때마다 붉은 피가 허공으로 튀어 올랐다.

일손은 이를 깨물며 매를 견디려 하였지만 고통에 겨워 입술조차 찢어져 꽉 문 이빨 사이에서 검붉은 피가 흘러내렸다.

몸이 갈기갈기 찢기는 것 같은 고통이 전신을 엄습하였다. 마침내 굳게 다물었던 김일손의 입에서 작지만 가는 비명이 새어나오기 시작했다. 수십 차례 곤장을 맞은 김일손은 마침내 정신을 잃었고, 연산주는 그제야 매를 그치게 했다.

유자광이 고개를 삐뚜름하게 돌려 기절한 김일손을 내려보다가 몸을 돌려 연산주에게 읍하며 말했다.

"신이 생각건대, 우리 세조 대왕께서 나라의 불안하고 위태로운 시기에 당하여, 간악한 신하가 반란을 도모하여 화란禍亂의 기틀이 발작하려는 찰나에 역적 무리를 베어 없앰으로써 종묘사직이 위태했다가 다시 편안하여 자손이 서로 계승하여 오늘에 이르렀으니, 그 공과 업이 높고 커서 덕이 백왕百王의 으뜸이신데, 뜻밖에 종직이 그 문도들과 성덕聖德을 희롱하고 논평하여 김일손으로 하여금 역사에 무서誣書하는 지경에까지 이르렀으니, 이 어찌 일조일석의 연고이겠사옵니까? 이것은 속으로 불신不臣의 마음을 가지고 새 조정을 섬긴 줄로 아옵니다. 이는 혼자서는 불가한 일이니 종직의 도당들을 연좌하여 그 죄악을 밝혀내는 것이, 종묘사직을 위하는 일일 것입니다."

"무령의 말이 옳도다. 종직과 일손의 범행에 관계한 이들을 모두 잡아 문초하고 동서반東西班 3품 이상과 대간, 홍문관들로 하여금 하루 빨리 이들의 형을 의논하여 아뢰도록 하라."

"성은이 망극하옵니다."

연산주가 용상을 박차고 수문당으로 나아가니 유자광이 허리를 굽혀 국궁하곤 천천히 머리를 들었다.

붉은 곤룡포를 입은 연산주의 멀어져가는 뒷모습을 바라보던 추관들과 유자광이 서로의 얼굴을 바라보았다. 그들의 입가에서 야릇한 미소가 번져 나왔다.

3

연산주 제위 초기에 삼사三司, 사헌부·사간원·홍문관의 사림 측 대신들은 국정에 대한 발언권인 언권言權을 적극적으로 행사하였다.

왕실에서 불교행사인 수륙제水陸祭를 거행하는 것에 대해 삼사의 대간들과 성균관의 유생들이 반대하고 나섰으니, 수륙제에 드는 비용이 어마어마하여 국가 재정의 손실뿐 아니라 비리의 온상이 될 수도 있기 때문이었다. 또한 왕실에서 불교행사가 행해지면 그 패악이 민간으로 확대되어 불사를 행하는 것을 금지할 수 없기 때문에 전조의 잘못을 되풀이하지 않으려는 조치였던 것이다.

왕실의 외척인 신수근愼守勤, 임사홍任士洪 등을 중용하는 것에 대해서도 사사건건 입바른 소리를 하였다. 사간이었던 최부崔溥가 '십년이 못 돼 조정이 외척 판이 될까 두렵다'는 상소를 올린 것을 필두로 삼사 대간들의 오십칠 일간에 걸친 상소와 육칠십 차례의 사직 파동이 이어졌다. 삼사들의 이러한 행동은 우선은 연산주의 왕권에 대한 지나친 간섭으로 보였고, 또한 훈구 세력들은 기득권에 대한 도전으로 받아들여 단호한 조치를 가했다.

수륙제의 경우, 연산주는 성균관 유생 백오십칠 명을 의금부에 하옥하고 그 주동이 되는 정희량鄭希良과 이목李穆을 지방으로 좌천시키는 것으로 대응하였다. 외척 등용에 대해서도 마찬가지였다. 이 역시 연산주는 사직서를 내는 족족 받아들였다.

연산주는 대간이라는 세력이 정책에 대해 사사건건 트집을 잡는 것이 몹시도 불만이었다. 입맛에 맞는 재상 하나를 임명하고자 해도, 청렴함이나 능력을 따졌다. 임금의 힘으로 대간들을 누르려 하면 성균관 유생들이 불처럼 일어나 힘을 실어주었다.

연산주의 입장에서는 삼사의 언관들과 성균관의 유생들이 자신의 앞길을 막는 존재처럼 여겨졌다. 훈구 세력들도 불만은 한가지였다. 언관들은 성균관 유생을 등에 업고 훈구 세력들을 핍박하였다. 영의정 윤필상은 치부로 인하여 어린 이목에게 번번이 무시를 당하였다. 성종조 때 가뭄이 들어 민심이 흉흉할 때에 윤필상을 삶아 죽여야 하늘이 비를 내릴 것이라는 극언을 들었으며, 불교를 숭상하는 것을 조장하였다고 간귀奸鬼라는 소릴 듣기까지 하였다.

정승의 반열에 오르고도 새까만 언관에게 무시를 당하는 처지가 되었으니, 윤필상이 적극적으로 이극돈과 유자광의 편을 든 것은 바로 그러한 이유 때문이었다. 모든 일들을 왕의 마음대로 하고 싶던 연산주와 평소 언관 세력이 눈엣가시 같았던 훈구 세력들에게는 이런 기회가 삼 년 가뭄에 쏟아지는 단비나 다름없었다.

언관들을 잡는다면 모든 것을 왕과 훈구 대신들의 의도대로 할 수 있었다. 그러기 위해서는 바른말을 하는 언관들을 제거하고 임금과 훈구 대신들의 뜻을 받드는 언관들을 세우는 방법밖에는 없었다.

훈구 세력들은 조의제문을 핑계로 김일손과 관계된 권오복, 권경유, 이목, 허반 등 눈에 가시 같던 선비들과 그와 관계있는 이들을 연좌하여 금부에 잡아넣고 모진 고문과 문초를 하였다.

김일손의 집과 연루된 이들의 집에서 나온 편지들과 책들이 수문당 한가운데에 수북하게 쌓였고, 편지의 내용과 문집의 글자 하나까지 꼬투리로 삼아 지독한 악형을 가하였다.

김일손은 상투를 풀어헤친 봉두난발에 피가 딱지가 된 얼굴로 형틀에 앉아 유자광을 노려보았다. 고문과 매질로 기력이 소진하였지만 산발한 머리 사이로 형형한 눈빛이 예전과 한가지로 번쩍거리고 있었다.

"내 무령군에게 한마디만 합시다. 그대들이 옛 성현의 말씀을 배우고 익힌 이유가 무엇이오? 자신의 몸을 닦고 나아가 나라를 다스리는 군주를 보필하여 국태민안國泰民安하자는 것이 아니오. 또 우리가 역사를 기술하는 이유가 무엇이오? 그것은 후세에 같은 과오를 범하지 않고 반성하여 올바른 길을 찾으려는 뜻이 아니겠소. 보아서는 안 될 사초를 읽은 죄를 지은 사람들이 도리어 그 안의 글귀를 인용하여 혹세무민하니 성현의 가르침은 도대체 어디로 간 것이란 말이오? 법을 어긴 자가 법을 핑계로 무고한 이들을 법으로 핍박하다니, 이것이야말로 곡학아세曲學阿世가 아니고 무엇이겠소."

유자광은 대노하여 형장에게 크게 소리쳤다.

"대역죄를 지은 네 놈이 지금 나를 간신 취급하는 것이냐? 저런 놈을 봤나, 아직도 입이 살았구나. 저놈의 주리를 틀어라. 저 놈의 정강이를 부러뜨리지 않는다면 나졸들의 정강이를 부러뜨려 줄 테다!"

나졸들이 겁에 질려 주리를 트는 주장을 힘껏 당겼다.

"크으으윽!"

김일손이 머리를 흔들며 입으로 나오는 비명을 참았다.

"끄으응!"

나졸들이 젖 먹던 힘을 다해 주장을 당기자 마침내 김일손의 정강이가 뚝, 하고 부러져 버렸다. 매끈한 살 위로 부러진 뼈가 툭 튀어나왔다. 김일손이 고통을 참지 못하고 혼절하니 권오복이 얼굴을 찌푸리며 소리쳤다.

"모든 죄를 인정할 것이니 그만하시오. 우리가 죽으면 될 것이 아니오. 그러니 더 이상의 극형은 말아주시오."

유자광은 죽어도 고개를 숙이지 않을 것 같은 권오복이 사정하는 것에 마음이 가라앉아서 형을 중지하고 죄인들을 감옥 안으로 돌려보냈다. 김일손은 피투성이가 되어 의금부의 감옥 안으로 끌려 들어왔다.

"이 사람 괜찮은가?"

퉁퉁 부어오른 다리를 바라보던 오복이 눈물을 흘리며 김일손의 얼굴을 바라보았다. 머리를 풀어헤쳐 귀신 같은 형상이 된 이목과 허반 역시 처참한 몰골을 한 김일손의 모습을 보고 눈시울을 붉혔다. 가늘게 눈을 뜬 김일손이 마른 입술을 달싹거렸다.

"부러진 다리도 전유선이 고치면 하루 만에 나을 수 있을까?"

"이 사람. 이 와중에 농이 나오는가?"

"어차피 한 번은 죽는 목숨인걸."

김일손의 눈가에서 눈물이 주르르 흘렀다. 권오복이 땅이 꺼져라 길게 한숨을 내쉬었다. 그때, 이목이 말했다.

"보게. 저기 저 사람이 일두정여창의 호 아닌가?"

권오복이 맞은편 감옥을 바라보았다. 눈에 익은 홍문관과 예문관의 관원들이 오라와 차꼬를 찬 채 넋 놓은 사람처럼 앉아있는데, 목에 칼을 차고 봉두난발을 한 사내 하나가 나졸에게 끌려 바깥으로 나가고 있었다. 산발한 머리 사이로 보이는 낯익은 얼굴은 정여창이 틀림없었다.

"정여창이 함양에서 끌려왔구먼."

권오복이 씁쓸하게 말했다. 정여창은 김종직의 제자로 김일손과 절친한 친구 사이인 까닭에 사화에 연루되어 함양에서 끌려왔던 것이다. 이목이 말했다.

"그러고 보니 남빈청에 소총 선생도 잡혀왔다고 하더군."

"소총 선생이 잡혀왔단 말인가?"

"점필재 선생의 문하에 있는 사람뿐 아니라 우리와 조금이라도 관계가 있는 사람은 모두 잡아들이고있다 하더군. 윤필상이 점필재 선생 문하의 제자들의 씨를 말릴 작정인 모양이야."

"그분이 점필재 선생의 문하에서 공부하긴 하셨지만 점필재 선생의 학문과는 거리가 먼 것으로 아는데?"

"소총 선생은 삼교에 통달한 이인이라 유학자인 점필재 선생님과는 생각이 많이 틀리셨지. 그가 선생님에게 '둥글게 행하고 모난 것을 싫어함은 노자의 사상이고 자기 혼자만 행하고 남을 걱정하지 않는 것이 불교인데 자네가 그 모든 것을 다 하고 있으니 삼교에 통달했군!' 하고 꼬집어 말하지 않았는가. 그 때문에 점필재 선생께서는 그를 간사하다 하시며 멀리하셨지."

"소총 선생까지 이 사건에 연루되어 왔다니 이해할 수가 없구먼."

꿀 먹은 벙어리마냥 말이 없던 허반이 입을 열었다.

"한때나마 점필재 선생과 교분이 있었다면 모두 잡혀오고있다 하네. 편지나 문집에 들어간 사람까지 모조리 잡아오고있다 하니 옥사에 관련된 사람들이 몇이나 될는지……."

권오복은 문득 전유선이 생각났다. 김일손의 풍병을 고쳐주고 홀연히 떠나가며 다시 만나자 기약했던 전유선. 어쩌면 전유선도 김일손과 오복의 친구라는 이유로 연좌되어 어딘가에 갇혀있을지 모를 일이었다. 금부관원들이 집안을 뒤져 편지와 책들을 모두 가져갔을 것이고, 오복이 전유선에게 보내려고 써 놓은 편지들도 발견했을 것이었다.

"내가 유선이에게 괜한 짓을 한 것 같구먼."

권오복은 한숨을 쉬며 고개를 떨어뜨렸다.

"유선이라면 자네, 전유선을 생각하는가?"

김일손이 눈을 떠서 힘겹게 말했다. 권오복이 말없이 고개를 끄덕였다.

"지금쯤 전유선도 잡혀왔겠지?"

"그렇겠지. 어딘가에 갇혀 모진 문초를 받고 있겠지."

"자네나 나나 그 사람에게 몹쓸 짓을 했구먼. 죄 없는 사람인데……."

들어가면 살아나오기 힘들다는 의금부 감옥 안에서는 무거운 정적이 흐르고, 옥 앞에 세워진 횃불은 무거운 어둠을 힘없이 사르고 있었다. 숨이 막힐 것 같은 정적을 참지 못하고 이목이 눈을 부릅뜨며 말했다.

"이보게들. 대관절 사초史草가 무엇인가? 사초란 역사서를 편찬할 때 사용하는 자료로 역대로 누구도 읽을 수가 없으며 절대로 누설할 수도 없는 것이 아닌가. 그런데 그런 불문율마저 깨어지다니 앞으로 이 나라의 장래가 어찌될는지……. 부정을 저지르는 부패한 자들이 이 나라를 농락하게 될 것이니 우리 백성들을 어찌하면 좋은가."

이목은 격양된 어조로 분을 삼키었다.

시체처럼 누워있던 김일손이 피식 웃으며 말했다.

"너무 분하게만 생각지 말게. 만약 자네 말대로 된다면 영의정 윤필상도, 우의정 한치형도, 아니 그동안 조정에서 백성들의 피를 빨던 탐관오리들도 장차 무사하지는 못할 것일세."

"그게 무슨 소린가?"

"사초에는 주상전하의 비밀이 숨겨져 있지 않은가."

이목이 놀란 사람처럼 김일손을 내려다보았다. 이목의 뇌리에 폐비 윤씨의 일이 스쳐갔다. 폐비 윤씨는 연산주의 생모로 좌정승 윤기묘의 딸이었다. 연산군을 낳고 왕비가 되었는데 성종을 투기하는 일로 인수대비의 미움을 샀으며, 결국 폐위 되었다가 사약을 받고 죽은 비련의 여인이었다. 연산주가 폐위된 어머니 윤씨의 일을 사초를 통해 알게 된다면 그와 관련된 조정대신들의 몰락은 불 보듯 뻔한 일이었다.

"허허허. 그러고 보니 윤필상이 자충수를 두었구먼."

이목이 껄껄 웃었다. 김일손도 힘없이 웃으며 말했다.

"밤이 가면 새벽이 찾아오는 것이 천도의 정해진 순리 아니겠는가?"

권오복이 맞장구를 쳤다.

"그렇지. 어둠은 밝음을 이기지 못하는 법이지."

허반이 침울한 얼굴로 말했다.

"대역죄로 몰아가는 것을 보면 모두 죽음을 당하겠지?"

눈을 감고 있던 김일손이 미소를 지으며 말했다.

"옛말에 분개한 것을 느끼어 자기 몸을 죽이기는 쉬우나 의를 위해 태연히 죽기는 어렵다고 하였네. 어차피 사람이라면 한 번은 가야 하는 길. 우리는 먼저 가는 것뿐이니 태연히 죽음을 기다리세."

칠흑같이 어두운 감옥 안에서 어두운 횃불이 꺼져가는 어둠을 부여잡은 채 무거운 정적을 밝히고 있었다. 보름가량의 심문을 마친 후, 유자광은 연산주에게 심문 내용들을 보고하였다.

"신이 심문을 맡은 바 조의제문의 한 구절 한 구절이 모두 노산군과 세조 대왕을 희왕과 항우에 빗대어 서술하였음을 밝혀내었습니다. 김일손 역시 조의제문을 실은 뒤 그 끝에 '김종직은 이로써 충성의 마음을 나타냈다' 고 하였으니 선왕인 세조 대왕을 비방하는 혐의가 확연해졌사옵니다."

"음. 짐도 그렇게 생각하고 있었네."

"그뿐이 아니옵니다. 김일손과 권오복, 허반은 의금부 감옥 안에서도 비방의 말을 일삼는 등 자신의 죄를 뉘우치는 기색이 보이지 않았사옵니다."

"자세히 말해보라."

“신이 들은 바로는 금부의 감옥 안에서 ‘분개한 것을 느끼어 자기 몸을 죽이기는 쉬우나 의를 위해 태연히 죽기는 어렵다’ 라는 말을 하였다 하옵니다. 이는 아직도 자신의 잘못을 깨닫지 못하고 마치 자신을 의인인 양 여기고 있으니, 이처럼 염치가 없는 자들이 어찌 있을 수가 있겠사옵니까?”

연산주는 눈에 핏대를 세우고는 용상을 박차고 일어나 소리쳤다.

“뭣이! 선왕을 비방한 역적놈들이 의인이라고 떠벌리고 다녀? 내 이놈들을 능지처참하여 도륙을 내고야 말리라.”

유자광은 연산주의 눈치를 살피며 은근히 물었다.

“그럼 김종직은 어찌하면…….”

채 화가 식지 않은 목소리로 연산주가 말했다.

“김종직은 이미 죽지 않았는가?”

“그러하오나 김종직은 이 사건을 발단시킨 수뇌이옵니다. 그런데 죽었다해서 그를 용서하려는 것은 선왕에 대한 예가 아니옵니다. 그는 조정의 권위를 추락시킨 대역죄인인데 어찌 이미 죽었다하여 그 죄를 무마시킬 수 있겠사옵니까?”

“그럼 어찌하면 좋겠는가?”

“오자서伍子胥가 부친 오사伍奢와 형의 원수를 갚을 때 어떠하였사옵니까? 초楚나라 평왕平王이 이미 죽었으므로 땅을 파헤치고 시체를 꺼내어 채찍으로 삼백 번을 내리쳤다 하였습니다. 오자서는 일개 신하로서 아비의 욕됨을 그리 해결하였는데, 김종직은 그의 도당과 더불어 선왕을 욕되게 하였으니 어찌 더 이상의 말이 필요하겠사옵니까? 종직을 그냥 용서하신다면 그것은 곧 왕실의 권위가 땅바닥에 떨어지는 것이나 다름이 없사옵니다. 그러므로 김종직은 관을 꺼내어 목을 베는 것이 합당하며 그의 집안은 마땅히 씨를 말려 후일의 경계를 삼는 것이 가할 줄 아뢰옵니다. 또한 김종직이 지은 글 역시 세상에 유전하는 것이 마땅치 못하오니, 아울러 다 소각해버리소서."

"경의 말이 일리가 있군. 무령의 말대로 하라."

어명을 받은 금부도사가 김종직의 묘를 파헤쳐 부관참시*를 하였다. 온전한 무덤이 파헤쳐지고, 관을 쪼갠 후 해골만 남은 시신의 목을 잘라 들판에 내던졌다.

김종직의 문집을 수장한 자는 이틀 안에 각기 자진 납상하여 빈청 앞뜰에서 불태우게 하였고, 여러 도의 관우館宇에 유제留題한 현판도 현지에서 괴손하도록 하였다. 또한 성종께서 일찍이 종직에게 명하여 「환취정기環翠亭記」를 짓게 했으므로, 미간楣間에 걸려 있었는데, 그것마저 철거되었다.

김일손과 권오복, 권경유는 군기시 앞에서 망나니의 칼에 목이 잘리고 사지가 찢기는 능지처참을 당하였고, 이목과 허반은 서소문 밖 공터에서 목이 잘리는 단두형을 당했다.

그밖에도 김종직의 문인뿐 아니라 김일손과 권오복, 권경유, 이목, 허반과 친분이 있는 자들은 모조리 연좌되어 형을 받았으니 한 차례의 옥사로 경상도 일대가 쑥대밭이 되었으며, 영남의 선비들이 씨가 마르고 말았다.

* 부관참시 : 죽은 뒤에 큰 죄가 드러난 사람을 극형에 처하는 일

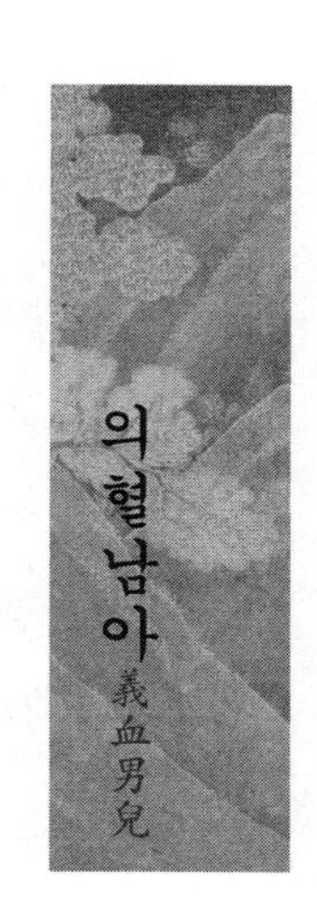

좋은 일에는 마가 끼는 법이라고, 불행이란 예고도 없이 찾아드는 법이었다. 한양에서 큰 옥사가 일어났다는 소문이 개성 사거리에 자자하게 퍼진 그날, 개성 관아에서 장교와 관졸 수십여 명이 청하동으로 찾아왔다. 장교와 관졸들은 다짜고짜 전유선의 집 대문을 박차고 들어와 전유선을 포박하여 압송하였다. 죄명은 대역죄인과 붕당을 이룬 죄목이었다. 전유선이 압송되던 날, 박씨 부인은 비탈이에게 부축되어 혼이 빠진 사람처럼 멍한 얼굴로 동구 밖으로 멀어져가는 전유선을 바라보았다.

죄가 없으니 곧 돌아올 것이라고 안심을 시켰던 전유선은 하루가 지나고 이틀이 지나고, 열흘이 지나도 돌아오지 않았다. 상심한 박씨 부인은 끼니도 먹는 둥 마는 둥 매양 안방 미닫이문을 열고 멍하니 바깥을 바라보았다.

박씨 부인은 남빛 치마 위로 불러오는 배를 어루만지며 눈물을 흘리었다. 전유선과의 두근거리던 첫날밤, 다정했던 그의 목소리를 떠올리니 목이 멨다. 그와 함께한 행복했던 시간들이 빠르게 눈앞에서 스쳐가고, 그 시간의 끝에 포박된 전유선이 동구 밖으로 사라지는 광경이 멈추어서면, 박씨 부인의 가슴은 새까맣게 타서 재가 되는 것 같았다.

소문에 발이 달리지는 않았지만 한양의 옥사일로 동리 아낙들의 수군거리는 이야기를 들을 때면 박씨 부인은 심신이 녹아내렸다. 하루가 가고 이틀이 가고 시간이 흘러갈수록 전유선을 보고 싶은 마음이 간절하였지만 사랑방 안에서 어찌할 수 없는 자신의 처지가 서러워 또다시 눈물을 더할 따름이었다. 늦은 밤, 방안에 홀로 누워 피 끓는 두견의 우는 소리를 들을 때에 자신이 우는 것만 같이 생각되어 베갯잇을 적시고, 밝은 날 매미 우는 소릴 들을 때면 허망한 짧은 생을 슬퍼하는 것 같아서 눈시울을 적시었다. 서책을 뒤적여 사무치는 그리움을 쫓아버리려고 할 때면, 옛 시인의 시와 노래가 자신의 일만 같이 느껴져 눈물을 흘리지 않는 날이 없었다.

박씨 부인은 당나라 시인 백거이白居易의 시를 즐겨 읽었는데,

눈물은 비단 수건 흠뻑 적셔 꿈도 이루지 못하고
깊은 밤 앞 궁전에서 노래 소리 들려온다.
앳된 얼굴, 주름 하나 없는데 은총이 먼저 끊기니
새장 속에 기대어 앉아 긴 밤을 지새우네.

「후궁사後宮詞」를 외며 구중궁궐 안에서 총애가 끊긴 후궁의 처지

를 떠올리고 눈물짓고,

가을 옷 다듬이질 소리 뉘 집 아낙일까
달빛 썰렁 바람 쓸쓸 그 소리 슬프네.
팔구월 바야흐로 밤은 길어 가는데
천 번 만 번 그 소리 그칠 줄을 모르네.
날이 새면 머리카락 백발 되리라
한 소리 더할 때 흰머리 한 가닥 늘 테니까.

늦은 밤 들려오는 다듬이질 소리를 듣고 「문야침聞夜砧」을 떠올리며 근심하였다. 예전에는 읽지 않았던 시를 읽음에 글자 하나하나가 자기 일만 같이 느껴지고, 문장 마디마디마다 모두 자신의 신세를 말하는 것 같아서 박씨 부인은 자고 일어나면 시를 떠올리고 눈물을 흘리고 밥을 먹다가도 시를 외며 흐느끼고, 자나 깨나 책을 붙잡고 슬퍼하니 어느새 눈자위가 움푹 들어가고 입술은 말라 예전의 아름답던 박씨 부인의 얼굴이 온데간데없이 빛을 바래었다.

이 모습을 가까운 발치에서 바라보는 실권이와 비탈이는 가슴이 바짝바짝 타들어갔다. 실권이는 전유선이 잘못되지 않았을까, 근심하고 비탈이는 박씨 부인이 탈이라도 나지 않을까, 걱정하였다. 아낙들이 가끔씩 문안와서 위로하고 뱃속의 아기씨를 생각해서라도 끼니를 챙기라고 당부하였지만 별다른 소용이 없었다.

하루는 실권이가 이른 아침 논에 나가 피를 뽑고 돌아올 때였다. 비탈이가 바가지 안에 식칼을 넣고 집 담장을 돌아다니며 이상한 짓을 하였다.

"고수레. 고수레. 잡귀야 물러가라!"

비탈이는 바가지 안에 있는 식칼을 휘휘 젓다가 광이며 헛간이며 할 것 없이 소금을 뿌렸다.

"시방 뭘하는 거여?"

"에구머니."

놀란 비탈이가 제 풀에 놀라 동그랗게 눈을 뜨고 실권이를 바라보았다.

"깜짝이야. 애 떨어질 뻔했구만."

"애 생겼구만?"

"혼인한 지가 얼마 됐다고 애여?"

비탈이가 눈을 흘겨 뜨고 핀잔을 주었다. 혼인을 하고 나서 두 사람 사이에 깨가 쏟아졌건만 느는 것이 또 비탈이의 잔소리였다. 처녀적보다 잔소리가 많아져서 실권이는 비탈이가 무어라 할 것 같으면 귀를 막고 손사래를 칠 정도였다.

"알았어. 알았어. 근데 뭐하고 있었남?"

"주인나리께서 잡혀가시고 집안이 흉흉해서 개똥 어멈에게 물어보니, 부정풀이하는 비방을 가르쳐주더라구. 바가지에 대궁*을 떠놓고 소금물을 부었다가 식칼을 들고 칼을 휘두르며 밥을 뿌리면 잡귀가 물러간다 하더라구."

"잘한다, 잘해! 집안이 어수선한데 쓸데없는 짓이나 하는구만!"

---

* 대궁 : 먹다가 그릇에 남긴 밥

비탈이가 도끼눈을 뜨고 실권이를 노려보다가 버럭 소리를 질렀다.

"그걸 잘 아는 양반이 태평하게 논에 나가 피나 뽑고 앉았어? 우리 마님 다 죽게 생겼어. 당장 개성에 가서 주인어른 어떻게 되었는지 알아보구 오라구."

"엉?"

"뭐해? 후딱 준비하지 않구. 엎어지면 코 닿을 곳에 있는데 왜 안 가? 가서 소식 알아보구 오라구."

비탈이가 찜부럭* 내듯이 소리쳤다.

"아, 알았구먼."

실권이가 진동걸음으로 방안으로 뛰어들어가 패랭이 모자를 쓰고 나왔다.

"얼른 다녀올 것이니 마님 잘 챙기라구."

"알았으니까 어서 다녀오기나 해."

비탈이가 무당 귀신 쫓듯이 식칼을 들고 실권이를 대문 밖으로 몰았다. 실권이가 에구 지구 비명을 지르며 대문을 나가 자개바람이 나도록 동구 밖으로 뛰어갔다.

"하여간 남자들이란……."

비탈이가 쌍심지를 돋우며 멀어져가는 실권이를 바라보았다. 실권이는 오십 리 개성길을 한달음에 달려갔다. 개성 남대문 앞 사거리에서 멈추어 서서 생각하니 개성에 아는 사람이라곤 박씨 부인의 약을 지으러 자주 찾아갔던 의원밖에는 없었다.

---

* 찜부럭 : 몸이나 마음이 괴로울때 걸핏하면 짜증을 내는 것

실권이가 약방이 있는 곳을 향해 터벅터벅 걸어가고 있을 때였다. 난데없이 한 무리의 사내들이 후다닥 달려와서 길을 막았다.

"뭐여?"

사내들 가운데 키가 작고 날카롭게 생긴 사내가 한 걸음 나와 실권이에게 말했다.

"나를 기억하겠지?"

실권이가 사내들을 바라보니 몇 달 전 남대문 앞에서 자신에게 혼이 났던 송방 주먹패들이다. 눈을 지릅뜨고 시비를 거는 자는 전에 실권이의 박치기에 기절했던 개칠이였다.

"나는 누군가 했더니 송방 주먹패들 아니여? 무슨 일이여?"

"몰라서 물어? 너하구 한판 붙어야겠다."

개칠이가 곤댓질을 꺼떡꺼떡 하였다.

"난 시방 너하고 놀 시간 없으니께 돌아가라구."

"이놈이? 감히 송방의 개칠이를 무시해? 죽고 싶어 환장했어? 난 지고는 못 참아. 잔말 말고 한판 붙어."

"너는 애초부터 내 상대가 아니니께. 까불다가 얻어터지지 말구 좋은 말할 때 사라져라!"

실권이는 귀찮다는 시늉을 하며 손을 저었다.

"어허. 소부랄에 붙은 벼룩만도 못한 놈이 나를 무시해?"

개칠의 눈이 튀어나올 것 같았다.

"어허. 그 놈 주둥이 보게. 똥을 씹어먹었나? 입이 걸기가 사복개천일세. 정말 한 번 해볼 테여?"

개칠이 바지를 끌어 올리며 말했다.

"한 번 해보자구. 저번에는 방심해서 내가 졌지만 이번에는 틀리니까 단단히 각오하라고."

"그 자식. 정 소원이라면 할 수 없지. 코피가 터져도 나는 모르는겨."

"너나 쌍코피 터지지 않게 조심하라구."

개칠은 둘러선 송방패거리들을 주당물림하듯 물러서게 하고 일장 정도 거리에서 실권이와 마주하였다.

2

개성 남대문 큰길 가운데서 개칠과 실권이가 마주하고 서있으니 길 가던 사람들이 하나둘 걸음을 멈추고 둥글게 둘러섰다. 예로부터 불구경과 싸움 구경은 구경 중의 구경이니 싸움 중에서도 수박희가 으뜸이었다.

개성은 고려의 도읍이라 전조의 습성이 완연하게 남아있었으니 11월 보름에 팔관회가 그 중에 가장 성대하였다. 이때에는 임금이 도성 가운데 있는 연복사演福寺에 거둥하여 윤등輪燈을 구름처럼 내걸고 향과 등을 나열하니, 밤새도록 땅 위에 광명이 가득하였다. 또 채붕彩棚을 두 곳에 세웠는데 각각 높이가 다섯 발이며 형상이 연대蓮臺 같아서 멀리서 바라보면 어렴풋하게 보일 정도였다. 이때에 사람들은 왕 앞에서 온갖 놀이와 노래와 춤을 벌였는데, 사선악부四仙樂部를 연주하고 용봉상龍鳳象과 마거선馬車船을 만들어 큰길로 나가 흥을 돋구었다. 이때에는 백관이 조복을 입고 홀笏을 들고 예식을 거행하니,

도성 사람들이 모두 나와서 구경하여 밤낮으로 즐기고 임금이 위봉루威鳳樓에 나와서 구경하였는데, 이름하여 공불낙신供佛樂神의 모임이라 하였다. 위봉루에 풍악이 울리면 열 명의 장사들이 패를 나누어 기예를 겨루었으니 이른바 오병수박희였다. 고려에서 가장 싸움을 잘한다는 이들이 차례로 나와 수박을 겨루었으니 사람들이 구름처럼 몰려들어 구경하였다. 왕이 장사들의 기예를 구경하고 이긴 자에게 술과 상급을 내리고 벼슬을 주기도 하였다.

신분이 천한 사람들은 출세하기 위해서 수박을 연마하였으니 무풍武風이 온 나라에 퍼져서 단옷날이 되면 모래사장에서 씨름과 함께 수박희가 성행하였다.

단옷날이 되면 마을의 처녀들은 그네를 타고 총각들은 모래사장에서 씨름과 수박희를 하였다. 신분이 높은 무관들 가운데 젊은 자와 점잖은 집 자제를 선발하여 격구희擊毬戱를 열었으니, 큰 길거리 곁에 용봉장전龍鳳帳殿*을 설치하고, 전 앞 좌우로 각각 이백 보쯤 되는 곳 길 한 가운데에 구문毬門을 세우며, 길 양쪽에는 오색 비단으로 부녀자들이 장막을 치고 명화와 채색 요로 장식하여 임금이 거둥하여 구경하였다.

이때에도 격구가 끝나면 길 한가운데에서 오병수박희가 열렸으니, 개성의 사람들이 불구경보다 수박희 구경을 좋아하는 것은 지극히 당연한 일이었다.

개칠이 좌우를 휘휘 둘러보다가 실권이를 바라보며 말했다.

---

* 용봉장전 : 용과 봉황을 아로새겨 임금이 앉도록 임시로 꾸며놓은 자리

"판을 벌여볼까?"

"좋지."

개칠이 숨을 몇 번 들이쉬고 내쉬다가 목을 돌리고 팔을 돌리고 기지개를 켰다가 무릎을 재고, 오금을 치다가 무릎을 치고 허리를 활처럼 구부리다가 온몸을 두드렸다.

"어, 앞엣거리 한번 징하구먼."

"너는 안 하냐?"

"너 따위를 상대로 앞엣거리가 뭐여?"

"이런, 좋아. 하자구. 한판 붙어 보자구."

개칠이 손에 침을 뱉어 손뼉을 치더니 실권이를 노려보며 한 걸음 물러섰다.

"니가 자는 범의 코를 쑤셨겠다?"

개칠이 눈에 쌍심지를 켜고 활을 하면서 앞서거니 뒤서거니 품을 밟았다. 품이란 어떤 일을 할 때 드는 노력이나 수고를 말하는 것으로 집을 짓기 전 땅을 다질 때의 모습과 흡사하였다.

왔다갔다 품을 밟던 개칠이 두 손을 아래위로 흔들며 활갯짓을 치는데 간간히 손을 마주쳐 '짝짝' 하는 소리가 났다. 품을 밟고 활개를 치며 몸을 흔드는 수법이 부드러워 오랫동안 수련한 티가 한눈에 드러났다.

택견이든 수박이든 온몸이 무기가 되며 겨루기에서는 한순간에 승부가 결정된다는 것을 알고 있는 실권이 역시 방심할 수가 없어서 개칠이처럼 품을 밟으며 간격을 유지하였다.

둥글게 둘러선 사람들 사이에서 두 사람은 춤을 추듯 품을 밟으며 빙글빙글 돌았다.

"실력이 보통이 아니던데 도대체 누구에게 배웠어?"

개칠의 물음에 실권이 코웃음을 쳤다.

"무슨 말을 하는 거여? 동리마다 정월이면 하는 놀이를 누구에게 배웠냐니? 나는 종시 무슨 말을 하는 겐지 모르겠구먼."

"흥. 개칠이의 눈을 속이려고? 네놈은 동네에서 배운 수박 실력이 아니야."

"너는 입으로 싸울 꺼여? 사내놈의 주둥이가 계집처럼 쉬지를 않아."

"뭐야?"

개칠이 깨끔질로 높이 뛰어 두발당성으로 실권이의 면상을 걷어찼다.

"어허."

실권이가 재빨리 우품을 밟으면서 개칠이 서있던 자리로 옮겨갔다.

품을 밟으며 싱글거리는 실권이의 모습에 화가 치민 개칠이 옆구리를 노리고 후려찼다.

실권이가 활개질로 내려막으며 뒷걸음질 치자 개칠이 이번에는 는질러차기로 명치를 노렸다. 실권이가 개칠의 회목을 잡으며 뒷걸음질을 멈추었다.

"이 자식."

개칠이 디딤발을 껑충 뛰며 얼굴을 향해 발길질을 하였다. 실권이에게 잡힌 회목이 디딤대가 된 까닭에 방심하고 있던 실권이가 깜짝 놀라 고개를 젖혀 피하였다. 그 와중에 회목을 잡았던 손을 놓아서

헛발질을 한 개칠이 가볍게 바닥으로 내려앉았다.

"아깝다."

둘러선 구경꾼들이 손뼉을 치며 환호하였다. 실권이는 제비처럼 날쌘 개칠의 몸놀림에 깜짝 놀라 방심하던 마음이 사라져버리고 말았다. 개칠이의 는질러차기는 상대방을 방심시키려는 허초였던 것이다. 다음 수를 고려한 치밀한 수법이었다는 것은 뒤늦게 알게 된 실권이가 고개를 몇 번 끄덕거렸다.

개칠이가 고개를 끄덕이며 말했다.

"역시 그럴 줄 알았어. 구렁이 담 넘어가는 듯한 솜씨다."

"생게망게한 소릴 다 듣네. 구렁이 담 넘어가는 솜씨는 또 뭐여?"

"그런 게 있어. 알려고 하지 말어."

춤을 추듯 학처럼 팔을 펼치고 으쓱으쓱 넘실넘실 품밟기를 하던 개칠이 갑자기 '악' 하고 소리를 지르며 훌쩍 뛰어올라 실권이의 머리통을 향해 발끝을 내리쓸었다. 실권이가 한 걸음 물러서 발길질을 피하니 허공에서 개칠의 왼발이 실권이의 가슴팍을 향해 날아왔다.

실권이는 오른 발등을 안에서 밖으로 비틀어 째차기로 개칠의 왼발을 막으며 오른 손바닥으로 개칠의 몸통을 후려쳤다.

개칠은 활갯짓으로 실권의 오른손을 막으면서 오른손 장심으로 번개처럼 실권이의 볼 따귀를 후려쳤다. 실권이가 슬쩍 피하며 머리를 숙이자, 허공에 떠 있던 개칠이가 떨어지면서 실권이의 머리에 면상을 들이박았다.

"어이쿠!"

외마디 비명소리와 함께 개칠은 얼굴을 감싸안고 땅바닥에 뒹굴었다.

“그것보라고. 이래도 네가 내 상대가 된단 말이여?”

실권이 혀를 차자 얼굴을 부여잡고 뒹굴던 개칠이 천천히 몸을 일으켰다. 개칠은 박치기 한방에 쌍코피가 터져서 소매로 코피를 닦으며 손을 내 밀었다.

“내가 졌다. 나는 송방의 개칠이다. 네 이름은 뭐냐?”

실권이가 개칠의 손을 잡으며 말했다.

“나는 실권이라고 혀. 청하동에 살어.”

갑자기 개칠이가 두 눈을 크게 떴다.

“청하동이라면 전 처사님이 사시는?”

“네가 우리 주인어르신을 어떻게 아는감?”

개칠이가 목을 젖혀 크게 웃으며 고개를 끄덕거렸다.

“그럼 그렇지. 네가 수박이 강한 이유가 있었어.”

“그게 무슨 말이여?”

“전 처사 어르신과 내 스승이신 곽근수 어르신은 깊은 친분이 있으시지.”

“북근수남원술 하는 그 곽근수 어르신 말이여?”

“그래. 내가 그분한테 수박을 배웠다.”

개칠이 으시대다가,

“참, 그런데 얼마 전에 전 처사님이 한양에 끌려가셨다며?”

하고 물어보았다.

“실은 그것 때문에 나리께서 어찌 되셨나 알아보러 나왔구만.”

“아! 그거라면 내가 알아봐주지. 우리 송방으로 말하자면 방방곡

곡에 사람이 있어서 소식통에 밝으니까 전 처사님 소식도 알 수 있을지 몰라."

실권이는 개칠이와 함께 광화문 시장 안에 있는 송방으로 들어갔다. 문 들어서기 무섭게 짐을 진 사람들로 번잡한 창고 마당을 지나 실권이는 개칠의 안내로 송방 행수 송철주에게 안내되었다.

행랑채 대청마루에 앉아 있던 송철주가 손짓을 하였다.

"네가 청하동 전 처사의 노복이라고?"

"예. 실권이라구 해유."

실권이가 꾸벅 인사를 하였다. 송철주의 본명은 송대교宋貸交로 쇠로 된 주판을 쓴다 하여 송철주宋鐵籌라 불리었다. 실지로 그의 주판은 무쇠로 만들어져 있었으니 송철주라는 이름은 주판을 오래 오래 사용하여 돈을 아끼려는 지극히 송방 행수다운 별명이라 할 수 있었다.

"네 주인나리의 소식이 알고 싶다고?"

"예."

"전 처사는 사화에 관련이 되어 의금부로 압송되었다. 이틀 전에 군기시에서 김일손과 권오복이 능지처참을 당하고, 그보다 약한 죄인들은 서소문 밖에서 목이 잘렸어. 사화에 관련되거나 연루된 이들은 처형이 되거나 귀양을 떠났고. 내가 교서를 읽어보았는데 전 처사는 벼슬이 없어서 명단에 이름이 나와 있지는 않았지만 먼 변방으로 귀양을 갔을 것이다."

"어디로 가셨는지 알 순 없남유?"

"글쎄. 그건 나도 알 수가 없구나. 국문에 관여한 조정대신이라면 모를까…….”

실권이는 얼굴이 흙빛이 되어 송철주의 이야기를 듣고는 힘없이 송방을 나왔다. 개칠이가 대문 앞까지 배웅을 나와 별일이 없을 것이라 위로를 하였지만 시장통에서 역모에 연루된 사람들 가운데 벼슬하지 않은 사람들은 새남터에서 목이 잘려죽었다는 풍문을 들은 터라 실권이의 마음은 답답하기만 하였다.

개칠이와 헤어져 청하동으로 돌아온 실권이는 그날 저녁을 근심과 걱정으로 뜬눈으로 밤을 새우곤, 다음날 날이 밝기 무섭게 비탈이를 흔들어 깨웠다.

“나 한양에 좀 갔다올 테니 채비 좀 해주어.”

비탈이는 자리에서 일어나 머리를 올리다 말고 말했다.

“갑자기 한양에는 왜 간데요?”

“나리 찾으러…….”

비탈이는 실권이가 밤새 뒤척이며 잠을 이루지 못한 것을 알고 있는 터라 실권이의 심각한 얼굴에서 좋지 않은 기색을 느끼고 재빨리 되물었다.

“나리를 말이에요? 갑자기 그게 무슨 말이에요. 어제 개성에 가서 무슨 나쁜 소리라도 들은 거예요?”

실권이는 문을 열고 머리를 내밀어 사방을 살피더니 이내 문을 닫고 비탈이에게 다가와 그녀의 귀에 대고 이야기를 해주었다.

이야기를 듣고 난 비탈이는 얼굴이 사색이 되어 재차 물었다.

“뭐라구요? 나리가 돌아가셨을지도 모른다구요?”

실권이는 재빨리 두 손으로 비탈이의 입을 막았다.

"이 사람. 다른 사람이라도 들으면 어쩌려고 그래. 입 조심 혀."
비탈이는 눈이 동그래져 가슴을 몇 번 쓸더니 나직하게 말했다.
"마른하늘에 날벼락도 유분수지. 이봐요. 자세히 말 좀 해봐요. 나리가 정말로 새남터에서 참형을 당한 건가요? 아니죠."
"소문이 그렇다는 얘기지. 송방 행수이신 송철주 어르신은 벼슬한 대역 죄인들이 사지가 찢기거나 참형을 당했다고 하셨구만. 벼슬한 관리들도 죄가 경하면 곤장이나 맞고 유배간다던데 벼슬하지 않은 주인나리가 잘못되었을라구?"
"그, 그럼 다행이지만……."
비탈이는 안도의 숨을 내쉬었다.

"내가 어젯밤에 곰곰이 생각해보니 말이여, 아무래도 한양으로 가서 나리 소식을 자세히 알아봐야 되겄어."
"한양에 아는 사람이라도 있어요?"
"응. 하나 있는 것 같혀."
"있는 것 같다가 뭐예요? 있으면 있는 거고 없으면 없는 거지."
"한양 가면 반촌泮村에 아는 사람이 있어. 방물이라고."
"방물이는 또 누구예요? 아는 사람이에요?"
"어. 그런 사람이 있어."
"별일이네. 한양에 아는 사람두 다 있구."
"암튼 오늘 갈 테니까 그리 알어."
"이른 아침부터? 마님께 말도 않고요?"
"마님께서 걱정하실까봐 그러지. 혹여 마님께서 찾으시거든 말 좀 잘 해줘."

"노자라도 있어야 하지 않겠어유?"

"상목 한 필 가져가지 뭐."

"알았어요. 갈 때 가더라도 식전인데 밥은 먹구가야지 않겠어유."

비탈이가 행랑방을 나가더니 개다리소반에 밥과 찬을 가져왔다. 식은 밥에 된장을 무친 나물을 비벼 게눈 감추듯이 먹고 나니 비탈이가 상목 한 필과 미투리 네 짝을 가져와서 봇짐에 단단히 싸매었다. 바가지에 물을 마시던 실권이가 봇짐을 싸매는 비탈이의 손을 슬그머니 잡았다.

"금세 갔다 올 테니 너무 염려하지 말어."

비탈이가 미소를 지으며 실권이를 바라보았다.

"빨리 갔다오세유. 그리고 마님은 너무 염려하지 말구유."

어느 사이엔가 비탈이의 말투가 실권이와 비슷해져 있었다. 부부는 살면서 닮아간다던 말똥 어멈 말이 떠올랐다.

"그럼 다녀오겠구만."

실권이는 잡았던 손을 풀고 짐을 챙겨 행랑문을 나갔다. 비탈이가 짚신을 끌며 대문 밖으로 따라나서니 논길 위를 달음질하는 실권이의 뒷모습이 보였다.

"잘 다녀오세유."

비탈이가 중얼거리며 멀리 사라져가는 실권이를 바라보았다.

3

아침 일찍 청하동을 나선 실권이는 정오가 채 되기도 전에 장단을 지나 임진나루를 건너서 파주에서 중화하고, 고양을 지나서 검붉은 노을이 질탕하게 깔릴 무렵에 돈의문敦義門 앞에 도착하였으니 이날 하루에 백육십 리를 걸었다.

서산 허리에 동그란 송편 같은 해가 구름 위에서 마지막 빛을 뿌리고 있었다. 하늘은 푸른빛이 점점 엷어지고 구름은 빛을 받아 분홍빛으로 물들었다.

실권이는 날이 더 어두워지기 전에 반촌의 방물이를 찾을 생각으로 무작정 도성 안으로 들어갔다. 돈의문은 한양의 서대문이니, 성문을 나서면 경희궁이 있는 서경방이다. 이곳에서 곧게 난 길을 따라 곧장 가면 종로가 있는 육의전 거리가 나오고 계속해서 가다보면 동대문인 홍인문이 나타나는 것이다.

반촌은 성균관에 붙어 있는데, 성균관은 동부東部 숭교방崇敎坊에 있었다. 실권이가 한양의 길을 안다면 서대문에서 동쪽으로 난 대로를 따라 곧장 걸어서 종로를 지나고 배고개梨峴을 넘어 이교二橋를 건너서 만나는 첫 번째 갈래길에서 반수泮水를 따라 북쪽으로 난 길을 곧장 올라가면 쉽게 찾을 수 있었을 것이다.

그러나 한양이 초행인 실권이는 가을 중 쏘대듯 이 거리 저 골목을 다니며 행인들에게 길을 물어물어 인경이 칠 무렵에야 반촌泮村을 찾아갈 수 있었다.

반촌은 성균관成均館의 사역인들이 거주하던 동네로 성균관 동서편에 위치하고 있었다. 태조 7년1398에 성균관 건물이 완성되었을 때는 반촌이 형성되지 않았고, 태종 때 이르러 전답 천여 묘苗와 노비 삼백 명이 성균관에 하사되었는데, 이 노비들이 집단으로 거주하며 마을이 형성되었다. 태종 때에는 성균관 일대로 무질서하게 집들이 들어서 있었으나 성종 때 성균관 입구의 민가를 철거하고, 성균관을 흐르는 반수의 서쪽을 경계로 삼아 마을이 정비되었다. 오랫동안 잡인들이 집단으로 거주하던 까닭에 무당, 백정, 사기꾼, 도적놈 등 팔도 모산지배*가 반촌으로 들어와서 민심이 험악하였고, 그런 까닭에 관원들뿐 아니라 순라군들도 비껴가는 일이 많았다.

땅거미가 완전히 깔린 반촌에는 이따금 개 짖는 소리만 적막을 깨고 있었다. 구름을 뚫고 나온 반달은 두 뿔이 무뎌진 모습을 짧게 보여주더니 검은 구름 사이로 모습을 감추었다.

'날이 이미 어두워졌는데 어디서 방물이를 찾는담? 만일 찾더라도

* 모산지배 : 꾀를 내어 이해타산을 일삼는 무리

방물이가 나를 알아봐줄까?'

실권이가 이런 저런 걱정을 하며 얼마쯤 걸었을까? 큰 감나무 아래 주막 불빛이 보였다. 밤이 늦었으니 잠잘 곳도 필요하고, 요기도 할 겸하여 성큼성큼 주막으로 다가갔다.

열린 사립문으로 주막 안으로 들어가니 너른 마당 한편에 모깃불이 뿌옇게 피어 있고, 마당 한가운데에 있는 평상 위에 건장한 사내 서너 명이 술판을 벌이고 있었다. 전장이 네 칸이고 왼편에 창고를 겸한 행랑방이 세 칸인 제법 규모가 있는 주막이었다.

"계시오?"

실권이가 불 켜진 방문을 향해 소리치자 주모가 물 묻은 손을 행주치마에 닦으며 정지에서 뛰어나왔다. 머리에 얇은 가체를 얹은 주모가 실권이를 훑어보곤 대뜸 말했다.

"주무시고 가시게? 오늘은 사람이 없어서 너른 봉놋방이 텅텅 비었으니 맘 편히 주무시고 가시오."

"그럽시다. 요기나 하게 국밥이나 한 그릇 말아주시우."

"막걸리라도 걸러드릴까?"

"아무려나 좋수."

"반반한 계집도 있는데……."

주모가 살살거리며 웃었다.

"주막에서 오입까지 시켜주나?"

"말만 하시우. 행랑방에 금침도 깔아줄 수 있으니……."

"혼인까지 시켜준다니 말만 들어도 고맙수. 노총각들이 주모 같은 사람을 만났으면 진작에 팔자를 고쳤을 텐데 말이우. 그런데 나는 이미 장가를 간 핫애비라서 마누라를 둘이나 들일 형편이 안 되는구면."

주모가 배를 잡고 깔깔거리며 웃었다.

"왜 웃는 감유?"

주모가 무슨 말을 하려다가 허리를 잡고 자지러지게 웃었다.

"간이 뒤집혔나, 허파에 바람이 들었나?"

주모가 눈물을 찔끔찔금 흘리며 말했다.

"잠시만 기다리시우. 내가 밥하구 술 가져올 테니……."

주모가 깔깔 웃으면서 부엌으로 들어갔다.

"순진한 양반이시군. 이리 와서 술이나 한 잔 하시우."

마루 위에 있던 사내 가운데 하나가 손짓을 하였다.

실권이가 다가가니 사내가 막걸리 한 잔을 따라 주었다.

"어디서 오셨수?"

"개성에서 왔구먼유."

"개성 사람인데 말씨는 충청도구먼."

"원래 충청도에서 살았는데 개성으로 옮겼구먼유. 말이 인이 박혔는지 쉬 고쳐지지 않는구먼유."

실권이가 막걸리를 마시곤 사내에게 잔을 건네었다.

"그런데 주모가 왜 저리 웃는 건가유?"

"이런 주막에는 몸을 파는 기집들이 있어서 술시중도 들어주고 잠자리도 하지요."

"그럼 기생 아닌가요?"

"기생은 기생인데 천한 기생이지. 우리 같은 천것들이 상대할 수 있으니 말이오. 어떻소? 이제라도 오입 한 번 해 볼테요?"

실권이가 그제야 주모가 웃는 이유를 알고 자신의 이마를 쳤다.

"내가 그것도 모르고 순진한 말을 했구먼."

둘러선 사내들이 껄껄 웃었다. 주모가 부엌 바깥으로 나왔다.

"순진한 손님. 이리 오시우. 거긴 질이 나쁜 사람들이라 어울리면 코 떼이기 십상이오."

사내 하나가 행랑채 창고를 가리키며 말했다.

"이보슈. 저기 창고 안에 가면 큰 항아리 하나가 있는데 그 안에 코가 가득 쌓여있수. 그게 다 주모가 순진한 손님들한테 떼낸 코라우. 조심하시우."

"코만 떼이면 다행이게? 거시기 떼이면 큰일이니 단단히 조심해야 하우."

사내들이 껄껄거리며 웃었다.

"실없는 소리 작작들 해."

주모가 소리를 버럭 지르곤 실권이에게 말했다.

"방안에서 드실 거유?"

"더운데 밖에서 먹지유."

주모가 군말 않고 모깃불 옆의 평상에 자리를 마련해 주었다. 주모가 부엌 안으로 들어가서 부등가리에 마등가리불을 떠와서 마당에 화톳불을 피웠다. 화톳불 두 개가 평상 좌우에 피자 어둑어둑하던 마당이 환해졌다.

"시장할 텐데 이리 와서 얼른 드시우."

실권이가 다가가니 거먹빛 개다리소반 위에 장국밥 한 그릇과 막걸리 한 사발이 올려져 있었다. 실권이가 평상에 앉아 장국밥을 후적 후적 퍼먹었다. 등 뒤에서 사내들이 나누는 소리가 들려왔다.

"그건 그렇구, 성균관에서 글 읽는 선비님들의 목소리 듣기가 하늘의 별따기가 되어버렸구먼요. 이러다가 반촌 사람들 다 굶어죽는 것 아닙니까?"

"그러게 말이다. 그 사화라는 것이 정말로 대단하긴 대단한 모양이야. 벌써 한 달이 지났는데도 성균관에서 글 읽는 소리를 들을 수 없으니 말이다."

실권이는 평상에 모인 사내들이 사화에 관한 이야기를 하자 두 귀를 쫑긋 세웠다.

"아따 성님, 성균관의 유생들이 보따리를 싸들고 집으로 내려갔으니 참말로 입에 풀칠하기 힘들구만요."

"성균관에 서슬 퍼런 유생들이 있을 때는 뇌물 공물 같은 것도 야밤에 도둑질하듯이 오가더니, 유생들이 사라지고 나니 탐관오리들만 한세상 만났지. 윤정승네 하구, 유대감 집에는 대문간이 닳아 없어질 판이구, 광에 더 놓을 곳이 없어서 창고를 새로 짓는다지?"

"윤정승이나 유대감 같으면 하늘에 방망이 달고 도리질할 사람들이니 누가 뭐라 하겠어?"

"말 잘하셨당가요. 윗물이 흐리니 아랫물도 흐리다고, 과천현감은 아예 대놓고 해먹습디다. 여우고개 지나는데도 통행세를 받는데, 길손들이 지나가면 귀신 씨나락 까먹을 구실을 붙여 돈을 뜯습디다. 말에서 내리지 않고 지나갔다, 가죽신을 신었다, 짐 보따리가 너무 크다, 나뭇짐이 너무 많다, 이건 칼만 안 들었지 순 강도 아니것소."

"백성들이 만만하니 그런 것 아닙니까. 웃선에 비비려고 잿골에 말뚝 박는 거제."

"에휴, 참말 빌어먹을 세상이여. 대체 이 세상이 어찌 될라는지……."

"자자. 술이나 마시자."

네 사람이 막걸리 한 사발씩을 비웠다.

"에구, 든 자리는 몰라도 난 자리는 안다구, 방물이 형님이 없응게 술 맛이 안 나네."

"그러게."

멀리서 듣고 있던 실권이의 귀가 번쩍 뜨였다. 그는 곧장 네 명의 장한들에게 다가가서 말을 걸었다.

"이보세유. 혹시 방물이라고 얘기하는 걸 들었는데 방물이를 아세유?"

아닌 밤중에 홍두깨 내밀듯 하는 물음에 마루에 앉은 네 명의 눈빛이 서로 마주쳤다. 전라도 사내가 도리머리를 흔들었다.

"방물이가 누구라냐? 우리는 그런 사람 모르는디요?"

"금방 방물이 형님 어쩌고, 하는 말을 들었구만유."

"나가 그랬단 말이요? 나가?"

"예. 제가 분명히 들었구먼유."

"콧구멍 둘 마련하길 잘했다. 사람이 기가 막혀 죽을 노릇이네."

전라도 사내가 손가락으로 자신을 가리키며 생파리 잡아떼듯 했다.

"아시는 것 같은데 가르쳐 주세유. 어디에 가면 만날 수 있남유?"

사내가 웃통을 벗곤 삿대질을 하며 소리쳤다.

"이 자식이 천둥인지 지둥인지 분간도 못하고 생사람을 잡고 난리야? 요 싸가지 없는 놈아. 니가 혼 좀 나보고 싶으냐?"

"그런 것이 아니구요."

실권이의 말이 끝나기도 전에 전라도 사내가 실권이의 멱살을 잡았다. 실권이가 깜짝 놀라 사내의 손목을 잡아 눌렀다.

"아야야야야."

전라도 사내가 새우처럼 비명을 지르며 주저앉았다. 평상에 있던 세 사내가 상을 박차고 일어나 실권이의 주변에 품品 자 모양으로 둘러섰다.

"어서 그 손 놓지?"

덩치 좋은 사내의 말씨가 거슬거슬하였다.

실권이가 전라도 사내의 손목을 놓으며 밀치니 사내가 엉덩방아를 찧으며 넘어졌다. 사내가 얼른 몸을 돌쳐 일어나선 손목을 어루만지며 동동 뛰었다.

"어디서 굴러먹던 쥐 밑구녕 같은 놈이 감히 반수의 발구를 건드려?"

말이 끝나기 무섭게 실권이에게 달려들어 주먹을 날렸다.

실권이는 예상하고 있었던 차라 몸을 슬쩍 틀어 가볍게 피하며 말했다.

"왜 이러셔유."

"아쭈 요놈 봐라. 내 주먹을 피해."

얼굴이 붉게 달아오른 발구는 주먹과 발길질을 번갈아하며 실권이를 공격했다. 그러나 좌우로 몸을 피하는 실권이의 옷자락 하나도 건드릴 수 없었다.

"다람쥐 같은 놈아. 니가 피해봐야 부처님 손바닥이제."

실권이가 세 사내에게 갇힌 터라 발구가 두 팔을 벌리고 우악스럽게 달려들었다. 실권이의 허리를 잡을 속셈이었다. 실권이가 발구의 손목을 잡고 몸을 회전하며 무릎을 걸었다. 발구가 맥없이 바닥에 굴러 모깃불 위에 떨어졌다.

"아, 뜨드드드!"

모깃불 위로 발딱 일어선 발구가 무당 뜀뛰기하듯 팔딱 팔딱 오두방정을 떨었다. 부엌에서 설거지를 하던 주모가 부엌 밖으로 뛰어나와 소리쳤다.

"이것들아 싸우려면 밖에서 싸워. 밖에서."

주모는 실권이가 그 가운데 있는 것을 보고,

"저런 망할 놈들. 손님에게 뭣하는 짓이여? 누구 장사 망치는 꼴 보려고 해?"

하고 삿대질을 하니 덩치 큰 사내가 주모에게 두 눈을 부라렸다.

"정말 장사 망쳐보고 싶어? 별 일 아니니 들어가 있으라구."

주모가 젓국 먹은 괴상이 되어 슬그머니 부엌 안으로 들어갔다.

"니, 나랑 붙어보재이."

경상도 사내가 겉저고리를 벗어젖히며 소리쳤다. 등에 묻은 재를 털면서 발구란 사내가 소리쳤다.

"봉만이 성님. 그놈, 보통내기가 아니랑게요. 조심하세요잉!"

봉만이가 검다 희다 말이 없이 실권이를 노려보았다. 실권이는 경상도 말씨를 쓰는 사내보다 좌우 뒤편에 서있는 두 사내가 마음에 걸렸다. 둘 다 몸집이 크고 허리가 절구통 같은 것이 보통 건달은 아닌 듯하였다. 주모가 그 말 한마디에 찍소리 못하는 것을 보면 반촌에서도 알아주는 주먹패 같아보였다.

두 사람을 신경 쓰는 사이에 봉만이라는 사내가 벼락처럼 달려들었다. 봉만이의 발이 번개처럼 좌우로 왔다갔다하였다. 실권이는 뒤로 물러났다가는 역사力士들의 손에 잡힐 것 같아서 물러서지 않고 도리어 한 걸음 나가며 왼손으로 봉만의 발목을 텁석 잡았다. 그와 동시에 한 걸음을 나가며 오른손으로 봉만의 이마를 밀었다.

봉만이 엉덩방아를 찧으며 넘어지면서 화톳불을 무너뜨렸다. 불에 탄 나무들이 마당으로 흩어졌고, 봉만이가 벌떡 일어나 오두방정을 떨었다.

"아 뜨뜨거. 봉만이 죽네."

실권이 앞에 서있던 덩치 큰 사내가 얼굴을 찡그리더니 성큼성큼 걸어왔다. 실권이가 다가오는 덩치의 손을 보니 마치 솥뚜껑을 엎어놓은 것처럼 크고 두툼해서 굉장한 악력을 가지고 있다는 것을 짐작할 수 있었다.

"이놈!"

그는 화가 난듯 고함을 지르며 두 팔을 펼쳐 실권이의 허리를 감싸 잡으려 하였다. 이런 역사들의 손에 잡히면 허리가 직신하게 부러져 병신이 될 수 있었다.

"정말 이러면 나도 가만히 있지 않을거구만유."

실권이는 사내의 손을 피해 마당가에 있는 절구로 가서 한 손으로 절구의 한쪽 모퉁이를 잡았다. 그러고는 아랫배에 힘을 주어 절구를 들어올렸다. 끄응, 나무절구가 실권이의 어깨와 일직선을 이루며 평행을 이루었다. 이내 실권이는 절구를 천천히 내려놓고는 덩치 큰 사내에게 말했다.

"한번 해보시지유!"

사내는 놀라는 기색이 역력했으나 곧 절구로 가서는 한 손으로 절구를 잡아서는 실권이와 똑같이 들기 시작했다.

"읍!"

삽시간에 그의 이마와 목에 핏대가 섰다. 한 손으로 허리무게의 통나무를 어깨와 일직선으로 드는 것이 어찌 쉬운 일이겠는가? 그러나 절구는 서서히 들려지고 있었다.

사내의 얼굴이 울긋불긋해지며 두 눈에 핏발이 섰다. 절구가 반쯤 들렸을 즈음 힘이 다했는지 사내는 절구를 들고 있던 손을 놓으며 탄식했다.

"안 돼. 안 돼. 내 힘으로는……."

그 사내의 뒤에 서있던 덩치 큰 사내가 감탄을 하며 머리를 내저었다.

"장사요. 참말 장사요. 우리 상대가 아니오."

부엌에서 이들의 싸움을 지켜보던 주모도 손뼉을 치며 소리쳤다.

"잔고기 가시 세다더니 참말로 장사구먼. 장사야!"

실권이는 체구도 왜소하고 키도 그리 크지 않았기 때문에 싸우는 재주야 그럴 수 있다 치더라도 크지 않은 몸에서 그러한 힘이 나온다는 것은 일반적으로 믿기 힘든 일이었다.

덩치 큰 사내가 말했다.

"도대체 당신은 뉘시오? 방물이는 무엇 때문에 찾는 거요?"

"저는 실권이라고 하는구만유."

"실권이?"

발구라는 사내가 다가와 물었다.

"당신 이름이 실권이라고라. 청하동에 사신다는?"

"그렇구만유. 지를 아세유?"

"워매. 알다뿐이당가요. 개성에 하늘로 날아다니는 장사가 있다고 방물이 성님한테 얘길 들었는데 요로코롬 눈앞에 계실 줄 누가 알았당가요."

봉만이라는 사내가 다가와 싱글거리며 말했다.

"아따. 상수가 확실히 틀리데이. 하늘보고 주먹질했구만."

"그러게. 잘못했다가 코를 떼일 뻔했구만요."

덩치 좋은 사내가 좌우를 둘러보다가 말했다.

"반갑소. 늦은 밤이지만 이목이 있을지 모르니 방물이 얘기는 방으로 가서 하십시다."

네 명의 사내들과 실권이가 봉놋방으로 자리를 옮겼다.

4

봉놋방 한가운데 술상이 차려지고 다섯 사람이 웅긋쭝긋 둘러앉았다. 실권이는 뜻밖에 방물이의 의형제들을 만나 마음이 공생스러웠다. 덩치가 크고 점잖은 사내가 실권이에게 술을 한 잔 따르며 말했다.

"사람을 몰라봐서 미안하오. 우린 반촌 오형제라고 하는데 방물이는 우리 형제들 중에 둘째요. 나는 대돌이라고 하는데 큰형님이오. 방물이가 올해 신수가 안 좋은지 구설이 많아서 어딜 가면 사고요. 개성에서도 그런 일이 있었지만, 요 며칠 전 포도청 관원과 시비가 나서 지금은 몸을 피해서 멀리 도망가 있다오."

대돌이라는 사내는 구레나룻이 보기 좋은데 이마가 널찍하고 얼굴이 넙대대하며 코가 크고 입술이 두터워 인물만 보더라도 첫째 형님으로 손색이 없었다.

"그러게요. 저는 실권이 성님이 포도청의 끄나풀인줄 알았당게요.

내가 진작에 방물이 성님을 구해주신 실권이 성님이라는 것을 알았다면 자는 범의 코를 쑤실 일이 없지요잉."

발구라는 사내가 실실거리며 웃었다. 그는 눈이 작고 코가 삐뚜룸하며 주걱턱으로 말을 할 때마다 누런 이가 드러났다.

"억쇠라 하우. 방물이 성님 다음이우."

그는 이마가 좁고 눈이 쭉 찢어졌으며 틀지게 생겼다.

"억쇠는 힘으로는 장안에서 다섯째 손가락 안에 들어가는 놈이지요. 그리고 경상도 말을 쓰는 이 녀석은 봉만이라고 우리들 중에 넷째요."

"봉만입니더."

생글생글 웃는 모습이 선량하게 생긴 봉만은 광대뼈가 볼록 튀어나오고 하관이 쏙 빠져서 날렵한 인상을 주었다.

"막내 발구지요. 이 녀석은 전라도에서 올라왔는데 입이 얼마나 싼지 방아주둥이라 하지요. 도성 안에서 알아주는 싸움꾼인데 오늘은 상수를 만나 망신만 당했습니다. 허허허."

실권이가 대돌이의 말을 듣고 괴란스러워서 머리를 긁적거렸다.

"실권이구먼유. 저는 한양이 초행이라 모르는 것이 많으니 잘 부탁드려유."

발구가 끼어들어 대돌이에게 말했다.

"그런데 실권이 성님. 방물이 성님은 뭣 때문에 찾는당가요?"

발구는 실권이에게 대놓고 말을 올렸다.

"실은 우리집 어르신께서 사화에 연루되어 한양으로 압송되어 가셨는데 한 달이 가도록 소식이 없지 뭐여유."

발구가 오만상을 찡그리며 말했다.

"성님두, 사화에 연루된 사람들이 한둘이 아닌데 어떻게 알려구 하신당가요?"

"연루된 사람이 많다는 건 지두 귀동냥으로 들었어유?"

봉만이가 손사래를 치며 말했다.

"마, 말도 마이소. 지금 성안이 흉흉한 것도, 저 성균관이 조용한 것도 그것 때문이 아잉교. 김일손과 관계가 있는 사람뿐만 아니라 이미 죽은 지 오래인 김종직이라는 사람과 관계한 사람, 배운 경력이 있는 사람, 또 뭐더라? 그 사람 책을 만든 사람, 심지어 편지를 주고받은 사람들도 모조리 남빈청에 끌려가 고초를 겪었심더. 줄잡아 천명도 넘을 낍니더."

"그렇게나 많은감유?"

"그럼요. 주동자들은 군기시 앞에서 찢어 죽이고, 그보다 약한 이는 서대문 밖에서 효수되고, 곤장을 맞고 귀양 간 사람들이 어디 한두 사람이라야 알아볼 수가 있지요."

억쇠가 말했다.

"맞습니다. 그 이후로 성균관 유생들이 씨가 말라버렸지요."

"주인어른의 소식을 알 수 있는 방법이 없을까유?"

술잔을 앞에 놓고 묵묵히 앉아 있던 대돌이가 말했다.

"금부에 선을 대서 알아볼 테니 기다려 보시게."

"지는 성님들만 믿겠구만유."

"성님? 허허허. 성님이라……. 자네 나이가 몇인가?"

"스물 셋이구만유."

"스물 셋이면 막내랑 같구먼."

"예."

"그럼 장가는 갔는가?"

"한 달 전에 머릴 올렸구만유."

"알겠네. 그럼 이렇게 하세. 앞으로 나한테는 성님이라 부르고 억쇠하구 발구, 봉만이는 동생이라 부르게. 방물이하고는 친구하고 말이야."

"지는 나이도 얼마되지 않았구만유."

실권이 손사래를 치며 말했다.

"성님. 저와 나이가 같은데 억쇠 성님한테두 성님이라니오? 이런 황당한 경우가 어디 있습니까?"

발구도 오만상이 되어 말했다.

"이놈들아. 머리도 올리지 않은 것들이 어른이라 할 수 있느냐? 실권이는 장가를 가서 머리를 올렸으니 당연히 억쇠보다 성님이 되는 게지. 억울하면 너희들도 장가를 가든가, 과부라도 데려와서 살림을 차리든가."

발구와 봉만이, 억쇠가 무안한 얼굴로 머리를 긁적거렸다. 다음날 저녁 전유선의 행방을 알아보러 간 반촌 형제들이 주막집 봉놋방으로 하나둘 모여들었다.

네 사람이 실권이를 중심으로 둘러앉았는데 꿀 먹은 벙어리처럼 말이 없었다.

"어찌 되었대유? 주인어른 소식들은 알아봤대유?"

봉만이가 면구한 얼굴로 입을 열었다.

"실권이 성님. 제가 금부 옥졸과 연이 닿아서 오늘 낮에 찾아가 성님 주인어른 얘기를 꾀솜꾀솜하게 물어봤더니 '관아가 가득할 정도로 선비들이 잡혀왔는데 일일이 이름을 어떻게 알 것이며, 설사 귀양갔다 하더라도 곁찌도 아닌 담에야 어디로 갔는지 내가 어떻게 알겠나. 그거야 말로 백사장에서 바늘 찾는 격일세.' 하며 도리머리를 흔들지 뭡니꺼. 옥졸에게 다시 한 번 더 부탁을 했더니, 안 된다고 구두덜거립디더. 대개 옥졸이나 포교란 것은 등치고 배 문질러 주는 족속들이라서 든든하게 후사하겠다고 꼬이면 걸려들기 마련인데 안 된다고 딱 잡아떼기에 이유가 뭐냐고 물어봤더니 글자를 모른다고 하지 뭡니꺼. 사실 말이야 바른 말이지 우리네 상것은 흰 것은 종이요, 검은 것은 글자란 것만 알지 무슨 뜻인지 알 수가 없지요? 언문諺文도 모르는 옥졸이 진서眞書는 알 것이며, 설령 진서를 안다 하더라도 지렁이 기어가는 것처럼 흘려쓴 꼬부랑 글씨는 더욱 알아먹기 어렵다는 거 아닙니꺼. 사사로이 형적부를 꺼내더라도 당최 무슨 글자인지 알 도리가 없고 또 옥사에 관련된 죄인에 대해서 기록한 문서는 형부에 들어가 버려서 다시 꺼내 보려면 높은 자리에 있는 양반에게 선을 대야 하는데 그게 또 여의치 않으니 문제 아입니꺼."

봉만의 말을 듣던 억쇠와 발구가 실권이의 얼굴을 차마 보지 못하고 비 맞은 중처럼 고개를 푹 숙였다.실권이가 물었다.

"그럼 방법이 없는 거여?"

"방법이 왜 없습니꺼. 진상은 꼬챙이로 꿰고 인정은 바리로 실린다는 속담도 못 들어 보셨습니꺼? 높은 자리에 있는 관리한테 코 아래 진상을 듬뿍 하면 수가 날 수도 있지요. 그런데 그런 재물이 있습니꺼?"

발구가 두 눈을 반짝거리며 말했다.

"성님들. 실권이 성님을 위해 크게 한탕 해보는 것은 어떻습니까잉?"

"니 지금 야경벌이 하자고 꼬시는 기라?"

봉만이 음성을 낮춰 말하니 실권이가 손을 저으며 말했다.

"그러지 마세유. 도적질은 나쁜 짓이구만유."

봉만이가 말했다.

"관자 쓴 도적들이 활개를 친 세상인데 어떻습니꺼. 도적질한 물건 도적질하겠다는데 문제 될 거 있습니꺼."

"나 때문에 그런 짓을 하는 것은 내가 싫으니께 그런 말은 아예 말어유."

실권이가 재차 다짐을 주었다.

"실권이 말이 맞다. 세상이 도적놈들 세상이 되었다지만 우리까지 도적놈이 되어야 쓰겠느냐?"

대돌이 나직하게 훈계를 하곤 발구에게 물었다.

"발구야. 높은 자리에 있는 사람 가운데 선을 댈 만한 사람이 없을까?"

"선을 대려면 맨입으로 된다요? 뒷구멍으로 뭐라도 찔러 넣어야 선을 댈 수 있지라. 우리처럼 하루 벌어 하루 먹는 하루살이 인생이 도적질 아니고선 선을 댈 재물이라도 마련할 수 있간디요? 아예, 글러버린 게지."

발구가 툴툴거리자 봉만이가 말했다.

"이 모든 것이 유자광이 때문 아잉교. 망할 놈의 유자광이. 거리에서 숭악한 짓만 일삼던 건달 나부랭이가 벼슬길에 들어서면서부터 일이 잘못되었지 뭡니꺼. 그 덕분에 성균관에 의지해서 먹고사는 우리가 이 모양이 된 거구 말입니더."

"소문을 듣자니 유자광이 국청에서 모두 얽어내어 영남 사림들의 씨를 말렸다 합디다. 그 망할 놈이 주도하여 선비들을 일일이 심문을 했으니 혹, 그 놈이나 알고 있을까?"

"유자광이 누구여?"

발구가 시근거리며 건성으로 한 말에 실권이는 정신이 번쩍 들었다.

"그런 자가 있당게요. 독사 같은 혀를 가지고 있어서 원수가 되면 십중팔구는 죄를 덮어씌워 저승행이랑게요. 남이장군도 세치 혀로 모반죄로 얽어 저승으로 보내더니, 이번에도 그렇게 벼슬이 올라가서는 기세가 하늘 높은 줄을 모른다 아이요."

발구가 대답했다.

"유자광이란 사람이 어디 사는지 알어?"

"북촌에 살지요. 그런데 그건 왜 물어본데유?"

"아, 아니여. 그런데 방물이는 어디 간 거여?"

"포도청의 군졸을 묵사발로 만들어버리고 등짐 하나 메곤 남쪽으로 내려갔웅게."

대돌이가 말했다.

"어디로 갔는지는 알 수 없지. 바람 따라 구름 따라 행각승마냥 돌아다니고 있겠지. 자네가 온 줄 알았다면 좋아했을 텐데……. 어쨌던 자네 주인어르신 소식을 알아봐주지 못해서 미안하네."

잠시 분위기가 숙연해졌다.

"실권이 성님은 이제 어쩌실 겁니꺼?"

봉만의 물음에 실권이가 고개를 숙인채 대답했다.

"내일 날 밝으면 집으로 돌아가야지. 가을걷이도 해야 하고, 겨울

준비도 해야 하구, 할 일이 많구만."

"대역죄인도 아니고 죄인의 친구였다믄서. 돌아가시지 않았다면 언젠가 돌아오실 테니 기다려 보시랑께요잉."

봉만이가 말했다.

"자, 자, 분위기가 와 이렇노. 시름일랑 잊고 술이나 마십시더. 내일 실권이 성님 가신다는데 섭섭해서 어찌 보냅니꺼. 드입시더."

다섯 사내가 술판을 벌여놓고 세상사를 안주삼아 밤이 새도록 술을 마시었다. 다음날 아침에 일어나니 너른 봉놋방에 억쇠와 발구, 봉만이 웃통을 벗어젖히고는 코를 골며 자고 있었다. 실권이가 셈으로 상목 반 필을 주모에게 잘라주곤 주막을 나서 집으로 돌아가려다가 문득 발길을 돌렸다.

행인들에게 물어물어 찾아간 곳은 북촌이었다. 북촌은 경복궁과 창덕궁 사이, 북악과 응봉을 잇는 산줄기의 남사면에 위치하여 조정의 대신들이 모여 사는 동네였다.

유자광의 집은 맹현孟峴 아래에 안국방의 노른자위에 자리하고 있었다. 세종 때에 청백리 맹사성이 살았다하여 붙여진 맹현은 이때에 조정 대신들의 고래등 같은 기와집이 앞다투어 들어서서 고색창연하기 이를 데 없었다. 그곳에서 유자광의 집을 어렵지 않게 찾았으니 청탁하러 오는 사람들이 집앞에서 줄을 이어 기다리고 있었기 때문이다. 소가 끄는 수레에 짐들이 바리바리 실려있는데 대문간으로 드나드는 사람들의 수를 손가락으로 셀 수 없을 지경이었다.

실권이는 유자광의 집을 확인하고 그리 멀지 않은 객주에 짐을 풀고 밤이 되기만을 기다렸다.

5

초승달이 검은 기와에 가려 반쯤 모습을 드러내고 있었다. 실권이는 담장 안에 아무런 기척이 없음을 확인하고 가볍게 몸을 날렸다. 높은 담장을 훌쩍 뛰어넘어 고양이처럼 착지한 실권이는 어두운 담벼락에 몸을 찰싹 달라붙이고 좌우를 둘러보았다.

높은 담장 좌우로 행랑채와 창고가 쭈욱 늘어서 있었다. 몇 칸인지 셀 수도 없는 행랑채 끝에 마구가 달려있는데 백따마와 절따마가 투레질을 하고 있었다. 실권이 행랑 처마의 그림자 사이를 잰걸음으로 달리다가 창고 앞에서 멈추어 좌우를 살피다보니 사방이 뚫린 창고 안에 사인교 교자가 덩그러니 달빛을 받고 있었다. 맞은편에 불이 켜진 행랑채 앞 툇마루 아래엔 짚신들이 그득하였다.

"투전하는 사람 어디 갔나? 어서 패 돌리라구."

머슴방에서 투전판이 벌어졌는지 방안에서 사내들의 걸걸한 목소리가 왁자지껄하게 들려왔다.

행랑채가 이곳이라면 사랑채는 더 깊이 있으니 마당 건너에 보이는 담장에 붙어있는 안중문으로 들어가면 될 것 같았다.

실권이는 달빛이 쏟아지는 너른 마당을 잰걸음으로 달려 안중문 앞에 멈추어섰다. 좌우를 둘러보니 인기척이 없어 살그머니 굳게 닫힌 안중문을 열고 재빨리 들어갔다.

"누구냐?"

검은 옷을 입은 사내 두 명이 실권이의 앞을 막아섰다.

"자객?"

무사들이 실권이의 얼굴을 가린 복면을 보고 놀라 허리에 찬 칼을 뽑았다. 무사들이 칼을 뽑아드는 동시에 실권이가 윗손칠* 생각으로 달려들었다. 실권이는 칼을 뽑은 사내의 멱살을 잡으며 그의 뒷목을 왼손날로 가격하고, 모둠발을 굴러 몸을 솟구치며 옆에 있는 무사의 발따귀를 내질렀다.

"아이쿠!"

손날에 맞은 사내는 기절하여 쓰러지고, 발따귀를 빗맞은 무사가 바닥으로 나뒹굴며 소리쳤다.

"자객이닷!"

검은 옷을 입은 무사들이 어둠 속에서 나타나기 시작했다. 실권이는 안중문의 빗장을 단단히 잠그고 벽을 등지고 섰다. 몽둥이와 장검을 든 사내들이 실권이를 둥글게 포위하였다.

그 가운데 키가 껑충하게 큰 사내가 서릿발같이 시퍼런 장검을 빼

* 윗손칠 : 먼저 공격을 가하다

들고 한 발자국 나서서 실권이를 노려보며 소리쳤다.

“이놈, 간이 배 밖으로 나오지 않고서야 여기가 어디라고 숨어들어? 죽으려고 환장을 했구나. 누가 사주한 것이냐? 순순히 오라를 받는다면 목숨만은 살려줄 수 있다.”

뜨르르하게 울리는 호통소리와 달빛에 반사된 칼날, 웅끗쭝끗 둘러서있는 사람들을 보니 실권이는 눈앞이 아득해졌다. 무슨 생각으로 여길 찾아왔는지 실권이는 귀신에 씌인 것만 같았다. 유자광이 국청에서 죄인들을 심문했다는 말에 실권이는 유자광을 만나 주인어른의 행방을 물으면 될 것이라고 단순하게 생각했었다. 하급 관리도 아닌 정승 반열의 유자광이 전유선의 행방을 알 리도 없을 터인데 세상물정 몰라 투미한 실권이는 그저 유자광이 모든 것을 알 것만 같았다. 뿐만 아니라 한양까지 왔다가 아무런 소득 없이 돌아가기에는 마님을 뵐 낯도 없었다.

잠긴 안중문 밖에서 쿵쿵 소리가 났다. 자객이 왔다는 소문이 나서 머슴방에 있던 사내들이 안중문을 깨치려는 것이었다. 실권이의 처지가 독안에 든 쥐나 다름이 없었다. 실권이는 침 먹은 지네마냥 서서 개성에서 기다리는 비탈이와 박씨 부인을 떠올렸다.

자신이 사로잡히기라도 한다면 무사하지 못할 것이 분명했다. 어쩌면 비탈이와 영영 이별이 될지도 몰랐다. 실권이에겐 더 이상 생각할 것도 없었다. 이판사판이요, 칼 물고 뜀뛰기할 방법밖엔 없었다.

“안 되겠구나. 저놈을 사로잡아라.”

실권이가 말없이 서있는 것을 보고 칼을 든 사내가 소리치자 몽둥이를 든 건장한 사내들이 소매를 걷으며 달려들었다. 도망가기 위해서는 이것저것 가릴 것이 없었다.

실권이는 주먹을 불끈 쥐고 덤벼드는 사내들을 향해 달려들었다. 땅을 밟으며 깨금질로 솟구친 실권이가 선봉으로 달려드는 사내의 가슴팍을 두발당성으로 내질렀다.

가슴팍을 밟힌 사내가 뒤로 벌러덩 넘어지며 뒤따라오는 사내들과 함께 쓰러졌다.

"예끼!"

칼날이 실권이의 가슴팍을 비끼듯이 파고들었다. 실권이가 몸을 돌치자 칼이 허공을 그었다. 동시에 실권이의 주먹이 비어있는 무사의 옆구리를 가격했다.

"엑."

무사가 단발의 비명을 지르며 주저앉았다.

쿵 쿵 등 뒤에 있는 안중문이 흔들거렸다. 빗장이 굳게 잠겨 있어서 안중문의 좌우 경첩이 떨어질 판이었다. 실권이는 공연히 마음이 급해졌다. 둘러선 사람들 가운데에 칼을 든 무사가 셋이요, 나머지는 몽둥이와 횃불을 들었는데 고의적삼 차림에 무예를 배우지 못한 하인들 같았다.

실권이는 무사를 처리하면 상황이 그나마 나아지리라 예상하곤 키가 큰 무사를 노려보았다. 그가 명령을 내리는 것으로 봐서 사병들의 우두머리 같았다.

태종 이후로 사병을 금지시키는 법을 시행하였지만 지켜지지 않았다. 세조가 노산군을 폐하고 정란을 일으킬 때 공을 세웠던 강곤·홍윤성·구치관 등은 모두 사병들로, 세도 있는 관리나 종실에선 흔하게 볼 수 있는 사람들이었다. 나라에서 무기를 소지하는 것도 엄격히 금지하고 있었지만 대신들의 위세에 눌려서 알면서도 쉬쉬하는 입장이었다.

실권이가 키가 큰 무사를 제압할 생각을 하고 있을 때였다.

"바깥이 왜 이리 소란스러운 것이냐?"

어두침침한 마당 뒤편에 웅크린 듯이 서있는 와가에 불이 켜지더니 미닫이문이 열리며 폭건을 쓰고 모시옷을 입은 사내가 대청으로 걸어나왔다. 이 집의 주인인 유자광이었다. 사랑에서 잠을 자던 자광은 문밖이 시끄러워 대청으로 나왔던 것이다.

사병들과 하인들이 그를 향해 고개를 숙였다.

"무슨 일이냐?"

키가 큰 무사가 대청 앞으로 다가가 인사를 하였다.

"별일 아닙니다. 수상한 자가 침입을 했습니다."

"뭐?"

유자광이 사람들에게 둘러싸여 있는 실권이를 바라보았다.

"그놈이 천둥인지 지둥인지 모르는 놈이로구나."

"유대감이셔유?"

실권이가 소리쳤다.

키 큰 무사가 몸을 돌려 호통을 쳤다.

"이놈. 말 조심하거라. 감히 뉘 앞이라고 망발이냐?"

유자광은 호기심이 동하여 손을 저어 말렸다.

"나를 찾아왔느냐?"

"그렇구만유."

"그렇다면 도둑놈은 아니로구나. 무슨 용건으로 야심한 밤에 나를 찾아왔느냐?"

"사람을 찾으려고 왔구만유?"

"어떤 사람을 찾으러 왔단 말이냐?"

"주인어른이 옥사에 연루되었구먼유."

"옥사에 연루되어?"

유자광의 머릿속에 무수한 생각들이 나타났다가 사라졌다. 조정에서 벼슬하는 자 가운데에서 옥사에 관계된 자들의 수만도 백여 명이 넘었고, 연루된 자들은 수를 헤아릴 수조차 없었다. 그 곁찌들 가운데 유자광에게 원한을 품고 자객을 보낸 것이라 생각했다.

"오라! 그러고 보니 네가 나를 죽이러 온 것이로구나."

"그, 그것이 아니라……."

유자광이 실권이의 말을 끊었다.

"네놈을 잡아서 배후가 누군지 알아봐야겠구나. 뭣들 하느냐? 저놈을 잡지 않고……."

무사가 몸을 돌려 소리쳤다.

"뭣들 하느냐? 어서 저놈을 잡아라."

그러자 무사 하나가 검을 빼들고 실권이를 향해 덤벼들었다. 실권이는 공격해 들어오는 사내의 칼을 가볍게 피하며 는질러차기로 그의 가슴을 차 쓰러뜨리고는 유자광을 향해 달려갔다.

"어딜?"

무사 두 사람이 실권이의 앞을 막아서며 칼을 휘둘렀다. 두 개의 날카로운 칼날이 실권이의 몸을 스쳐갔다. 그러나 실권이의 묘한 발놀림은 칼날을 손가락 한 뼘의 차이로 빗겨나게끔 하였다. 한동안 두 무사의 칼을 피하던 실권이가 칼재기로 무사의 목을 치면서 내차기로 보기 좋게 무사의 면상을 밟았다. 일거에 무사 두 사람이 바닥을 뒹굴었다. 실권이가 잇달아 달려드는 하인들을 주먹질과 발질로 하나씩 쓰러뜨리는데 양을 희롱하는 호랑이처럼 거침없었다.

마당에 즐비하게 널브러진 사람들의 에고지고 하는 곡소리가 연해 들려왔다.

"대단한 실력이군. 아무래도 저놈은 네가 상대해야겠어."

대청 앞마당에 서있던 키 큰 무사가 유자광의 명이 떨어지자 몸을 돌려 성큼성큼 실권이에게 다가갔다.

이때, 실권이는 절구공이를 휘두르던 사내의 멱살을 잡아 박치기를 하였다.

"어이쿠나!"

사내가 엉덩방이를 찧으며 얼굴을 감싸 안았다. 그 순간 실권이의 눈앞에서 은빛 검광이 번뜩였다.

실권이는 칼날에서 차가운 한기가 일어나는 것을 느끼고 몸을 틀어 뒤로 물러났다. 저고리 고름이 칼끝에 베여 나풀거리며 떨어졌다.

실권이는 간담이 서늘하였다. 조금만 늦었어도 가슴을 베일 뻔했다. 이제 실권이는 키 큰 무사와 일장의 간격을 두고 대치하였다.

6

키 큰 무사는 칼을 수평으로 올려잡고 실권이의 빈틈을 찾았고, 실권이는 몸을 약간 기울여 상대방의 허점을 노렸다. 실권이의 허점을 찾던 무사가 이번에는 칼을 늘어뜨렸다.

그때였다. 안중문이 열리며 사람들이 와르르 쏟아져 들어왔다. 실권이의 시선이 짧은 순간 안중문으로 쏠리는 시점에 무사가 칼을 쳐올리며 실권이를 공격하였다.

풀을 헤쳐 뱀을 찾는 듯 검 끝이 좌우로 떨리다가 가슴께로 치솟아 오르고, 성난 호랑이가 숲으로 숨어들 듯 칼날이 좌우로 쓸 듯이 옆구리를 베어왔다. 실권이는 언젠가 전유선에게 배웠던 본국검법의 초식임을 깨닫곤 안자세雁字勢를 취하며 한 걸음씩 물러났다.

칼을 쓰던 무사의 눈썹이 치켜 올라갔다. 상대방이 수박을 배운 고수인 줄은 짐작했는데 검술을 배웠으리라곤 상상하지 못했기 때문이다.

무사가 더욱 맹렬하게 칼을 휘두르며 달려들었다. 진적살적세로 실권이의 가슴을 찔러 들어가자 실권이가 몸을 틀어 왼편으로 피했다. 무사가 기다렸다는 듯 좌협수두세로 옆구리를 베어갔다. 실권이가 제비를 돌아 칼을 피하자 향전살적세로 연달아 가슴을 찔러들었다. 실권이가 뒷걸음질치며 칼을 피해 물러나다가 등 뒤에 담장을 차고 솟구치자 조천세로 베었다. 칼끝이 가랑이 사이로 빗겨갔다. 바닥으로 구른 실권이가 고개를 숙여 바라보니 가랑이 사이가 찢어져 있었다. 만일 실권이가 허공에서 가랑이를 벌리지 않았다면 중요한 것이 떨어졌을지도 모를 일이었다.

"운이 좋았다!"

무사가 냉소하며 말하자 실권이가 이마를 닦으며 안도의 한숨을 내쉬었다.

"전정이 만리 같은데……."

실권이가 차마 알 떨어진 내시 될 뻔했다는 말은 하지 못하였다.

무사가 다시금 칼을 둥글게 휘두르며 자세를 잡았다. 한 다리를 들고 칼끝을 바로 하는 것을 보니 금계독립세였다.

실권이는 칼날에 베일까 주눅이 들어서 자신의 몸이 경직되어 있음을 깨닫고는 두 손에 침을 뱉고는 소리쳤다.

"좋아. 본때를 보여주지!"

실권이는 으쓱으쓱 늠실늠실 품을 밟기 시작하였다. 발끝이 좌우로 오가며 상대방의 틈을 살폈고, 상대방은 학이 외다리로 서서 사냥을 하는 것처럼 실권이를 노렸다.

실권이는 피해다녀서는 소용이 없다는 것을 알았다. 상대방은 무기를 들고 있으므로 간격을 내줄수록 불리할 수밖에 없는 것이다. 단한 번의 기회로 상대방을 쓰러뜨리지 않고서는 이길 수 없기에 품밟기를 하면서도 단 한순간을 노렸다.

무사는 상대방이 품밟기를 하는 것을 보고 몇 가지 수순을 생각했다. 품을 밟는다는 것은 달아날 수 있는 여지가 있었다. 상대방이 접근전을 저어한다는 것은 긴 싸움을 보고 있다는 뜻이었다. 그렇다면 접근전에 가능한 수순을 생각하는 것이 옳았다. 상대방을 뒤로 쫓는 수순보다는 상대방을 끌어들이는 수를 생각하였다. 전진적격세로 상대방을 뒤로 몰았다가 직부송서세로 물러난다면 상대방이 빈틈을 노려 공격해올 것이고, 그때 발초심사세로 몸을 틀어 달려드는 상대방의 가슴을 베어 버리면 되는 것이었다.

무사가 회심을 미소를 짓다가 자세를 바꾸어 칼을 늘여뜨렸다.

실권이는 품을 밟으면서 상대방의 자세를 살폈다. 하검세를 취했다는 것은 곧장 찌르는 공격을 해올 가능성이 높았다.

무사가 발을 구르며 검을 곧추세워 찔러 들어왔다. 동시에 실권이가 앞으로 발을 굴려 나갔다. 날카로운 칼끝이 가슴께로 파고들었다.

퍽!

실권이의 손아귀가 무사의 이마를 힘껏 치자 고개가 들리며 허공으로 날아가 바닥으로 떨어졌다. 다리를 꿈틀거리며 정신을 차리려던 무사가 그대로 축 늘어져 버렸다.

"휴!"

실권이가 한숨을 내쉬며 저고리를 들어보니 겨드랑이에 구멍이 뚫려 있었다. 상대방의 칼끝은 한 치 차이로 겨드랑이로 빠져나갔던 것이다.

"과연 대단한 놈이군!"

등 뒤에서 박수소리가 들려왔다. 실권이가 고개를 돌려보니 대청마루에서 박수를 치고 있던 유자광이 마당으로 훌쩍 뛰어내리더니 바닥에 떨어져 있는 검을 집어 들었다.

"서절구투鼠竊狗偸*인줄 알았더니 형가섭정荊軻聶政*이었구나. 오랜만에 상대를 만났어."

좀도둑인줄 알았더니 유명한 검객이라는 뜻을 실권이가 알아듣지 못해서 얼뜬 사람마냥 중얼거렸다.

"지는 그저……."

유자광이 느닷없이 시퍼런 장검을 몇 번 휘두르는데 칼끝에서 은빛 섬광이 일어나는 것 같아서 가슴이 철렁하였다.

'이 사람은 정말 고수로구나.'

유자광의 무예 실력은 정평이 나있었다. 이시애의 난으로 남이와 함께 출정했을 때, 남이와 대련을 한 적이 있는데 무예실력이 우열을 가릴 수 없을 정도로 출중하였다. 병조판서가 된 남이가 유자광을 병조정랑에 추천한 것도 바로 그 때문이었다.

몇 번 칼을 휘두르던 유자광이 눈을 지릅뜨고 곧장 실권이에게 달려들었다. 발걸음이 신속하고 휘두르는 칼끝이 매서워서 실권이는 어진혼이 나간 사람처럼 허둥지둥 피하기에 급급하였다.

유자광은 싸움의 경험이 많은 까닭에 실권이와 대결하면서 항상 우위를 차지하였으나 실권이의 발재간은 그야말로 백개의 방패였다.

---

* 서절구투 : 쥐나 개와 같은 왜적
* 형가섭정 : 중국 형가와 섭정의 고사에서 인용한 것으로 자신이 섬기는 주군을 위해 자신의 목숨까지 바치려고 하는 자세

요소요소로 찔러 들어오는 유자광의 칼끝을 실권이는 손가락 한 뼘 차이로 간신히 피해내었다. 그동안 하루도 쉬지 않고 돌절구를 지고 익힌 만변행신의 보법 때문이었다.

이때에는 마당에 쓰러져 있던 사람들이 모두 일어나고 횃불을 준비한 사람들이 많아서 마당은 훤했다. 은빛 검이 횃불에 반사되어 무수한 환영을 일으키는 것 같았다. 실권이는 쉴 새 없이 몰아치는 유자광의 검을 피하면서 도망갈 생각을 하였지만 사방이 사람으로 막혀 있어서 마당을 빙글빙글 돌기만 하였다.

"대단하군. 대단해!"

유자광은 연거푸 탄성을 지르며 검을 휘둘렀다. 한 사람의 무인으로서 실권이의 무예 실력이 아까웠기 때문이다. 그런데 실권이의 발놀림이 어디선가 본 적이 있는 것처럼 눈에 익었다. 그것이 무엇인지 곰곰이 생각해 보았지만 칼을 휘두를 때마다 생각이 끊겨서 딱히 떠오르지가 않았다.

"이놈. 이젠 장난 그만하고 너를 사로잡아야겠다."

실권이의 가슴을 향해 날아오던 자광의 칼이 갑자기 목을 향해 화살처럼 찔러오자 실권이는 깜짝 놀라 뒤로 몸을 한 바퀴 회전하여 널찍이 뒤로 물러서더니 사람들 사이로 달려들었다.

"막아라."

하인들이 무춤무춤하다가 자광의 목소리에 몸을 밀착하여 틈을 내주지 않았다.

실권이는 몸을 날려 그 중에 덩치 좋은 사내의 머리를 밟고는 담장을 훌쩍 뛰어넘었다.

"이놈. 어딜 도망가느냐?"

안중문이 벌컥 열리며 유자광이 뛰어나오고 그 뒤로 횃불을 든 하인들이 우르르 따랐다.

실권이는 너른 마당을 달려나갔다. 눈앞에 솟을 대문과 높은 담장이 보였다. 대문 앞에 덩치 큰 하인 하나가 몽둥이를 들고 가로막고 있었다.

달리던 기세로 훌쩍 뛰어 모두발질로 가로막는 사내의 복장을 내차자 덩치가 맥없이 뒤로 나자빠지면서 에고지고 비명을 질렀다. 빗장을 열려고 바라보니 아래위로 두 개나 되었다. 마음이 급한 차라 얼른 윗간의 빗장을 벗기고 아래쪽의 빗장을 벗길 때였다.

퍽, 하고 어깨가 화끈거렸다. 고개를 돌려보니 어깨에 화살 하나가 박혀 있었다. 빗장을 벗기며 몸을 돌리니 유자광이 마당 가운데 서서 활시위를 당기고 있었다.

"투항하면 목숨만은 살려주마. 세 번의 기회를 주마. 세 번을 셀 동안 대답이 없다면 화살에 꿰어주마."

유자광이 냉소를 머금다가 입을 열었다.

"하나."

바람이 휘익 불어오더니 어디선가 타는 것 같은 냄새가 실권이의 코끝을 지나갔다.

"둘."

유자광이 둘을 세었을 때 갑자기 동편 담장 뒤쪽이 환해졌다. 바람이 불면서 매캐한 검은 연기가 지나갔다.

"부, 불이야! 괴한이 창고에 불을 질렀다!"

사람들이 바라보니 과연 동편 담장 위로 시뻘건 불길이 올라오고 있었다. 그쪽은 공물진상으로 받은 귀중품들이 보관된 곳간곳이었다.

유자광이 숫자를 세다말고 불길을 보고 눈이 휘둥그레져서 소리를 쳤다.

"이놈들아. 뭣들 하는 게냐? 어서 불을 꺼라. 어서……."

뒤편에 서있던 하인들이 부랴부랴 안중문으로 들어갔다.

"아차!"

수를 세던 것을 잠시 잊었던 것을 깨닫고 대문으로 고개를 돌리니 있어야 할 사람이 보이지 않고 대문이 열려 있었다.

유자광은 이를 뿌드득 갈더니 검은 옷을 입은 사병들에게 소리쳤다.

"어서 그 놈을 쫓아라. 화살을 맞았으니 멀리 가지는 못했을 것이다. 반드시 사로잡아야 한다."

"예."

사병들이 문 밖으로 뛰어나갔다. 유자광은 안중문 앞에서 똥 마려운 강아지마냥 어쩔 줄을 모르고 서있는 청지기에게 말했다.

"너는 지금 포도청으로 달려가서 내 집에 괴한이 침입했다고 전하고, 사람을 풀어서 반드시 잡으라고 전하거라."

"예."

청지기가 자개바람을 일으키며 대문 밖으로 사라졌다.

"이놈들이 한둘이 아니었구나. 아직도 역적의 도당이 많이 남아있단 말이지?"

유자광이 열린 대문과 불타는 곳간을 번갈아 바라보며 이를 우두둑 갈았다.

7

실권이는 유자광이 눈을 돌린 틈을 타서 빗장을 열고 대문 밖으로 나와 어둑어둑한 큰길을 따라 정신없이 달렸다. 한참을 달리다보니 화살을 맞은 어깨에서 통증이 일었다.

왼 어깨가 얼얼한 것이 왼팔이 마비되는 것 같았다. 팔에서 분수처럼 피가 흘러내려 저고리 소매가 담방 젖었고 소매에서 피가 뚝뚝 떨어져 내렸다. 한양이 초행이라 어디가 어딘지 알지 못하여 실권이는 어둠속을 곤두박질하듯 하염없이 달렸다. 골목길을 이리저리 달려가다가 실개천의 나무로 만든 다리 아래로 내려가 턱밑까지 차오르는 숨을 몰아쉬었다.

딱, 딱, 나무 두드리는 소리가 가까이에서 들리더니 나무 위로 야경꾼 세 사람이 지나갔다. 다리 중간에서 야경꾼의 목소리가 들렸다.

"누구냐? 이 밤에 웬 놈이냐? 경수소*에 잡혀가서 욕보고 싶은 모양이지?"

"우린 무령군 대감댁 사람이오."

"이런 야심한 밤에 웬일들이시오?"

서슬 퍼런 야경꾼의 목소리가 기어들어갔다.

"오늘밤 대감댁에 자객이 들었는데 곳간에 불을 지르고 도망을 쳤소. 혹시 오면서 수상한 자를 못 보았소?"

"못 보았습니다."

"대역 죄인이니 수상한 자를 발견하거든 즉시 잡아야하오."

"알겠소."

다리 위로 요란한 발자국 소리가 멀어져갔다.

"내일 아침에는 장안이 뜨르르하게 소문이 나겠군."

"그러게. 뉜지 모르지만 천하의 무령군 대감댁에 쳐들어가서 불까지 놓았다니, 배짱도 커. 포도군관들 머리가 지끈지끈하겠구먼."

"왜?"

"무령군 대감이 오복조르듯 할 것 아닌가. 애매한 두꺼비 돌에 치인다고 장안의 건달들이 한동안 시달리겠구먼."

"그러게."

야경꾼들이 저희들끼리 희영수하다가 짝짝이를 치면서 멀어져갔다.

피를 많이 흘렸는지 눈앞이 가물가물하여 안개가 낀 것만 같았다. 정신을 차리고 박힌 화살 목을 부러뜨려 바닥에 버린 후에 다리 위로 천천히 올라왔을 때였다.

* 경수소 : 조선시대에, 중요한 길목에 설치하여 순라군들이 밤에 지키도록 한 군대의 초소

"성님."

누군가 실권이의 왼 어깨를 강한 힘으로 잡았다. 실권이가 돌아보니 다름 아닌 억쇠였다.

"성님, 억쇠요."

"아이구나! 억쇠구먼."

"잠자코 저를 따라오세요."

실권이는 안심이 되었다.

억쇠를 따라 실개천으로 난 길을 따라가다가 산중에 있는 가파른 길을 올라가니 낡은 초가집 한 채가 나타났다. 사립문이 열린 마당을 들어서니 바람이라도 불면 무너질 듯한 세 칸 초가가 덩그러니 앉았는데 방안에 불빛이 반짝거리고 있었다.

"성님. 실권이 성님 들어가우."

억쇠를 따라 방안으로 들어가니 반반하게 생긴 중년의 여자와 대돌이가 앉아 있다가 자리에서 일어났다.

"이 덩둘한 양반아. 거기가 어디라고 거길 간 거야? 유자광을 만난다고 주인의 행방을 알아낼 수 있겠는가? 사람이 어찌하면 그렇게도 어리석어? 자네가 가만히 있었으면 이런 변이 나지도 않았을 텐데. 부전부전하게 찾아가서 사단을 만들 일이 무어야."

대돌이 면박을 주니 실권이가 입이 있어도 할 말이 없어서 가만히 고개를 숙였다.

"에그. 화살을 맞았네. 저 피 좀 봐."

아낙이 덩달아 일어나 실권이의 소매에 묻은 피를 보곤 호들갑을 떨었다. 대돌이 뒤늦게 그것을 보곤 아낙에게 면포와 물그릇을 가져오라 이르고는 저고리를 벗겨 상처를 살펴보았다.

"다행이 뼈를 상하지는 않은 것 같구먼."

"예."

실권이가 몸 둘 바를 모르고 방안을 둘러보니 되창 벽에 무당이 쓰는 전립과 색동옷이 걸려있고 동편 벽에 흰 머리를 길게 늘어뜨리고 호랑이를 거느린 산신령의 화상이 걸렸으며, 맞은 편 시렁에 칼이며 방울 같은 무당들이 쓰는 제구가 널려있었다. 척 보기에도 무당이 사는 집 같았다. 정지문이 열리더니 눈이 부리부리하게 생긴 아낙이 물과 면포를 가져왔다.

"아파도 참게나."

대돌이가 부러진 화살 끝을 잡고 있다가 갑자기 눌렀다. 날카로운 촉이 어깨를 뚫고 나왔다. 아낙은 고개를 돌리고 실권이는 이를 앙물어 참았다.

"살촉이 갈고리처럼 생겨서 뒤로는 빼지 못하네. 상처가 더 커지거든. 앞으로 빼는 수밖에는 도리가 없었으니 자네가 이해하게."

실권이는 면구하여 대답도 제대로 하지 못했다. 쥐구멍이라도 있으며 도망가고 싶은 심정이었다.

대돌이 화살을 빼내곤 물수건으로 피와 상처를 닦아내더니 솜으로 상처를 누르고 면포로 어깨를 꽁꽁 싸매었다.

"봉만이 하구 발구는?"

"도망질하는 재주는 좋은 아이들이니 곧 오겠지요."

대돌과 억쇠의 말이 끝나기도 전에 바깥에서 발자국 소리가 들려왔다.

"성님. 실권이 성님. 오셨당가요?"

발구의 목소리였다.

"어서 들어오너라."

발구과 봉만이가 방 안으로 들어왔다.

발구가 방바닥에 철푸덕 주저앉으며 면포로 상처를 싸매고 있는 실권이에게 몰풍스럽게 말했다.

"아따. 성님. 참말 깜냥 없는 짓을 하셨구만요잉. 거기가 어디라고 홀로 가신대요? 성님 구하느라 저희도 하마터먼 죽을 뻔했당게요."

발구와 봉만이의 얼굴과 저고리가 시커먼 재로 범벅이 되어있었다. 그러고 보니 창고에 불을 지른 것이 두 사람 같았다.

"창고에 불을 지른 것이 두 사람이여?"

"야. 우리가 개구멍으로 들어가서 불을 질렀십더."

"고맙구먼."

"성님은 입이 열 개라도 할 말이 없을 낍니더. 참말, 지금 고맙다고 넋놓고 있을 때가 아닙니더. 내일 아침이면 포도군사들하고 기찰포교들이 쫙 깔릴 테니 새벽이 오기 전에 도망치시는 것이 좋겠십니더."

"물경스런 성님 때문에 우리까지 곤란하게 됐당게요."

"미안하게 됐구먼. 나 때문에 말이여."

발구가 마음이 안 됐는지 눅은 목소리로 말했다.

"성님. 그렇다고 너무 기죽지 마쇼. 우리가 남이오? 그건 그렇고 내일이면 곳곳에 기찰이 설 텐데 임진나루를 어찌 건너신다요? 성님 상처를 보면 대번에 기찰들이 잡아갈 텐데요."

대돌이 말했다.

"내가 잘 아는 사람이 있으니 그것은 걱정 말거라. 우선 옷을 갈아입고 요기나 든든히 하고 장안을 떠야지."

실권이가 대돌의 저고리와 바지로 갈아입고, 늦은 밤에 지은 밥과 찬을 배부르게 먹고 집을 나섰다.

8

허공에 반달이 떠서 먹장 같은 밤길이 훤하게 드러났다.

요기를 하고 사립을 나서니 반지르르한 아낙이 사립문까지 따라 나오며 대돌에게 코 먹은 소리를 하였다.

“언제 올 거야?”

“오늘 밤에 인왕산을 넘을 것이니 내일 저녁이나 오겠지.”

“내일 낮에 굿거리 있는데?”

“알았어. 그럼 내일 정오까진 서둘러 돌아올 테니 염려 말어.”

대돌이 퉁명스럽게 대꾸하고 사립문을 나서자 억쇠와 봉만이, 발구가 형수 소릴 해가며 꾸벅꾸벅 인사를 하였다.

“형수님. 신세 많이 졌구만유. 안녕히 계세유.”

실권이가 꾸벅 인사를 하곤 대돌이를 따라 산길을 올라가니 발구와 봉만이가 끼득끼득 웃었다.

“대돌 성님은 물건이 대물이라서 형수도 많어.”

앞서가는 대돌은 껄껄거리며 웃고 뒤따라가는 실권이는 고개를 갸웃거렸다.

"형수가 아닌겨?"

"형수님은 반촌에 계시쥬. 인왕산당의 무당은 성님의 이거랑게요."

발구가 새끼손가락을 까딱까딱하였다. 봉만이가 새끼손가락을 뺀 아홉 손가락을 펼쳤다.

"나머지 손가락은 팔도에 두루두루 퍼져 계시지요."

실권이의 두 눈이 호랑이 보고 놀란 개눈알처럼 휘둥그레졌다.

"그렇게나 많이?"

"많다 뿐입여. 저 인물을 보랑께요. 기집들이 대돌 성님만 보면 오뉴월 엿가락 녹듯 늘어져서 한번 달라붙으면 강엿을 붙여놓은 것 같당게요. 팔도에 깔린 밑돌만 해도 두 손 두 발가락을 합쳐도 안 될걸요?"

"그 시덥잖은 소리 작작하거라."

앞서가던 대돌이 점잖게 말했다.

"성님두 제가 발기를 잡으면 한이 없당게요."

발구가 지지 않고 대꾸하니 대돌이가 말했다.

"너는 좀 지망지망마라. 그러다 큰 코 다치는 수 있으니. 자고로 남아육말최경계男兒肉末最警戒라 하였으니 기중제일구중설其中第一口中舌이라고 하였다."

발구가 무슨 뜻인지 몰라 대꾸도 못하고 머리를 긁적거렸다. 만일 대돌이가 남아의 살 끝 가운데 조심해야 할 것이 있는데 그 중 제일은 입속의 혀라고 말했다면 발구가 대돌의 물건을 훙보았을 것이었다. 대돌이 이를 알고 문자를 읊었으니 내용도 모르는 봉만이가 감탄을 하면서 말했다.

"대돌 성님이 저 인물로 글공부를 배웠다면 당상은 따고도 남았을 텐데, 안 그냐 발구야."

발구가 젓국 먹은 괴상을 하곤 투덜거렸다.

"당상을 따면 뭣하냐? 역모에 몰려 오뉴월 복날 개처럼 찢어죽지 않으면 다행이지."

뒤따라오던 억쇠가 껄껄거리며 웃었다. 발구가 시큰둥하게 고개를 돌려 이번에는 실권이에게 수작을 걸었다.

"성님, 능지처참 당하는 거 보셨당가요잉?"

"못 봤구만."

실권이가 도리머리를 흔들었다.

"그걸 거열형이라 하는디, 죄인의 사지에 쇠사슬을 묶고 소가 끌게 한당게요. 소란 눔이 매를 이기지 못해서 용을 써서 나가면 산사람이 썩은 헝겊 쪼가리 찢어지듯 네 갈래로 찢어지는디, 머리 잘리는 광경도 참혹하지만 사지가 찢기는 광경은 차마 사람이 못할 짓거리당게요. 군기시 앞에서 다 죽어가는 양반들이 끌려나와 차례로 찢겨죽는 것을 봤는디 마음이 실직해져서 밤이면 귀신이라도 나올 것 같아 며칠 동안 잠을 못 잤당게요."

"말만 들어도 참혹하구만."

발구가 다시 고개를 돌려 앞서가는 대돌에게 말을 걸었다.

"대돌 성님, 성님은 참말 담이 크신 것 같당게요."

"그건 또 무슨 말이냐?"

"무당 산매 들린 거 보셨당가요? 얼굴이 시뜩새뜩해지고 커렁커렁한 남자 목소리가 나는데 나는 만정이 뚝 떨어집디다만 성님은 괜찮으신가봐요잉."

"그게 다 어리석은 네놈들 속이는 짓이다."

"그게 무슨 귀신 씨나락 까먹는 말씀이데요? 우리가 속는 거라니요?"

"무당이 산신을 청해 접신할 때도 있는데 때론 접신한 척하면서 농락할 때가 많단 말이다. 무당들은 끄나풀들을 곳곳에 둬서 장안 대가집의 허실을 구석구석 알아낸단 말이다. 귀신을 부르지 않아도 사대부가의 비밀을 손바닥처럼 안 다음에야 어리석은 안방마님을 꼬여 굿을 하는 것이 뭐가 어렵겠느냐? 한바탕 놀고 나면 한밑천 넉넉하게 잡을 수 있는 무당은 수단이 좋고 시늉을 기막히게 할 줄 알아야 하는 게야. 세상에 귀신이 있더라도 사람을 어쩌지는 못하는 것이니, 유자광 같은 이는 벌써 피를 토하고 죽었어야 하게."

"듣고 보니 그렇구만요잉. 내 참. 지는 그런 줄도 모르고 귀신을 두렵게 생각했구만요잉."

어두운 산길을 건던 일행이 지새는 달빛을 밟으며 되숭대숭하는 동안에 하늘이 희뿌옇게 밝아왔다. 일행은 새벽이슬을 맞으며 인왕산을 넘어 아침 식전에 임진강 하류에 도착했다. 임진강 하구에는 사람 키보다 큰 억새들이 아침 찬바람을 맞아 이리저리 흔들리고 있었다. 강 위에서 올라온 짙은 물안개가 갈대꽃 위로 자욱하게 깔려서 구름 속에라도 들어온 것 같았다.

적막한 강변에서 주위를 살피던 대돌이 별안간 두 손을 모으더니 뻐꾸기 울음소리를 내기 시작했다.

뻐꾹 뻐꾹 뻐꾹 뻐꾹 뻐꾹.

구성진 뻐꾸기 소리가 강변에 아스라이 울리는가 싶더니 잠시 후 빗자루로 마당을 쓰는 듯한 소리가 들려왔다. 그리고 그 소리가 들리는 곳에서 작은 배 한 척이 자욱한 안개와 갈대숲을 가르며 이들을 향해 다가왔다.

배에 탄 사내의 거슬거슬한 음성이 안개 속으로 들려왔다.

"누구쇼?"

메아리처럼 우렁우렁한 목소리였다.

대돌이 두 손을 입에 대고 소리쳤다.

"나다. 반촌 대돌이."

"대돌이 형님이슈?"

"그래. 돌쇠냐?"

"성님. 오랜만이우. 곧 갈 테니 기다리시우."

잠시 후 배 한 척이 안개를 뚫고 나와 강변 앞에서 멈추었다. 배 위에는 건장한 사내 하나가 북슬북슬 털이 수북이 난 가슴을 드러내고 커다란 노를 들고 서있었다.

그는 무성하게 자란 바늘 수염에 치켜 올라간 눈썹과 부리부리한 눈, 사발통 같은 커다란 코를 가진 사내였다.

"성님이 웬일이시오? 어, 억쇠하고 발구하고 봉만이도 왔네."

사공은 배에서 내려 반촌 형제들과 일일이 인사를 나누었다. 수인사가 끝이 나자 대돌이가 말했다.

"요즘 참게는 잘 잡히나?"

“참게야 이맘때면 풍년이지요. 씨알이 굵고 토실토실 한 것이 가을 별미 아니겠습니까. 보실라우?”

돌쇠란 사내가 고물간 위의 나무판 뚜껑을 열었다. 거뭇거뭇한 참게들이 바글바글 들어가서 집게다리를 치켜들고 저희들끼리 엉켜있는 것이 숨 쉴 틈도 없을 것 같았다.

“간만에 오셨으니 참게 좀 드릴까요? 참게장을 해먹으면 밥도둑이 따로 없지요.”

돌쇠가 누런 이를 드러내며 웃었다.

“사실은 내 아우님을 건네주려고 여기까지 왔지.”

“아우님?”

돌쇠는 왕방울 같은 눈을 가늘게 뜨고 실권이를 아래위로 살펴보다가 퉁명스레 말했다.

“성님. 솔직하게 말씀해 보시우. 임진나루를 놔두고 나를 찾아왔을 때는 이유가 있겠지요?”

“하이구, 성님. 보이기는 미련 곰탱이 같은데 보기보단 꾀스럽소.”

발구가 미주알고주알 그간의 사연을 이야기하였다. 잠자코 이야기를 듣던 돌쇠가 두 눈을 크게 떠 되물었다.

“뭐여? 유자광의 집에 단신으로 들어갔다 도망쳤다구? 참말 장사구만. 그렇다면 지금쯤 임진나루 쪽은 기찰포교로 한바탕 난리가 났겠구먼.”

“헤헤헤. 실권이 성님이 어디로 갔는지 알아야 찾지. 건공대매로 찾는다고 되남요잉.”

대돌이 돌쇠에게 말했다.

"돌쇠야. 아우님 건네줄 수 있지?"

돌쇠는 솥뚜껑 같은 손을 휘휘 내저으며 급히 대답했다.

"성님 동생이면 나한테도 동생인데 그까짓 게 뭐가 일이라구. 내가 건네줄 테니 염려 놓으시우."

"고맙네."

"욕봤네. 만난 지 얼마 되지 않지만 헤어지려니 허우룩하네그려. 잠잠해지거든 한번 놀러오게."

대돌이가 실권이의 손을 잡고 말했다.

"성님. 잘 가시우. 허지만 내가 머리 올리면 그때부턴 동생이여."

억쇠는 이렇게 작별인사를 하고,

"성님. 담에 또 보입시더."

하는 것은 봉만이요,

"성님, 꾀꾀로 수작했다면 이런 수고는 덜었을 텐데 물경스런 성님 덕에 야밤에 인왕산을 넘어부렀구마잉. 잘 가시구 새털같이 많은 날이 남았응게 담에 다시 보잔게요."

하고 까불거리며 주제 넓게 충고를 잊지 않는 것은 발구다.

실권이는 면구스러워서,

"이 은혜는 잊지 않겠구만유."

하고 배 위에서 꾸벅꾸벅 머리를 숙였다.

"성님. 그럼 갑니다요."

돌쇠가 대돌이에게 꾸벅 인사를 하고는 장대를 밀어 갈대숲을 헤치며 나아갔다. 잠시 후 반촌 형제들의 모습은 안개와 갈대숲에 가려져 사라지고 말았다.

9

끼익 끼익 노 젓는 소리와 물길이 갈라지는 소리가 고요한 아침의 정적을 깨고 있었다. 실권이가 유자광의 집에서 용을 쓰고 쉬지도 못하고 인왕산을 넘어서 배를 타고 앉으니 심신이 후줄근하였다.

"통성명합시다. 나는 돌쇠요."

돌쇠가 대뜸 말을 붙였다.

"지는 실권이라고 해유."

"어디 사시우?"

"개성 청하동에 살구만유."

"무슨 일로 유자광의 집엔 찾아가셨소?"

돌쇠가 노를 저으며 데퉁맞게 물었다.

"주인어른이 옥사에 연루되어 가셨는데 소식이 없어서 수소문하다가 거기까지 가게 됐네유."

"나이는 몇이우?"

"스물 셋이구먼유."

"스물 셋인데 억쇠가 성님 소릴 한단 말이여?"

"제가 개성에서 방물이를 구해준 적이 있었는데 대돌 성님이 저더러 장가들었다구 성님이라 부르라 한 거예유."

"아! 내가 얼마 전에 방물이한테 거기 얘기를 들은 적이 있수. 송방 패거리들을 혼자서 물리쳤다면서? 누군가 했더니 바로 그 사람이구먼. 나는 방물이하고 친구되오. 올해 나이가 서른 일곱이우."

"그러셔유."

"반촌 오형제랑 성님 동생 하는 걸 보니 의형제를 맺은 모양이지?"

"예."

"그럼 나하구도 하자구. 나도 반촌 오형제와 함께 생사고락을 같이 한 형제와 같은 사이란 말이여. 왜 싫어?"

돌쇠가 퉁방울 같은 눈을 뜨고 으름장을 놓았다.

"좋도록 하세유. 나이도 저보다 많은데 성님이시쥬."

"허허허. 그래. 그럼 의형제가 됐다하구 이제부터 낮춰 부르겠네."

"그럭하셔야쥬."

돌쇠가 실권이의 내력을 알고 의형제로 삼고 싶었던 터라 흔쾌하게 허락하자 마음이 느긋해져서 호탕하게 웃었다. 두 사람이 이런저런 이야기를 나누다보니 벌써 강심을 지나고 있었다.

강물 위에 박이 몇 개 둥둥 떠 있었는데 노를 내려놓은 돌쇠가 장대로 박을 끌어올렸다.

"저게 뭐래유?"

"부표여. 귀한 고기 잡으려고 어제 던져놓았지."

둥그런 박에 밧줄이 묶여져 있었는데 돌쇠가 밧줄을 잡고 천천히 당기자 무언가가 올라오는 것 같았다. 잠시 후 강심에서 나뭇단 하나가 올라왔다. 잎이 무성한 생나무를 잘라 밧줄로 묶어놓은 나뭇단이었다. 조심스레 나뭇단을 건져 올린 돌쇠가 나뭇단을 들고 갑판 위에 흔들자 익은 밤 떨어지듯 물고기가 후드득 떨어졌다.

갑판 위에서 몸을 꼬아 비트는 것은 시커먼 장어였다.

굵기가 주먹만 하고 길이가 석자는 넘을 것 같은 장어가 갑판 위에 꿈틀거리는 것을 보고 돌쇠가 껄껄 웃었다.

"많이 잡혔다. 이 정도면 쌀 한 말 거리는 되겠네."

돌쇠가 이물간에 있는 항아리 안에 장어를 잡아넣고는 나뭇단을 물속으로 집어넣었다.

"장어들이 강바닥에 숨을 곳을 찾아다니다가 잎이 무성한 나뭇단을 보고 숨어드는데 이놈들이 사내처럼 구멍을 좋아해서 나뭇단 사이에 대나무를 잘라 넣어 놓으면 이렇게 한정 없이 잡을 수 있지. 참게는 얕은 물에서는 싸리나무로 만든 통발로 길목을 막아놓으면 쉽게 잡을 수 있지만, 강가 갈대밭에 세고 센 게 참게라서 통발 안에 돼지고기 몇 조각 넣어놓으면 통발 가득 잡을 수 있지. 목구멍이 포도청이라구 호구에 풀칠하려니 참게 잡고 장어 잡으며 살 수밖엔 없네그려. 오늘 잡을 것은 다 잡았으니 강 건너로 가세. 집에 가서 참게장하구 밥 한 그릇 먹세. 아마 둘이 먹다 하나 죽어도 모를걸."

"기대되는구먼유."

실권이는 포도군사들에게 쫓기는 것도 잊고 참게장 먹을 생각에 입맛을 쩝쩝 다셨다.

돌쇠가 노를 저어 안개를 지나고 있을 때였다. 안개 속에서 삐걱거리는 소리가 멀리서 들려오고 있었다.

돌쇠는 노 젓는 일을 멈추고 가만히 그 소리를 들어보다가 머리를 갸웃거리며 중얼거렸다.

"이른 새벽부터 웬 배들이지?"

잠시 후 짙은 안개 사이에서 배 세 척이 나타났는데 배 위에는 애꾸눈을 한 사내와 건장한 체구의 사내들이 손에 손에 몽둥이와 몽치를 들고 서있었다.

"엉?"

무리들 가운데 있던 애꾸눈 사내가 돌쇠를 보더니 냅다 호통을 쳐댔다.

"야, 이놈 돌쇠야. 너 잘 만났다. 오늘이 바로 네놈 제삿날이라는 걸 아느냐?"

돌쇠도 지지 않으려는 듯 애꾸를 보고 대거리를 했다.

"애꾸야. 네가 죽으려고 환장했느냐? 이른 아침부터 시비질이냐?"

"이놈아. 잔말 말고 살고 싶으면 이 자릴 내놓고 떠나라. 그럼 목숨만은 살려주마."

실권이가 어리둥절하여 돌쇠에게 물었다.

"성님. 저들이 왜 저러는 거여유?"

"여기가 목이 좋아서 고기가 잘 잡히거든. 저놈들이 나한테서 목을 빼앗으려고 꿍꿍이를 꾸민다더니 오늘로 날을 잡은 모양이다."

돌쇠가 애꾸에게 소리쳤다.

"이놈아. 긴긴 임진강이 네놈 것도 아닌데 가라마라 야단이냐? 피똥 한번 싸보고 싶으냐?"

"배때기에 칼 들어갈 때도 큰소리치나 두고 보자. 쥐도 새도 모르게 골로 가고 싶다니 할 수 없지."

애꾸가 기세 좋게 뱃전에 서서 손짓을 하였다. 애꾸 패거리들의 배가 서서히 돌쇠의 배로 다가오자 돌쇠는 실권이에게 중얼거렸다.

"동생. 움직이지 말고 가만히 있게. 자네가 무술실력이 귀신 뺨치더라도 물에서는 소용없네."

돌쇠가 큰 노를 놋구멍에서 빼들었다. 커다란 노가 돌쇠의 손아귀에서 장대처럼 가볍게 들렸다.

"지금이라도 항복한다면 목숨만은 살려줄 수 있다."

애꾸가 소리쳤다.

"콧구멍 두 개 마련하길 잘했다. 망할 놈들! 이놈들아, 말로만 하지 말고 덤벼라. 죽기가 소원이라면 몽땅 때려죽여 줄 테니!"

배 위에 타고 있던 사내들이 돌쇠의 기운을 보고 주저하였다. 돌쇠는 덩둘해 보이지만 사람이 다기져서 눈을 매섭게 뜨면 살천스러워 보였다.

애꾸가 동료들을 독려하였다.

"겁먹지 마라. 설마 아홉이 한 녀석을 못 당하겠느냐?"

"하나가 더 있는데?"

뱃전에 앉아있던 사내가 별 뜻 없이 말했다가 애꾸의 눈총을 받고 고개를 푹 숙였다.

"우린 숫자가 많으니 염려 없어. 제 놈 힘이 장사라도 물속에서 여러 사람을 당해낼 수 없을 거다."

애꾸의 말에 장정들이 힘을 얻어 고리눈을 부릅떴다.

"동생. 배에 꼭 붙어있어야 하네."

돌쇠는 실권이에게 다짐을 주곤 노를 움켜잡은 채 이들이 가까이 다가오기만을 기다렸다. 애꾸눈 패거리의 배가 돌쇠의 배 앞까지 접근했을 때 애꾸가 배 위에서 돌쇠에게 소리쳤다.

"이 썩을 놈! 그동안 우리 구역을 차지한 보상을 해주겠다."

애꾸의 말이 끝나자 웃통을 벗은 장정 몇이 물속으로 뛰어들었다. 돌쇠가 소리쳤다.

"동생. 이놈들이 배를 뒤집을 모양이네."

말이 끝나기도 전에 애꾸의 배가 돌쇠의 배를 들이박았다.

쿵, 하는 소리와 함께 실권이가 탄 배가 힘없이 뒤집혀졌다.

덩치 큰 돌쇠가 팔을 휘저으며 물속으로 빠져들었다.

실권이는 배가 뒤집어지는 순간 발을 차고 몸을 솟구쳐 한 마리 새처럼 애꾸의 배로 사뿐히 내려앉았다.

"이놈들. 이제 보니 숭악한 놈들이었구먼."

실권이가 애꾸의 멱살을 잡아 귀싸대기를 날렸다. 빡 한 대에 코피가 주르르 흐르고 또 한 대에 남은 눈이 허옇게 뒤집혔다. 뒤에서 달려드는 덩치를 보지도 않고 뒷발질로 가슴을 차니 덩치가 갑판 위로 퉁겨서 강물 속으로 떨어졌다.

이물간에 있던 사내가 장대를 휘둘렀다. 애꾸를 잡아당기자 장대가 애꾸의 상투 위로 떨어졌다.

"에구!"

실권이가 장대를 텁썩 잡아 앞으로 당기자 사내가 끌려오지 않으려고 용을 썼다. 실권이가 잡았던 장대를 놓자 이물간에서 두 팔을 휘휘 돌리며 중심을 잡으려던 사내가 마침내 강물 속으로 빠져버렸다. 남은 두 척에 배에 노를 젓던 사내가 각각 하나씩 서있다가 애꾸의 배에 있던 장정들이 낭패를 당하는 것을 보고 놀라 노를 저어 애꾸의 배에서 일장 정도의 거리로 물러났다.

강물 속에 빠졌던 사내가 자맥질을 쳐서 다른 배에 올라탔다. 그때 돌쇠가 강물 위로 머리를 내 밀었다.

"돌쇠 성님."

실권이가 부르는 소리에 돌쇠의 안색이 환해졌다. 그는 한 손으로 자맥질을 해서 실권이가 탄 배로 다가왔다. 돌쇠의 한 손에 긴 머리가 감겨 있었는데 기진맥진한 사내들이 머리를 하늘로 향한 채 맥없이 따라오고 있었다.

"이놈들을 끌어 올려주게."

돌쇠가 두 사람의 머리채를 실권이의 손에 건네곤 다시 물속으로 들어가 한 사내의 상투를 잡고 물 밖으로 나왔다.

배 위로 올라온 사내들은 물을 많이 먹어 초죽음이 되어 있었다. 갑판 위에서 물을 토해내던 사내들이 얼음에 자빠진 쇠눈깔을 하고 갑판 위에 널브러졌다.

애꾸의 배에서 떨어져 있던 배 두 척이 감히 다가올 생각을 못하고, 멀거니 서있던 사공이 고개를 도리도리 젓다가 노를 저어 멀어져 갔다.

돌쇠는 갑판 위에 널브러진 사내들이 정신을 차리기 전에 밧줄로 몸을 엮고는 실권이를 바라보며 말했다.

"동생. 역시 대단하구먼. 대단해. 허허허."

돌쇠가 껄껄거리며 웃다가 정신을 차린 애꾸와 시선이 마주쳤다.

"이보게 돌쇠, 내가 잘못했네."

애꾸가 불안한 기색을 애써 감추며 조근조근 말했다.

"뒷덜미에 사자밥을 짊어진 놈이 잘두 너덜댄다. 애꾸야, 네가 내 밥벌이를 망쳤으니 그만한 각오는 되어 있겠지?"

돌쇠가 자신의 배가 침몰하고 오늘 잡은 참게와 장어를 놓친 것이 분하여 애꾸를 모주 먹은 돼지 벼르듯 별렀다.

돌쇠는 물에서 건져 올린 사내들과 이들을 굴비 엮듯 엮어서는 임진강가 한적한 곳의 쓰러져가는 초가로 끌고갔다. 이곳은 옛날에 상여집으로 쓰던 초가인데 상여집이 마을 인근으로 옮겨가면서 폐가가 된 곳이었다.

어두침침한 초가지붕으로 빠끔히 정오의 햇살이 비쳐 들어왔다. 풍상을 겪어 흉가가 되어버린 방 안에는 떨어진 문짝과 거미줄이 곳곳에 널려 있고, 쾌쾌한 냄새가 풍겼다.

돌쇠는 무릎을 꿇고 머리를 숙이고 있는 애꾸의 상투를 잡아 고개를 치켜들었다.

"이거 왜 이래? 내가 황좌수댁 사람인 거 몰라?"

"똥물에 튀할 자식, 하룻강아지 범 무서운 줄 모르고 자는 범의 코털을 건드렸겠다? 네 주인이 황좌수면 잿골에 말뚝박기하듯 남의 것을 수탈해도 되는 거냐? 쇠뿔도 각각이라구, 너른 강이 다 너희 것이라도 된다더냐? 네놈은 보름 보기도 과분하다. 하루 보기도 어렵게 만들어주마."

돌쇠가 솥뚜껑 같은 주먹으로 다짜고짜 애꾸의 복장을 내질렀다.

"아이구."

주먹 한 방에 곡소리가 났다. 애꾸가 몸을 비비틀면서 죽는다고 소리를 질렀다.

"여보게 돌쇠, 한 번만 봐주어!"

"에라, 이거나 먹어라!"

돌쇠가 이번엔 싸대기를 호되게 질렀다.

"아이구, 새우 쌈에 고래등 터지네."

애꾸가 눈을 허옇게 치켜뜨고 비명을 지르는데 실권이가 옆에서 보고 있자니 그 모양이 도리어 익살스러웠다.

"성님. 무슨 사정이라도 있남유?"

"내 참 드러워서. 에라이!"

돌쇠가 애꾸의 장강이를 찼다.

"아이구, 나 죽어. 무릎팍 깨졌네."

애꾸가 펄떡펄떡 깨금발을 뛰었다.

"이 자식 봐라."

돌쇠가 애꾸의 상투를 잡아 끄르고는 싸대기를 연달아 후려쳤다. 애꾸의 코에서 쌍코피가 주르르 흘렀다.

"이 자식, 도저히 용서가 안 되네!"

돌쇠가 식식거리며 애꾸의 멱살을 잡아 일으켜 솥뚜껑 같은 주먹으로 연신 복장을 내질렀다. 애꾸가 에구지구 비명을 지으며 나뒹그레져서 새우처럼 몸을 오그렸다.

포박당한 사내들은 화가 튈까 싶어서 몸을 옹송그리며 돌쇠의 눈치를 살폈다.

"에이, 더러워서 못 살겠네."

돌쇠가 털썩 앉아 실권이를 바라보았다. 사정인 즉슨 이러하였다.

임진강가에 황좌수라는 자가 있는데 임진강 근방에 전장이 많아서 근방에서 제일가는 부자였다. 그의 작은 딸이 작년에 윤정승의 막내아들과 혼인을 해서 사돈이 되었는데 황좌수가 그때부터 가을이 되면 참게장을 만들어 윤정승댁에 보내게 되었다. 윤정승이 참게장을 무척이나 좋아해서 황좌수에게 답례로 비단이나 벼루 같은 것을 보내와서 돈독한 정을 보였다. 그러자 임진별장은 물론이거니와 장단부사조차 황좌수의 눈치를 살필 지경이 되었다.

황좌수가 그맛을 들여서 가을이 되면 참게 구하기에 혈안이 되었다. 조정 대신들의 숫자가 한 둘이 아니요, 임금에게 진상하여 참봉 벼슬이라도 얻을 욕심에 임진강에서 가장 실하고 좋은 게를 거둬들이다보니 참게뿐 아니라 장어 등 진귀한 어물 등속이 임진강에 즐비하였다. 하여 황좌수가 임진강에 욕심을 내어 일대를 자기 수중으로 만들 속셈을 꾸민 것이다.

애꾸는 한양에서 주먹 좀 썼다는 왈짜로 황좌수가 임진강을 차지하기 위해 거두어들였으니, 애꾸는 황좌수에게 사자어금니 노릇을 하는 자였다.

정승집 개가 하늘 높은 줄 모른다고 황좌수의 세력을 등에 이고 애꾸가 갖은 패악을 저질러 임진강가의 어부들을 쫓아내었다. 임진별장과 장단부사는 알면서도 모르는 체하고, 아전과 육방관솔들은 황좌수의 떡고물에 한패가 되어 눈치를 살피니 인근의 어부들만 죽을 맛이었다. 돌쇠는 인근의 어부들이 애꾸의 협박에 생업을 빼앗겨 호구지책으로 황좌수의 그늘로 들어가거나, 야반도주하여 떠났다는 이야기를 들어왔던 터였다.

그도 내심으론 앞으로 어떻게 먹고 살아가야 할지 근심하던 차에 애꾸에게 배를 잃고 나니 살 길이 막막하였다.

"모두 멱을 따 버리고 나도 뒈져 버릴까?"

돌쇠의 말에 밧줄에 묶인 사내들이 사시나무 떨듯 하였다.

"여보게 돌쇠, 살려주게! 우리도 하기 싫지만 먹고 살려니 어쩌겠나? 생쥐 입가심할 것도 없는 우리네 형편에 다른 수가 없었네."

"맞어. 작년에 황좌수에게 꾼 곡식을 탕감해 준다기에 어쩔 수 없이 나왔네. 자넬 처음부터 어쩔 생각은 없었구, 다만 겁을 줘서 이곳을 떠나게 할 작정이었네."

사내들이 면구스러운지 머리를 들지 못하고 말했다.

돌쇠가 길게 한숨을 내쉬다가 처량한 얼굴로 말했다.

"내가 네놈들의 피를 묻혀 무엇할 것인가? 다만 어제까지 알고 지내던 사람들이 하루아침에 마음을 돌리는 것이 서글플 따름이지. 재물이 뭐길래 먹고사는 것이 뭐길래, 정을 버리고 사람을 버린단 말인가?"

돌쇠가 사람들을 묶은 밧줄을 풀어주었다. 사람들이 민주스럽게 여겨서 머리도 들지 못하였다.

"맘 변하기 전에 어서 돌아들 가시우."

돌쇠가 도끼눈을 뜨고 노려보니 어정거리던 사내들이 살맞은 뱀처럼 내뺐다. 복장을 잡고 죽은 듯이 쓰러져 있던 애꾸가 실눈을 뜨고 눈치를 살피다가 놀란 노루새끼마냥 후다닥 뛰어나갔다.

돌쇠가 슬쩍 발을 걸자 애꾸가 곤두박질하듯 넘어지며 에구지구 비명을 질렀다.

"넌 아직 청산할 것이 남았어."

돌쇠가 성큼성큼 걸어가서 애꾸의 상투를 잡아 일으키더니 들배지기로 번쩍 들어 바닥에 메쳤다.

"에구, 나 죽는다. 사람 살려!"

애꾸가 허리와 엉덩이를 쳐들고 비명을 질렀다. 상투가 뜯어져서 머리가 귀신처럼 산발이 된 애꾸가 손이 발이 되도록 빌었다.

"이보게, 돌쇠. 사람 좀 살려주게!"

돌쇠가 아랑곳없이 애꾸의 머리채를 잡아 일으키고는 한손을 애꾸의 가랑이 사이로 넣어 어깨에 엇매곤 그 자리에서 몇 번 휘돌다가 바닥에 던졌다. 바닥에 떨어진 애꾸가 도르르 구르다가 맞은편 벽에 부딪혀 멈추었다.

"성님. 이러다 사람 잡겠구만유."

보다 못한 실권이가 돌쇠의 앞을 막아섰다.

"비키게. 저 놈을 죽여버리고 말걸세."

"성님. 저 자를 죽인다고 어찌되는 것이 아니지 않아유. 성님만 살인자 소릴 들을 뿐이쥬."

돌쇠가 길게 한숨을 내쉴 때에 뚫린 벽으로 애꾸가 도망을 쳤다.

"이놈, 두고 보자. 내가 가만있을 줄 알구? 망할 자식! 이 복수는 꼭 하고 말 테다."

풀 숲 사이로 멀어져가는 애꾸가 주먹을 휘두르며 소리를 쳤다.

"에이 똥물에 튀길 놈!"

돌쇠는 가래를 목구멍에서 뽑아내듯 길게 숨을 들이키더니 누런 가래침을 땅바닥에 퉤, 하고 내뱉고는 애꾸를 놓친 것을 못내 아쉽게 여겼다. 애꾸의 모습이 보이지 않게 되자 돌쇠가 실권이에게 말했다.

"이거, 초면인데 신세를 졌구먼."

"그보다도 앞으로 어쩌실 거여유?"

"버티는 데까진 버텨보다가 정 안 되면 어디로든 가야지."

돌쇠가 처량하게 미소를 지었다. 돌쇠와 실권이는 폐가를 나와 장단으로 가는 큰길 앞에서 걸음을 멈추었다.

"어서 집으로 들어가보게. 장단까지 기찰이 나오진 않았겠지만 사람일이란 모르는 거거든. 하기야 조선 공사 사흘이라구, 포교들이 기찰한답시구 이리저리 쑤시고 돌아다니다간 제 풀에 포기하겠지. 오래가지는 않을 거여. 실권이 동생이랑 밥이라도 한 그릇 먹을까했는데 내 코가 석자라서 다음 기회로 미뤄야겠네."

"그럭하세유. 그럼 성님두 몸 조심하세유."

"잘 가게."

실권이가 돌쇠와 작별하여 그 길로 팔십 리 길을 한달음에 달려 저녁놀이 깔리는 저물녘에 청하동에 도착하였다. 동구 밖에서 살던 집을 바라보니 들판에 벼는 누렇게 익어 머리를 숙이고, 동네 뒷산은 홍조가 들어 낙조에 더욱 아름다웠다.

저녁밥을 지을 무렵이라서 밥 짓는 연기가 지붕 위를 안개처럼 감싸고 있고 개 짖는 소리가 정답게 들려서 실권이는 불안하던 마음이 일시에 풀어졌다. 너른 집 안으로 들어오니 인적이 없고 쓸쓸한 것이

흡사 굿 해먹은 집 같았다.

실권이가 안중문으로 들어가 부엌 문 앞에 다가서니 어두침침한 부엌 안에서 비탈이가 아궁이에 불을 지피고 있었다.

"저녁 밥 앉히는 거여?"

비탈이가 눈을 찡그리며 아궁이 속을 들여다보다가 깜짝 놀라서 곤두박질하듯 부엌 바깥으로 나와 실권이의 손을 잡았다.

"에구, 이제 왔어요?"

귀밑머리 마주 푼 아내 아니랄까봐 살갑기가 그지 없었다.

"나 없는 동안에 별일 없었어?"

"그보다 갔던 일은 어찌 되었어요?"

"그게……."

비탈이가 실권이의 손을 끌어당겨 부엌 안으로 들어갔다.

"왜? 서방님께서 잘못되셨어요?"

"그건 아니구, 알아낼 수가 없었구만."

"한양에 연고도 없는 당신이 무슨 수로 알아내겠어요? 그런데 봇짐은 어쩌고 몸만 왔데요? 그러고 보니 입고 갔던 옷이 아닌데? 혹시 한양 가서 딴짓하고 온 거 아녀요?"

비탈이가 독이 난 삵처럼 두 눈을 지릅떴다.

"아녀, 아녀. 내 이야기를 좀 들어봐."

실권이가 비탈이를 부엌 화독 위에 앉혀놓곤 그간에 있었던 일들을 죄다 말했다.

실권이의 이야기를 조근조근 듣던 비탈이가 유자광의 집에 숨어들어 한바탕 싸움이 일어난 말을 듣고 펄쩍 뛰며 미련곰탱이라고 핀잔을 주고 화살을 맞은 이야기를 듣곤 저고리를 벗겨 상처를 보곤 몰풍스럽게 소리쳤다.

"아이구, 이 미련한 화상아. 못 찾을 만하면 잠자코 돌아오든가, 거기가 어디라고 도적놈처럼 월장을 해서 찾아가 긁어 부스럼을 만드냔 말이에요. 만약에 당신이 잘못되기라도 하면 나는 어떻게 되느냐구요? 포교놈들이 나번득이게 될 것인데 혹시 뒤탈이라도 나면 어찌해요?"

"그건 걱정 말어. 임진강 너머까지는 기찰이 넘어오지 않은 모양이여."

"하여간 당신은 지금부터 쥐 죽은 듯이 숨어있도록 해요."

"마님께는 뭐라 말씀드리지?"

"사실대로 말씀드려야지요. 두고봐서 잠잠해지면 당신이 다시 올라가서 대돌인지 쥐돌인지 하는 사람에게 청을 넣어봐요. 재물이면 죽을 놈도 살린다는데 사람 행방 하나 못 찾겠어요?"

비탈이가 앙칼지게 대답을 하곤 실권이에게 물었다.

"그건 그렇구, 요기는 하셨어요?"

"급하게 도망쳐 오느라고 끼니를 굶었구먼. 하루 종일 곡식 한 톨 못 먹었더니 허기가 지네."

비탈이가 마음이 누그러져서 솥을 열고 방금지어 김이 오르는 밥을 바가지에 한가득 떠서 찬과 된장을 한데 비벼 건네주었다. 실권이가 시장하던 참이라 바가지를 박박 긁어가며 말스럽게 다 먹어버리고는 히쭉히쭉 웃으며 말했다.

"역시 마누라밖에 없구먼."

"이제 알았나?"

비탈이가 콧방귀를 끼며 곤댓짓*을 하더니 밥과 찬을 따로 차려서 소반에 올리곤 부엌을 나갔다.

비탈이가 소반을 들고 내당으로 들어가니 박씨 부인이 미닫이 문 앞에서 멍하니 허공을 바라보고 있었다. 비탈이가 방안으로 들어가서 상을 내려놓았다.

"마님. 저녁 왔어요."

"놔두고 가거라."

비탈이가 이를 앙물더니 담판을 지을 사람처럼 박씨 부인 앞에 앉았다.

"마님, 저 좀 보세요. 드릴 말씀이 있어요."

박씨 부인이 고개를 돌렸다.

"무슨 말이냐?"

"바깥사람이 조금 전에 한양에서 돌아왔어요."

"오! 서방님 소식을 알아가지고 왔느냐?"

"아니오. 사람이 뒤틈발이여서 천지도 모르고 서방님 소식 알아낸다고 부적부적 설치다가 화살에 맞아 쫓겨 왔어요."

"화살에 맞아 쫓겨 왔다고?"

비탈이가 차근차근 조리 있게 실권이가 한양 가서 겪었던 일들을 말하였다. 비탈이가 무무한 실권이하고 달라 야무진 데가 있었다.

실권이에게 들은 이야기를 보탤 곳은 보태고 감할 곳을 감해서 박씨 부인이 알아듣도록 말했다.

박씨 부인이 고개를 숙인 채 비탈이의 이야기를 듣는데 눈가에 눈물이 듣거니 맺거니 하였다.

---

* 곤댓짓 : 젠 체하며 뽐내는 고갯짓

"바깥사람 말로는 서방님께서 옥사에 연루되었지만 죄질이 경해서 참수형은 당하지 않고 먼 곳으로 귀양을 간 것 같답니다. 일이 년 기다려보면 반드시 돌아오실 것인데 그때 마님께서 아기씨를 낳는데 태만해서 혹시나 잘못되면 나리는 물론이거니와 선조님을 무슨 낯으로 보실 겁니까? 이제는 눈물샘 나는 책들일랑은 그만 보시고 뱃속에서 무럭무럭 자라고 계실 아기씨를 생각하세요. 저는 정신이 나간 사람처럼 멍하니 계시는 마님을 보면 속이 상해서……."

비탈이가 말을 잇지 못하고 훌쩍거리며 저고리 고름으로 눈물을 닦았다.

박씨 부인이 눈물을 흘리며 차분하게 말했다.

"내가 생각이 짧았구나. 네 말이 옳다. 서방님께서 태교에 신경을 써달라고 당부하셨는데 그만 잊어버렸구나. 앞으로는 뱃속의 아기를 생각해서 슬퍼하지 않고 서방님을 기다릴 것이니 걱정 말거라."

"정말이지요?"

"그럼."

박씨 부인이 미소를 짓다가 비탈이가 차려온 밥상을 끌어 당겨 밥을 먹었다.

"저녁이 참 맛있구나. 밥도 달구, 찬도 달구……."

박씨 부인과 비탈이가 서로의 얼굴을 마주보며 미소를 지었다.

눈물 맺힌 박씨 부인의 얼굴이 봄날 피어난 복사꽃처럼 아름다워 보였다.

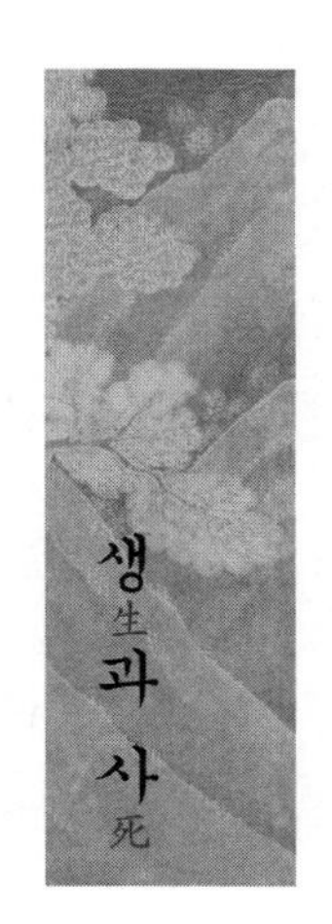

해가 살처럼 흘러서 다음해 삼월 개구리가 깨어난다는 경칩 무렵이었다. 낮 동안 따뜻하던 날씨가 저녁 무렵이 되자 한기를 느낄 정도로 쌀쌀하였다. 이날 저녁 무렵에 박씨 부인은 진통을 시작했지만 밤새도록 아이를 비릇*기만 하여 날밤을 꼬박 새웠다.

어둑어둑한 중문 밖 마당에서 실권이가 똥 마려운 강아지처럼 안절부절 서성거리다가 문을 나오는 산파를 불러 세우며 물었다.

"보세유. 왜 이렇게 오래 걸린데유?"

"우물가에서 숭늉 찾는 것도 아니구, 여자가 아이 낳는게 쉬운 게 아니여."

"그럼 더 기다려야 되는 건가유? 지는 걱정이 되어서……."

산파가 길게 한숨을 내쉬었다.

* 비릇다 : 임부가 진통을 하면서 아이를 낳으려는 기미를 보이다.

"참말 어렵구먼. 내가 애 받은 지 30년이 넘었지만 이런 난산은 처음이여. 이러다 사람 잡는 거 아닌가 몰러."

"예?"

"튼튼한 아낙두 아니구, 워낙 허약하신 분이라서. 거기다가 초산이니 더 힘들 것제. 전날 힘을 많이 소진해서 지금은 자몽해 계신데 견뎌내실지 모르겠구먼. 삼신할미 도움이나 빌어볼 밖엔 도리가 없겠네."

산파는 주름이 가득한 얼굴을 찡그리며 느린 걸음으로 부엌으로 들어갔다. 산파는 거먹빛 소반에 흰 사발 하나를 가져오더니 우물에서 정한수를 떠왔다. 그러고는 마당 가운데 소반과 정한수를 놓고 지새는 달빛을 향해 두 손을 모아 빌었다.

산파가 절을 꾸벅꾸벅하면서 알아들을 수 없는 말로 무어라 중얼중얼거리는데 실권이는 제 아이 낳는 것도 아닌데 간이 닳고 쓸개가 녹아나는 것 같았다.

병약한 박씨 부인의 상태를 잘 아는 실권이는 걱정이 태산 같았다. 임신 초기에 전유선이 처방한 약 때문인지 박씨 부인은 몰라보게 건강해졌지만, 전유선이 옥사에 연루되어 떠난 이후로 급격하게 여위었다.

실권이가 한양에서 다녀온 후에 박씨 부인이 마음을 다잡고 건강을 챙기면서 태교에 전념하였지만 이미 몸이 쇠해서 예전 같지는 않았다. 비탈이가 동네의 산파와 아낙들의 도움을 얻어서 정성으로 박씨 부인을 수발한 까닭에 달수를 꼬박 채웠지만 진통이 시작되면서 하루를 꼬박 세웠고, 몇 번이나 혼절하다시피 한 까닭에 실권이는 불안감과 초조함으로 마음을 진정시키지 못하고 좌불안석, 가시방석에 앉은 사람처럼 중문 밖에서 실없이 밤이슬을 맞았던 것이다.

아 아, 중문 밖으로 박씨 부인의 신음소리가 들려왔다.

"에구, 정신을 차린 모양이구먼."

마당에서 삼신할미에게 빌고 있던 산파가 미투리를 끌고 부랴부랴 방 안으로 들어갔다. 방 안에서 박씨 부인의 신음소리와 침착한 산파의 목소리가 연해 들려왔다.

"기운을 차리셔야 해요. 숨을 깊이 들이마셨다가 아랫배에 힘을 주세요. 자꾸 이를 무시면 나중에 고생하세요. 아랫배에 힘이 들어가지 않음, 헛기운만 낭비하는 것이니 숨을 참고 기운을 모으세요."

실권이는 발을 동동 구르다가 대문 밖으로 뛰쳐나가 산 위로 내달았다. 숨이 턱까지 차오르도록 산정으로 달리다가 멈춰서서 소나무 등걸을 잡고 숨을 돌리고 있으니, 동녘 하늘이 뿌옇게 밝아오고 있었다. 청하동을 끼고 도는 물 위로 뿌연 안개가 미세하게 피어올랐다. 그것은 한 덩어리의 구름이 되어 물 위에 뭉쳐졌다.

신선이 타고 다니는 구름 덩어리처럼 크게 뭉쳐진 안개는 생물처럼 미세한 움직임을 계속하였다. 그것은 마치 검은 먹 한 방울이 맑은 물 위에서 서서히 퍼져나가는 것처럼, 아니 하얀 물감 한 방울이 검은 먹물 속을 퍼져나가는 것처럼 서서히 대기 속으로 퍼져나가기 시작했다.

저녁연기가 대기로 퍼지는 것처럼 뭉쳐진 구름이 흩어지기 시작하더니 잠시 후에 커다란 은빛 바다가 되었다.

실권이가 서있는 산 위에도 젖빛 안개가 퍼져서 지척도 분간할 수 없을 정도가 되었다. 실권이도 대지도 숲 속의 나무도 풀도 그리고 실권이의 근심까지도 모두 안개 속으로 묻혀 온 세상이 흰 구름의 바다가 되어버렸다. 안개 속에 묻힌 실권이는 자신도 안개의 한 부분이 된 것처럼 느껴졌다. 안개와 더불어 대지의 숨결을 느끼고 천지의 기운을 숨 쉬고 만질 수 있을 것만 같았다.

실권이는 저도 모르게 버드나무 가지를 하나 꺾었다. 그리고 덩실덩실 칼춤을 추기 시작했다. 알 수 없는 일이었다. 희뿌연 안개를 가르며 칼춤을 추는 동안에는 겨울 새벽의 차가운 바람도 살갗으로 느껴지지 아니하고, 종잡을 수 없던 마음까지 차분하게 가라앉아 마치 자연과 사람이 하나가 된 것만 같았다.

텅 빈 고요 속에서 칼춤을 추던 실권이는 무아지경에 빠져들었다. 거기에는 아무런 잡념도 끼어들 공간이 없었다. 텅 빈 마음까지도 대지에 퍼져가는 안개가 되어 버린 것 같았다.

한동안 칼춤을 추던 실권이는 마침내 동작을 멈추었다. 뿌연 젖빛 안개 사이로 아이 우는 소리가 들리는 것 같았다.

응 아앙, 응 아앙.

짜랑짜랑한 울음소리가 산골짜기를 쩌렁쩌렁 울리고 있었다.

"아기씨를?"

실권이는 들고 있던 나뭇가지를 팽개치곤 살 맞은 뱀처럼 산 아래로 달음질쳤다.

"응애 응애 응애."

대문 안을 박차고 들어온 실권이는 중문 밖 마당에 우두커니 서서 아이 우는 목소리를 하염없이 들었다. 실권이의 눈에서 닭똥 같은 눈물이 뺨을 타고 주르륵 흘러내렸다.

'삼신할머니, 고맙구만유. 정말 고맙구만유.'

실권이가 손등으로 눈물을 훔치고 있을 때 사랑방 문이 열리더니 대야를 든 비탈이가 바깥으로 나왔다. 비탈이는 중문밖에 우두커니 서있는 실권이를 보곤 마당을 가로질러 중문 안에 멈추어섰다.

"뭐예요? 지금 우는 거예요?"

"아, 아녀. 내가 언제 울었다구 그래? 이게 다 땀이여."

실권이가 땀을 닦는 척하며 눈물을 닦았다.

"마님은 어떠셔?"

"말도 마셔요. 산파하고 저하고 마님의 배를 눌러서 아기씨를 꺼내다시피 했어요."

"그래도 괜찮은 겨?"

"산파가 그리하라는데 어째요? 마님하고 아기씨가 모두 위험하다는데 찬밥 더운밥 가릴 입장이 되야죠. 다행히 모두 무사하셔요. 마님은 기진맥진해서 주무시고 계시구, 아기씨는 두 눈을 초롱처럼 뜨고 둘러보시네요."

"그래? 그런데 뭐여? 도련님이여? 아씨여?"

"그건 알아 뭐하게?"

"아씨여?"

"그려. 아씨여."

비탈이가 퉁명스럽게 쏘아붙이자 실권이의 표정이 시무룩해졌다.

"당신은 아들이 좋지?"

"그럼. 대는 이어야 할 거 아니여."

"참말, 이걸 어떻게 말해야 할 지 모르겠네."

"무슨 말이여?"

"아씨께서 딸도 낳고, 아들도 낳으셨어."

"뭐? 지금 나 놀리는 거여?"

"아니에요."

"자네가 나를 무이 여기는 것은 알고 있지만 이런 일에까지 나를 놀리면 쓰나?"

비탈이가 근심어린 얼굴로 조용히 말했다.

"내가 당신을 놀리는 게 아녀요. 마님께서 도련님을 먼저 낳고, 그 다음에 따님을 낳으셨지 뭐예요."

"엉? 그럼 아들, 딸이 한꺼번에 태어났단 말이여? 그거 참 기이한 일이네."

비탈이가 고개를 끄덕이며 더욱 말소리를 죽였다.

"산파가 저한테만 말하길 이게 좋은 징조는 아니라고 합디다. 뱃속에서 남녀가 함께 나면 딸이 아들의 앞길을 막는다지 뭐예요? 산파 말로는 뱃속에서 먼저 나가려고 싸우느라고 출산이 늦어졌답니다."

"그런 말이 어디 있어? 손도 없는 집에 잘된 일이지 뭐!"

"이게 어떻게 잘된 일이에요? 산파 말로는 따님을 다른 곳에 보내야 도련님이 잘 될 거라 합디다. 한 배에서 아들딸이 함께 났으니 이런 일이 어디 있답니까? 산파가 불길하다고 불안불안해합디다."

"그런 민주스런 말이 어디 있어? 망할 노인네 같으니라구, 내가 혼을 내줄까부다."

실권이가 소매를 걷으니 비탈이가 눈짓을 하며 말했다.

"경사스런 날 왜 이래요? 밤새 뜬눈으로 지샌 노인네한테 엉뚱한 짓 했다간 내 손에 경을 치를줄 알아요."

비탈이가 몰풍스럽게 쏘아붙이곤 대야를 들곤 부엌으로 총총히 걸어가 버렸다.

"도련님과 아씨가 함께? 이거 어쨌든 경사났구먼. 경사났어."

실권이가 뒤늦게 제 아이 낳은 사람처럼 마당을 펄떡펄떡 제비를 넘으며 좋아하였다.

2

정오 무렵이었다. 실권이가 행랑방에서 개잠을 자고 있는데 비탈이가 실권이를 흔들어 깨웠다.

"이보세유. 이보세유……."

실권이가 자리에서 벌떡 일어나 입가에 묻은 침을 닦았다.

"왜 그래?"

"저녁 드세요."

비탈이가 개다리소반을 실권이의 앞에 놓았다. 실권이가 밥에 말은 미역국을 게 눈 감추듯 달게 먹고 비탈이에게 말했다.

"쇠고기가 들어가선지 미역국이 맛나구먼. 자네도 먹었어?"

"전 속이 메스꺼워서 찬밥에 물 말아 먹었어요."

"속이 안 좋아?"

"며칠 전부터 속이 메스껍네요. 장국 냄새를 맡으면 헛구역질이 나구."

“희안한 일이네. 자네 애 들어섰나?”

실없이 말을 하던 실권이의 두 눈이 휘둥그레졌다.

“정말 애 들어선 거 아녀? 말해봐. 애 들어선 거 맞지?”

비탈이가 고개를 끄덕거렸다.

“나도 이제 아버지 되는 거여?”

비탈이가 빙그레 웃으며 고개를 끄덕였다.

“허허허. 마님은 후사가 생겼구, 자네는 아이가 생겼으니 집안에 좋은 일만 생기는 것 같구먼. 참말, 그런데 마님은 어때?”

“산후에 기진맥진하셨다가 저녁 무렵부터 비로소 정신이 들어서 미음을 조금 드셨어요.”

“곡기를 드셨다니 무사하신 것 같구먼.”

“어제 하루 밤낮을 꼬박 기운을 빼 놔서 마님 얼굴이 말이 아니에요. 미음도 간신이 두 숟가락 뜨신 게 전부란 말이에요.”

“그려도 도련님과 아씨 보시고 좋아하시지?”

“그걸 말이라 해요? 얼마나 기다려 온 아기씨들인데 말이에요. 손가락을 만지시며 ‘이렇게 작은데 다섯 개가 다 있네’ 하고 신기해하시고, 작은 발을 보시고 ‘엄지손가락만하네’ 하시며 웃습디다.”

“그려?”

실권이의 얼굴에도 미소가 피어올랐다. 자신도 머지않아 그런 자식이 생길 것이니 말이었다.

“그렇잖아도 마님이 당신한테 심부름 하나 시키십디다.”

“무슨 심부름?”

“개성시장에 가서 은공장이한테 이것 좀 새겨오라 합디다.”

비탈이가 종이쪽지 하나를 주는데 하얀 것은 종이요, 검은 것은 글자라 까막눈인 실권이는 무슨 내용인지 알 길이 없었다.

"이게 뭐여?"

"도련님하구, 아씨 이름인데 옥 목걸이에 새기고 뒤편에 생년일시를 적어달라면 된다네요."

실권이가 알지도 못하는 글자를 보며 물었다.

"도련님 이름이 뭐여?"

"우치, 아씨 이름은 태임이랍니다. 당신하고 내가 혼인하던 날 주인어른께서 지어주신 이름이라네요. 그날 주인어른께서 마님의 맥을 짚으시며 농을 하셨다는데 지금 생각하니 이치가 있었다 하시며 두 아이를 내려다보며 눈물을 뚝뚝 흘리십디다."

두 사람이 숙연하여 잠시 아무 말이 없었다. 전유선이 있었다면 한 번에 아들과 딸을 두었다고 참으로 좋아했을 것이었다. 후사가 없던 터라 이런 경사에 즐거움을 누려야 할 주인어른이 자리에 없으니 기분이 되려 침울해졌다.

비탈이가 상을 들고 일어나며 말했다.

"산파 말이 마님께서 몸이 약해 산후발이를 조심하라 하십디다. 마님처럼 약한 분이 출산 중에 애를 먹으면 병이 들기 쉬우니 각별히 조심하랍디다. 나는 가서 마님 수발들 것이니 당신은 그만 쉬세요."

"자네도 눈 좀 부쳐야 되는 것 아녀? 뱃속에 애도 있는데……."

"내 걱정 말고 개성이나 잘 다녀오세요. 상목 두 필이면 되겠쥬?"

"귀한 옥에다 새기는 거니께 물어봐야 할 거구먼. 가서 시키고 나중에 지불혀도 될 것이고."

"은공장이가 얼씨구 거저 가져가라 하겠어요? 당신을 뭘 믿고 귀한 옥을 거저 준단 말이에요? 잔말 말고 상목 두필 가져가세요."

"알았구먼."

비탈이가 상을 들고 행랑방을 물러나갔다. 실권이가 비탈이에게 상목 두 필을 받아 나오다가, 비탈이 모르게 창고에서 쌀 한가마니를 지게에 짊어졌다. 쌀 한 가마니는 실권이가 작년 가을 추수 후에 쇠경으로 받은 것이었다.

작년 겨울에 개성 시장에 갔다가 가느다란 은으로 만든 실가락지 하나에 쌀 한가마니 쳐준다는 은공장이의 말이 생각났기 때문이었다. 은가락지는 비탈이의 소원이니 이번 기회에 소원풀이를 해줄 심산이었다.

실권이는 그 길로 개성 오십리 길을 한달음에 달려갔다. 은공장이의 집은 보정문 안 야교夜橋 근방에 있었다. 야교는 만부교라 불렸으나 태조 조에 거란의 사신이 가져온 낙타 30여 마리를 굶어 죽인 곳이라 하여 탁타교라고 부르기도 하였다.

실권이가 은공장이의 집으로 찾아가니 공장이가 방안에서 화로를 쬐면서 번쩍거리는 물건을 만들고 있었다. 실권이가 마당가에 지게를 내려놓고 슬그머니 방 안을 바라보니 장인이 만들고 있는 것이 은빛이 나는 장도였다. 머리를 땋은 어린 아이 하나가 그 옆에서 양각을 새기고 호박이 박힌 붉은 수를 다듬고 있었다. 귀한 은장도를 만드는 것으로 보아 이름 있는 세도가의 집에서 주문이 들어온 모양이었다.

"계시우?"

실권이가 부르는 소리를 듣고 일에 빠져 있던 은공장이가 고개를 돌렸다.

"무슨 일이요?"

"급하게 주문할 것이 있어서 왔구먼유."

"뭐요?"

실권이가 품속에서 종이 하나를 꺼내었다.

"옥 목걸이를 만들려고 하는데 거기에 쓰인 글자를 새겨 주셔유."

공장이가 종이를 물끄러미 바라보다가 말했다.

"쌍둥이를 낳은 모양이군. 그런데 성이 다른가?"

"예."

"기이한 일이군."

"얼마나 걸려유?"

"옥이야 집에 있으니 이름 새기는 거야 어렵진 않지. 날 저물기 전에 될 거야."

"은가락지두 하나 구할 수 있남유?"

"아, 그러고 보니 작년 겨울에 얼마나 하는지 물어봤지?"

"예. 쌀 한 가마니 가져왔구먼유."

"어쩌지? 은이 떨어져서 며칠 걸릴 것 같은데……."

"그건 담에 와서 찾아가지유. 옥 목걸이는 상목 두 필이면 되남유?"

공장이가 마당가에 세워진 지게를 보곤 고개를 끄덕였다.

"그럭하게. 옥 값으로 더 받아야 하는데 은장도를 구하는 손님이 셈을 많이 쳐줘서 선심 쓰는 걸세."

"고맙구만유."

은공장이가 은장도를 다듬다가 아이가 건넨 보석수를 받아서 끝에 다 마무리를 하였다.

"저건 보기에도 귀해 보이는구만유. 큰 대감댁으로 가는가 보쥬?"

"그렇겠지. 송방 송철주 어르신이 윤정승댁에 선물하시려는 물건이야. 장사를 하려면 뭐니뭐니해도 코밑으로 진상하는 게 제일이니까 말이야."

"아!"

실권이는 작년에 봉만이가 무슨 일이든지 관리들에겐 인정을 써야 손쉽게 뜻을 이룰 수 있다는 말을 생각해내었다.

작년에 실권이의 일 때문에 기찰포교가 개성까지 올라와 한바탕 들쑤셨다가는 한 달도 되지 않아 흐지부지되어 버렸다.

실권이가 설 이후로 인정을 마련해서 한양에 한번 내려갈 생각을 하고 있었는데 공장이의 말을 듣고 나니 서둘러야겠다는 생각이 들었다. 공장이가 완성한 은장도를 아이놈에게 건네주곤 목함에서 동그란 옥패 하나를 가지고 나왔다.

"한 배에서 두 사람이 나왔으니 평범하면 재미가 없겠지?"

은공장이가 망치를 가지고 한동안 뚝닥거리며 다듬더니 실권이에게 보여주었다.

"이거 어떤가?"

약간 타원형으로 생긴 옥패가 둘로 나눠어지면서 하나는 초생달 모양이 되고 하나는 둥근 모양이 되었다.

"남자는 양이니 해처럼 둥근 형상이고, 여자는 음이니 달처럼 기운

모양이네. 양과 음이 한배에서 나왔으니 붙이면 하나가 되고 떨어지면 둘로 나눠지네. 자네 보기 어떤가?"

"신기하네요."

실권이는 하나가 되었다가 둘이 되는 목걸이를 보곤 히쭉거리며 웃었다.

은공장이가 옥 목걸이를 나무틀에 넣어 고정시키곤 종이에 쓰여진 글귀를 가느다란 바늘 같은 끌로 새기기 시작했다. 돌이 쇠에 깎여서 각각거리는 소리를 내었다. 아이가 둥근 돌을 돌리자 바늘 같은 쇠가 맹렬하게 돌아갔다. 은공장이가 만들어진 옥 목걸이를 바늘 쇠에 대어 정교하게 구멍을 뚫은 후 몇 번을 다듬어 실권이에게 건네주었다.

따끈따끈한 옥 목걸이 두 개를 보던 실권이는 입이 함박만 해졌다. 솜씨 좋은 공장이가 만든 것이라 그런지 합쳐지면 하나가 되고 떨어지면 둘이 되는 기가 막힌 목걸이였다.

공장이가 실권이에게 목걸이를 빼앗아 한지에 정성스럽게 싸서 건네주었다.

"은가락지는 이삼 일 걸릴 것이니 아무 때나 시간나면 찾아오게. 만들어 놓음세."

"예."

실권이가 꾸벅 인사를 하곤 공장이의 집을 나오니 벌써 서산에 해가 기울고 있었다. 아직 낮이 그리 길어지지 않아서 실권이가 서대문을 나서서 한달음에 집으로 도착하니 어둑어둑한 저녁때가 되었다.

실권이가 대문 안으로 들어가니 집안이 쥐죽은 듯 고요하였다. 중문 안으로 들어가니 사랑 밖 댓돌 위로 미투리 몇 개가 놓여 있었다.

"누가 왔나?"

그때, 방문이 열리며 비탈이가 근심 어린 얼굴로 나오다가 실권이를 보았다.

"벌써 다녀왔어요?"

"응. 그런데 누구여?"

비탈이가 실권이의 소매를 끌고 사랑 중문 앞으로 끌고와 말소리를 죽이며 말했다.

"아기씨 젖이 안 나와서 말똥 어멈을 불렀어요."

"마님, 젖이 안 나와?"

"먹은 것이 있어야죠. 낮부터 새삼스레 부기가 생기고 열이 나는 것이 아니에요? 간간이 헛소리까지 하시는데 마님이 잘못되지나 않을까 걱정이에요."

비탈이가 붉어진 눈가를 닦았다.

"참, 시킨 것은 가져오셨어요?"

"응."

실권이가 허리춤에서 곱게 싼 한지를 꺼내주었다. 목걸이를 받은 비탈이가 실권이에게 물었다.

"저녁은 어떡하셨어요?"

"아직 못 먹었구먼."

비탈이가 실권이를 이끌고 부엌으로 들어가서 미역국에 밥을 말아 건네었다. 실권이가 우적우적 밥을 먹다가 돌아보니 비탈이가 아궁이 옆에 쪼그려 앉아 고개를 숙이고 있었다.

"자네가 고생이구먼. 애도 있는 몸인데 쉬엄쉬엄 하라구. 보는 내가 더 걱정이 되는구먼.”

“…….”

“내 말 듣는 거여?”

“…….”

대꾸가 없어서 실권이가 다가가보니 비탈이가 꼬박꼬박 고개를 떨구며 선잠이 들어 있었다.

“참말 고생이 많구먼.”

실권이는 비탈이의 자는 모습이 어여뻐서 살그머니 머리를 쓰다듬다가 남은 밥을 말아먹곤 부엌 바깥으로 나왔다.

하늘에 둥그런 달이 떠 있었다. 실권이는 둥근 달처럼 생긴 은가락지를 받고 좋아할 비탈이의 모습을 떠올리곤 빙그레 미소를 지었다.

3

"이봐요. 이봐요."

행랑방 문이 덜컥 열리며 비탈이의 얼굴이 나타났다. 짚을 꼬고 있던 실권이가 멍하게 바라보니 비탈이가 울먹이고 있었다.

"이봐요. 마님이 이상해요."

"뭐? 마님이?"

실권이가 자리에서 벌떡 일어났다.

"헛소리까지 하시며 누워계시던 마님이 간신히 몸을 일으키시더니 딴기적은* 말소리로 당신을 불러오라시네요."

실권이는 적이 안심이 되었다.

"나를 찾는다구? 마님이 회복되신 모양이구먼. 마님께서 나를 부르시는데 이상하다니? 그것이 뭐가 이상하단 말이여?"

* 딴기적은 : 기력이 약하여 힘차게 앞질러 나서는 기운이 없다.

비탈이가 고개를 내저었다.

“사흘 동안 곡기라곤 죽 몇 숟가락 드셨을 뿐이에요. 그런데 사람이 괜찮을 수 있겠어요? 아무래도 기분이 이상해요. 마님께서…….”

“이 사람 실없는 소리 하지 말어. 참 나.”

실권이가 핀잔을 주곤 행랑방을 나와 비탈이와 함께 내당으로 들어갔다. 사랑문 밖에서 실권이가 조용히 말했다.

“마님. 저여유. 실권이 왔구만유.”

“오. 실권이로구나. 어서 들어오너라.”

“제가 들어가도 되겠어유?”

“할 말이 있으니 비탈이와 함께 들어오너라.”

실권이는 박씨 부인의 또렷한 목소리에 옆에 있는 비탈이에게 눈을 부라리곤 안방으로 조심스레 들어갔다.

안방에서는 박씨 부인이 조용히 앉아 있었는데 비탈이의 걱정을 믿을 수 없을 정도로 단정한 모습에 실권이는 안심이 되었다.

마님은 부기 때문인지 얼굴이 통통해져 있었는데 바싹 마르고 수척한 것보다는 보기 좋았다. 마님의 좌측에는 어린 아기가 작은 몸을 뒤척이며 누워있었다.

마님은 아기의 얼굴을 물끄러미 내려다보다가 실권이와 비탈이를 바라보았다.

“아무래도 내가 더 살지 못할 것 같아. 낮에는 시부모님을 만나는 꿈을 꾸었어.”

“마님. 그런 말씀 마세요. 아기씨들을 생각하셔도 그런 말씀 마세요.”

실권이는 저도 모르게 손등으로 눈물을 닦았다. 비탈이는 소맷자락으로 눈물을 훔쳤다.

"남자 아이의 이름은 우치라고 하네. 옛날 우왕*이 물길을 다스려 천하 사람을 이롭게 하듯 후일에 여러 사람을 이롭게 하라는 뜻으로 서방님께서 지은 이름이네. 여자 아이의 이름은 태임으로 그 역시 사람을 이롭게 하라는 뜻으로 지었네. 자네가 가져온 목걸이를 아이들에게 걸어놓았으니 이름을 잊어먹지 말게."

박씨는 현기증이 나는 듯 눈을 감았다가 숨을 몇 번 고르고는 눈을 떠서 아이들을 내려다보았다.

앵두같이 붉은 입술을 오물거리며 누워 있는 우치와 태임을 물끄러미 바라보는 박씨 부인의 눈에서 수정 같은 눈물이 볼을 타고 흘러내렸다.

비탈이가 애원하듯이 말했다.

"마님, 마음 단단히 먹으세요. 도련님과 아씨를 생각해서라도 약한 마음 먹으시면 안 돼요."

박씨 부인이 천천히 고개를 들었다. 그 창백한 얼굴이 하얀 밀랍 같았다.

"내 몸은 내가 잘 알고 있네. 내가 자네들을 부른 것은 내가 없더라도 이 어린 것들을 친자식처럼 잘 돌봐달라는 것일세. 서방님이 돌아오실 때까지 내 대신 돌봐주게. 자네와 비탈이는 착하니 내 부탁을

* 우왕 : 고대 성군들 중의 하나로 흔히 요堯·순舜·우禹·탕湯의 네명 중에 물길을 잘 다스린 왕.

들어주리라 믿네."

실권이는 마님의 눈물과 마지막이 될지 모르는 말을 들으니 마음이 찡하게 아려와 손등으로 눈물을 닦으며 말했다.

"마님, 약한 말씀 하지 마세유. 몸이 불편하시면 누워 계셔유. 제가 얼른 가서 의원 어른 불러오겠구먼유. 약을 드시면 괜찮을 거구만유. 제가 당장 다녀오겠구먼유."

박씨는 고개를 좌우로 저었다.

"나중에 서방님께서 물어보시면 이야기해주게. 내가 서방님을 위해 최선을 다했다고 말이야. 부끄럽지 않은 아내가 되기 위해 최선을 다했다고 말이야."

박씨 부인이 비탈이에게 말했다.

"비탈아. 피곤하구나. 나 좀 뉘어주겠니?"

비탈이가 치맛자락으로 눈물을 닦다가 천천히 다가가 박씨 부인을 우치와 태임 옆에 눕혀주었다. 박씨 부인이 사랑스런 눈으로 아이들의 이마를 쓰다듬었다.

"이제 그만 나가보게."

실권이와 비탈이가 바깥으로 나오니 비탈이가 설움을 참지 못하고 미투리도 신지 않고 중문을 나가서 담벼락에 기대어 통곡하듯이 울었다.

실권이가 따라가서 소리쳤다.

"울긴 왜 울어. 초상이라도 났나? 마님께서 일시 마음이 약해지신 모양이여. 어서 들어가서 위로도 해드리구, 미음도 좀 드시게 하라구. 곡기를 못하니 저렇게 기운이 없으신 것 아녀. 자네는 울지 말고 마님 몸조리하는 데나 신경 쓰도록 혀."

"마님께서 마음이 약해져서 저러는 것이죠?"

"그려. 사람이 마음이 약해지면 별 생각이 다 드는 거잖우. 어여 들어가. 가서 수발이나 들고 있어. 나는 얼른 개성에 가서 의원나리 모시고 올 테니."

말을 마친 실권이는 부엌으로 들어가 홰 하나를 준비해서는 지게를 지고 밖으로 뛰어갔다.

반나절이 지나지 않아 실권이는 지게 위에 한 사람을 싣고 집으로 들어왔다.

비탈이가 대문 앞에서 발을 동동 구르며 기다리고 있다가 의원과 실권이를 내당 안으로 데려왔다.

"마님. 의원나리 모시고 왔어요."

허나 방안에서는 아무런 기척이 없었다. 비탈이가 토끼처럼 눈을 동그랗게 뜨고 실권이를 바라보다가 얼른 방으로 들어갔다.

"마님. 마님……."

갑자기 비탈이의 비명소리가 들려오자 실권이는 얼른 의원을 데리고 방으로 들어갔다. 방에는 박씨가 어린 우치와 태임을 안고 자는 듯 누워있었다.

"마님. 마님."

부인은 비탈이의 외침에도 깨어나지 않았다. 의원이 재빨리 박씨 부인의 맥을 짚었다.

"……."

한참을 눈을 감고 맥을 살피던 의원은 고개를 좌우로 설레설레 흔들더니 조용히 밖으로 나갔다.

실권이가 얼른 그를 따라 나가 물었다.

"마님의 병세가 어떤데 그러세유?"

의원은 눈을 감고는 조용히 말했다.

"이보게. 저 몸으로 어떻게 아직까지 살아 있는지 나로서는 이상할 따름일세."

"그게 무슨 말여유?"

의원이 머리를 좌우로 흔들며 말했다.

"방법이 없네. 장사 치를 준비나 하게나."

실권이는 의원의 멱살을 움켜잡으며 소리쳤다.

"그게 무슨 말여유? 장사 치를 준비를 하라니, 그게 무슨 되도 않은 말여유?"

"이 사람, 사람 잡겠구먼. 어서 이 손을 놓게."

의원은 실권이의 손을 풀며 조용히 말했다.

"자네가 흥분하는 이유는 알 만하네만 이미 부인께서는 수명이 다하여 마치 꺼진 재와도 같은 상태이네. 저리 허약한 부인께서 늦은 나이에 아기를 낳으셨으니 어찌 몸이 남아나겠는가? 건강한 젊은 여자들도 산후더침으로 죽는 일이 다반사인데 하물며 불면 날아갈 것 같은 연약한 부인께서 어찌 감당하셨을까? 아기를 낳으신 것만 해도 기적 같은 일이네. 더구나 곡기를 끊은 지가 사흘이 넘었다면서? 마님은 살 수 없으시네. 설사 화타*가 살아온다 해도 되살릴 수 없을 걸세. 내 능력으론 어림없는 일이야. 미안하네."

의원이 고개를 힘없이 떨구곤 문 밖으로 나갔다. 실권이는 멍하니 의원의 뒷모습을 바라볼 수밖에 없었다.

그날 밤, 의원의 말대로 박씨는 자는 듯 조용히 숨을 거두었다.

실권이와 비탈이를 불러 이른 말이 그녀의 마지막 유언이 되었다. 일가친척이 없어서 비탈이가 마을 아낙들과 함께 염습을 하고 뒷산 양지바른 곳에 장지를 마련하였다.

부인의 장례가 끝이 나자 사람들의 동정이 요절한 부인에서 남은 아이들에게로 옮겨갔다.

"불쌍한 어린 도련님과 아씨는 어떡한데?"

"하늘도 무심하시지. 태어난 지 나흘밖에 안 돼서 홀홀 단신 천애 고아가 되시다니 말이여. 불쌍도 하시지. 가시는 마님께서 불쌍한 아기씨들 생각에 얼마나 가슴이 아프셨을까?"

"억장이 무너지셨을 거여. 억장이. 돌아가실 때에도 아기씨들의 손을 잡고 계셨다면서?"

"명이 하늘에 달렸다지만 하늘도 참 무정하시지. 마님 같으신 분을 이리 빨리 데려가실 게 뭔가?"

"그나저나 홀로 남은 아기씨들만 불쌍하구먼."

마을 사람들이 수군거리는 이야기를 듣고 있던 실권이는 의분이 북받쳐 밖으로 뛰쳐나가 산으로 내달렸다.

실권이는 무예를 연습하던 송림 숲으로 뛰어가서는 큰 소나무를 주먹으로 내질렀다.

* 화타 : 중국 후한 말기에서 위나라 초기의 명의. 약의 조제나, 침, 뜸에 능하고 외과 수술에 뛰어났으며, 체조에 의한 양생요법인 '오금희'를 창안했다.

쿵, 하고 솔잎이 소낙비 떨어지듯 우수수 떨어져 내렸다. 실권이는 소나무를 부여잡고 이를 악물었다.

'나리를 찾아야 해. 나리를…….'

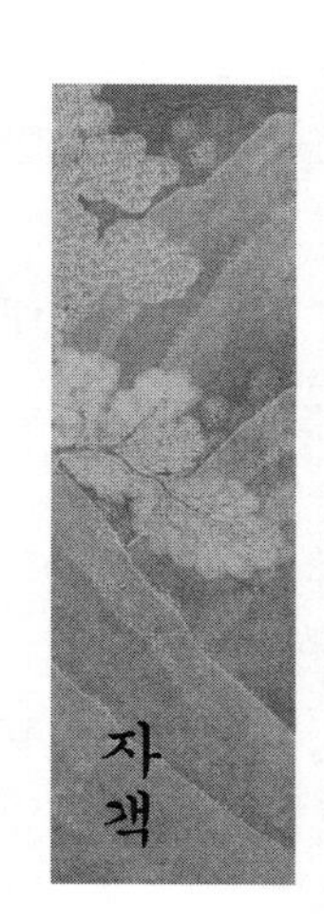

박씨 부인의 장례가 끝나고 얼마 되지 않아 실권이는 상목 한 동을 싸서 한양으로 출발했다. 전유선의 행방을 알아보기 위해서였다.

"도련님 잘 모시고 있어. 말똥 어멈한테 젖먹이는 거 잊지 말구. 봉만이가 옥쇄장이를 잘 안다 하니 상목 한 동이면 어떻게든 주인어르신 행방을 알 수 있지 않겠어?"

비탈이가 걱정스런 얼굴로 말했다.

"내가 들어보니 한양 건달들은 반주그레하게 속임질을 잘해서 눈 뜨고 코 베기 십상이라던데 반촌 형젠가 하는 사람들이 순진한 당신을 속이는 거 아녀요?"

"그런 소리 말어. 반촌 형제들 아니었다면 집에 돌아오지도 못했을 것이구먼. 그 사람들은 의리가 있는 사람들이구만."

실권이가 가슴을 두드렸다.

"세상이 험하니 조심하란 말이에요. 나는 새도 떨어뜨린다는 세도

대감집에 불나방처럼 뛰어들지 말고요."

"알았어. 내가 바본가? 두 번 실수를 하게?"

"당신을 보고 있으면 물가에 내놓은 아이 같아서 그렇죠."

"걱정 말어. 이제 얼마 안 있으면 나도 아버지가 되는데 설마 딴마음을 가지겠어? 더구나 이 집안을 누가 꾸려가는데 그래? 나 그만 가네."

실권이는 비탈이를 안심시킨 후에야 집을 나설 수 있었다.

"이번에는 주인어른의 행방을 반드시 알아서 올 거구먼."

실권이는 청하동을 나와서 그 길로 곧장 개성으로 향했다. 갑작스럽게 박씨 부인이 돌아가시면서 깜박 잊고 있었던 은가락지를 찾기 위해서였다.

실권이가 개성 은공장이에게 들러서 은가락지를 찾아 주머니에 갈무리하곤 개성 남대문을 나서 그 길로 장단을 지나 임진강 동파나루에 도착하니 짧은 해가 노루꼬리만큼 남아 있었다.

실권이가 주막집 봉놋방에서 요기를 시켜 하룻밤 묵으며 주모에게 돌쇠를 물었다가, 돌쇠가 작년 가을에 임진강을 떠났다는 이야기를 들었다. 사연인 즉슨, 황좌수의 끄나풀인 애꾸를 죽이고 야반도주했다는 것이었다.

돌쇠가 사라진 후에 황좌수는 인근의 어부들을 모두 수중으로 넣어서 정자포에 이르는 넓은 구역을 발아래에 두었는데 작년에 참게를 조정대신들에게 진상한 덕을 보아 한 달 전쯤에 능참봉이 되었다 하였다.

"재주는 곰이 부리고 재물은 사람이 먹는다더니 애꾸가 곰짝이 났지 뭐요? 죽은 놈과 힘 없는 놈만 불쌍하지 있는 사람들은 절대 손해 안 본다니까. 빌어먹을 놈의 세상."

주모가 술을 치며 하는 상소리를 들으며 실권이도 마음이 착잡하였다.

"돌쇠는 잡혔습니까?"

"잡히긴? 돌쇠가 완력 하나는 좋았지. 물길도 잘 알고 배도 잘 타니 어디로든 도망을 못 갔겠수? 지금쯤 어디서 잘 살고 있겠지."

밥 한 끼 같이하자던 약속을 다시 지킬 수 있을지 기약할 수 없지만 잡히지 않았다는 말에 안심이 되었다.

실권이가 그날 동파나루 주막에서 하룻밤을 보내고 다음날 아침 첫 배로 임진강을 건넜다.

임진강을 건너니 나루에 철릭 입은 별장과 포졸 대여섯 사람이 서서 기찰을 살피고 있었다.

눈빛이 매서운 별장 하나가 짐을 산처럼 지고 있는 실권이를 손짓하여 불렀다. 실권이는 가슴이 철렁하였다. 상목 짐 안에 몰래 가져온 인영도가 있었기 때문이다. 도검을 가지고 다니는 것이 금지되어 있던 터라 걸리기라도 한다면 한양은 고사하고 임진나루에서 봉변을 당할 판이었다.

"이게 뭐냐?"

"사, 상목 한 동이구먼유."

"어딜 가는 길이냐?"

"그, 그게……."

"이놈 봐라. 어디 가는 길이냐고 묻지 않느냐?"

별장의 눈매가 더욱 매서워졌다.

"어서 말하거라."

"그게……."

옆에 있던 포교가 눈을 부라리며 말했다.

"이놈. 우물거리는 것이 수상한데요? 뒤져볼까요?"

포교가 실권이의 등짐을 우악스런 손으로 잡아 바닥에 내려놓았다.

"뭐가 들었나 볼까?"

기찰 포교가 싱글거리며 등짐을 풀기 시작했다.

"하, 한양 윤정승댁에 가는 길이구만유."

실권이가 재빨리 대답하였다. 실권이의 뇌리에 순간적으로 은공장이가 만들던 은장도가 생각났던 것이다. 윤정승은 나는 새도 떨어뜨린다는 세도를 지녔으니 임진별장이 기찰을 하지 않으리라는 생각이 들었던 것이다.

"잠깐."

포교가 등짐을 풀려는 것을 별장이 얼른 막아서며 실권이에게 물었다.

"어디에서 가는 길이냐?"

"개, 개성 송방 송행수께서 인정이라고 보내는 물품이구먼유."

별장의 얼굴에서 미소가 피어올랐다.

"송방에서는 윤정승댁에 인정이 잦구나."

"그, 그러게 말여유. 얼마전에는 은장도도 보냈구만유."

"윤정승댁 막내아들이 며칠 전에 혼인을 하더니 뒤늦게 혼수예단으로 보낸 인정인 모양이구나."

"예. 그, 그런 모양이구만유."

"너 혹시 윤정승댁에 가거든 청지기 강씨한테 임진나루의 이별장이 한 번 놀러오란다고 말해다오. 어차피 윤정승댁에 가는 길인데 그 정도는 할 수 있겠지?"

"예. 그, 그게 뭐 어렵나유?"

"가도 좋다."

임진 별장이 실권이의 짐뒤짐을 하지 않고 보내주었다. 실권이는 임진나루를 벗어나서 길게 안도의 숨을 내쉬었다.

"나도 제법인데?"

실권이는 거짓말로 별장을 속인 것을 제 스스로 대견하게 생각하여 히쭉히쭉 혼자 실없이 웃으며 발걸음을 재촉하였다.

그동안 수련을 계속한 탓에 등짐을 실었을 망정 말 달리는 것처럼 빨랐다. 실권이가 파주를 지나 고양까지 쉰오 리를 걸어 점심참을 먹고 한양까지 서른일곱 리 되는 길을 쉬엄쉬엄 걸어오니 아직도 해가 중천에 걸려 있었다.

실권이는 사람들이 들락거리는 서대문으로 들어가서 큰길을 따라가다가 경복궁 앞에서 광화문과 해태를 구경하고, 종루 육의전 거리도 살피면서 물어물어 배고개를 넘어 반촌에 도착하였다.

이때가 땅거미가 내려앉기 시작하는 저녁 무렵이라 눈에 익은 주막집을 찾아가니 주막 주인이 실권이를 알아보고 행랑 옆방으로 데려와서 그동안 있었던 이야기를 해주었다.

실권이가 유자광의 집에 들어갔던 일로 포도청에서 기찰포교들이 대대적으로 수색을 벌였는데, 애매한 두꺼비 돌에 치인 격으로 반촌 형제가 방화에 연루된 행적이 포착되어서 이들이 구사일생으로 반촌을 떠나 어디론가 사라져버리고 말았다는 것이었다.

"나도 그 후로는 반촌 형제들을 못 봤수."

실권이는 자기 때문에 반촌 형제들이 횡액을 입어 떠났다는 것을 알게 되자 마음이 개운치 않았다. 그 뿐만이 아니었다. 반촌 형제가 없어지면 옥쇄장이와 선을 대어 전유선의 행방을 알아보려는 것도 물거품이 되어 버리고 마는 것이다. 선을 댈만한 사람이라곤 일면식이 있는 주모밖에는 없었다.

"이보슈, 주모. 내가 상목 한 동을 가져왔는데 일이 잘되면 그 중에 한두 필은 거저 드릴 수도 있구먼요."

"무슨 일인데 그러오?"

"작년 옥사에 주인어른이 관련이 되어서 귀양을 가셨수. 주인어른의 행방을 알고 싶은데 혹 아는 옥쇄장이가 있나유? 있으면 선 좀 대주시우."

"작년에 유대감 댁에 찾아간 것도 그 때문이우?"

실권이가 고개를 끄덕끄덕거렸다.

"알겠소. 내가 아는 사람이 있는데 지금 가서 알아봐 드릴 테니 이곳에서 꼼짝 말고 기다려 보시우."

"그러쥬."

주모가 방문을 나가서 미투리를 질질 끌고는 사립문 밖을 곤두박질하듯 뛰어나갔다. 주막을 벗어난 주모는 헐레벌떡 반촌을 벗어나 마전교를 지났다. 마전교를 넘어서면 너른 공터 앞에 수십 칸 와가가 있으니 이곳이 훈련원이다.

훈련원 수교 가운데 주모와 배가 맞은 사내가 있었는데, 주모가 실권이를 고발할 속셈으로 찾아온 것이다.

훈련원 앞에 창을 든 군졸이 주모를 알아보고 말했다.

"무슨 일인데 밑구녕이 빠지도록 뛰어오는 게요?"

"말도 마시게. 최 서리 계시우."

"오늘이 숙직이라 계시우. 그런데 최 서리는 왜 찾소?"

"최 서리든 된서리든 급한 일이니 불러만 주시우."

군졸 두 사람이 서로 얼굴을 마주보며 킥킥거리며 웃었다.

"웃을 일이 아니오. 급한 일이오."

군졸이 훈련원으로 들어가 최 서리를 데려왔다.

"무슨 일이야? 이 밤에?"

최 서리란 사내가 이를 쑤시며 대문간을 나왔다.

"말두 마시우. 지금 우리집에 작년에 유대감댁에 침입한 자객놈이 와있수. 냉큼 군사를 몰고와서 잡아가시우."

주모가 숨을 헐떡이며 말하자 최 서리란 자가 다시 물었다.

"그게 무슨 말이야?"

"귓구멍이 막혔나? 작년 유자광 대감댁에 침입한 자객놈이 지금 내 주막에 와있단 말이우. 그놈을 어서 잡아가란 말이우."

"정말인가?"

"온 입으로 바른 밥 먹고 헛소리하게 생겼수."

최 서리가 몸을 돌쳐 훈련원으로 들어가서 숙직중인 부정 윤탕로에게 말하니, 윤탕로가 참군 하사 세 명과 군졸 스무 명을 데리고 주모를 따라 가서 자객을 잡으라 일렀다.

"적당의 무예실력이 뛰어나니 방심해서는 안 된다. 사수 십여 명을 시켜 집을 둘러싸고 창수와 도수들이 들이쳐서 한 번에 사로잡아야 할 것이다."

"예."

참군 하사가 한손을 가슴 앞에 올려 복명하곤 군사들을 이끌고 훈련원을 나갔다. 이때는 날이 어두워져서 군사들이 횃불 다섯 개를 들었다. 훈련원 앞에 기다리고 있는 주모의 뒤를 따라 마전교를 넘어 반촌가로 난 길을 따라 올라갔다. 한참을 걸어가니 반촌이 나타났다. 훈련원 장교가 사수들을 둥글게 흩어지게 한 후에 군사 십여 명을 데리고 주막 안으로 들이쳤다.

방문을 박차고 들어간 방 안이 쥐죽은 듯 적막하였다.

"놈이 눈치를 채고 도망을 친 모양이다."

마당으로 뛰어나온 장교가 소리를 치자 둘러서있던 사수들이 모여들었다.

"놈이 한양으로 들어왔으니 독안에 든 쥐다. 너희 두 사람은 포도청으로 달려가 유대감을 노리던 자객이 들어왔다고 알리고 따로 유대감 댁에 기별하거라."

"예."

군졸 두 사람이 자개바람을 일으키며 주막을 나갔다.

"그 곰 같은 놈이 어떻게 눈치를 차렸을까? 참말 면목이 안 서네."

주모가 족제비 같은 눈을 깜박거리며 머리를 갸웃거렸다.

2

"한양 사람이 눈 뜨고 코 베어간다더니 그 말이 참말이구먼."

실권이가 국밥을 입안에 넣고 꺼귀꺼귀 씹으며 혼잣말로 중얼거렸다.

실권이가 멍하게 주모의 뒷모습을 바라보다가 갑자기 이상한 생각이 들었다. 반촌 형제밖에 모르는 사실을 주모가 알고있다는 것이 실권이는 이상하게 느껴졌다. 더구나 선뜻 사람을 시켜 알아봐주겠다며 부리나케 달려가는 모습이 실권이의 의심을 샀던 것이다.

실권이가 자리에서 일어나 상목 한 동과 봇짐을 둘러메고 사립문을 나가 뒤를 따라가보니 군졸이 있는 와가로 가는 것이 아닌가. 잠시 후 횃불을 든 군졸과 함께 반촌으로 가는 것을 보고 실권이는 일이 잘못된 것을 알았던 것이다. 실권이는 그 길로 배고개를 넘어 종루 거리로 내려왔다.

아는 사람도 없고, 대돌이 성님과 함께 갔던 무당의 집도 알아낼 길이 막연해서 골목길을 이리저리 걷다가 골목길 모퉁이에 반짝이는 주막의 등불을 보았다.

실권이가 열린 사립문 안으로 들어가니 마당의 평상 위에 술 먹는 사내가 둘 있을 뿐, 조용하고 적막한 주막이었다. 실권이가 봉놋방 툇마루 위에 짐을 내려놓고 주모에게 요기를 시키며 물어보니 관인방 모퉁이에 있는 주막이며, 길을 건너면 안국방이 바로 앞이라는 것이었다.

실권이는 봉놋방 한 켠에 자리를 잡고 장국밥 한 그릇으로 요기하고 막걸리 한 사발을 마시며 생각해보니 뭘 해야할지 막막하였다. 아는 사람도 없고, 더더욱 쫓기는 몸이라 내일이면 기찰이 심해질지도 모르는 일이었다.

월성을 하려해도 어디로 도망을 쳐야할지 알 수도 없을뿐더러, 상목을 한 동이나 가져와서 몸만 내빼 수도 없는 일이라 길게 한숨만 내쉬었다.

"연달아 한숨만 쉬는 것을 보니 근심이 대단한 모양이군. 내가 점이라도 봐줄까?"

아랫목에 죽은 듯이 누워있던 노인 하나가 천천히 자리에서 일어났다.

"뉘셔유?"

"나? 점쟁이여."

실권이가 호롱불을 들고 다가가니 하관이 쪽 빠진 염소수염의 노인이었다. 그는 눈을 감고 있었는데 아랫목에 중갓과 지팡이가 있는 것으로 보아 맹인 점쟁이 같았다.

"무슨 걱정이 그리 많기에 한숨인가? 내가 잠을 못 자겠구먼. 어떤가? 점을 한 번 봐줄까?"

"맹인이 무슨 점을 봐유?"

"어허, 자네는 장님에게 길을 물어보라는 속담도 모르는가? 맹인이 점을 보는 것이 오래되어서 고려 적부터 명과命課의 술術이 유명하였네. 세종 때는 경상도 하양현에 사는 김학서가 궁궐에 불려들어가 점을 보았고, 세조 때는 토산 사는 장득운이 유명하였지. 나도 나면서 눈이 안 보이는 천형을 타고나서 이렇게 명경수를 배워 호구에 풀칠하면서 다니는데 제법 신통하다는 소릴 듣는다네. 며칠 전에는 윤정승의 집에 불려가서 점을 봐주고 배불리 잘 얻어먹고 나왔는걸?"

"윤정승의 집에도 가보셨어유?"

"내가 이래봬도 제법 점을 잘 보는 판수란 말이야."

염소수염의 점쟁이가 어깨를 으쓱거렸다.

"윤정승의 점괘가 어떻데유?"

"목이 말라서 말을 더 할 수 없네."

실권이가 얼른 술상을 끌어당겨서 염소수염 점쟁이에게 술을 따라 바쳤다.

점쟁이가 막걸리 한 사발을 벌컥벌컥 마신 후에 입가의 술찌꺼기를 쓱 닦고는 말했다.

"윤정승의 점괘는 관록상고官祿上高 삼림사하三林下死라구, 관록은 높지만 삼림 밑에서 죽는다고 나왔지."

"그게 무슨 뜻인감유?"

"나도 모르지. 그러나 한 가지 분명한 건 윤정승이 오래 살지만 천수를 누리지는 못한다는 거야."

점쟁이가 상을 더듬어 막걸리병을 찾더니 사발에 술을 따라 홀짝홀짝 마셨다. 실권이가 점쟁이를 바라보다가 문득 생각하니 어쩌면 살아날 수 있는 방법이 있을 것도 같았다.

"그럼 제 점을 봐주세유."

"어떤 걸 봐주까? 사주를 봐주까? 아니면 앞으로 어떻게 될지 알아봐주까?"

"앞으로 어떻게 될지 알아봐주세유. 제가 무사하게 집으로 돌아갈 수 있을까유?"

점쟁이가 허리춤에서 산통을 꺼내더니 무어라 진언을 외며 흔들더니 실권이 앞에 내밀었다.

"뽑아봐?"

실권이가 뽑아보니 작은 대나무 산죽이었다. 점쟁이가 산죽을 빼앗아 엄지손가락으로 더듬거리더니 입을 열었다.

"생즉사生卽死 사즉생死卽生. 삶 중에 죽음이 있고, 죽음 중에 삶이 있는 점괘야."

"좋다는 말여유? 나쁘다는 말여유?"

"그건 나도 모르지. 점괘가 그렇게 나오는 걸 어떡하란 말이야."

"순 엉터리구만."

"막걸리 한 잔으로 점을 보면서 무슨 소리야? 윤정승은 내 점을 보려구 상목 열 필이나 주더군."

"저도 상목 열 필을 드릴 수 있구먼유."

"어허. 그렇게 재물이 많은 줄은 몰랐네. 그럼 자네가 상목 열 필짜리 점을 볼 텐가?"

"좋아유. 대신 허황되기만 하면 가만있지 않을 거구만유."

"허황되다니? 허허. 자네가 내 점괘를 못 믿나본데, 믿지 않을 거면 내 점을 볼 일두 없지. 난 상목 열 필 따윈 필요 없네."

점쟁이가 큰 소리를 치더니 등을 돌렸다.

"기가 막히는구먼. 싫음 마시우."

실권이가 술상을 빼앗듯이 가져와서 남은 술을 마시고 있는데 방문이 열리며 주모가 앙가발이에 술상을 받아와서 점쟁이의 옆에 앉아 콧소리를 내었다.

"호호호. 김판수 어르신, 일어나셨어요? 제 술 한 잔 받으시고 점 하나 봐주세요."

주모가 점쟁이에게 갖은 아양을 부리며 술을 치는데 그 모양이 보기 근지러울 정도로 가관이었다.

"자네가 내 점을 믿는가?"

"어머, 무슨 말씀을 그리 섭섭하게 하신데요? 장안에서 김판수 어르신 점이라면 팥으로 메주를 쑨다 해도 믿고, 소금 섬을 물로 끌래도 끄는 판인데 무슨 말씀이세요."

점쟁이가 흡족한 듯 턱수염을 쓸며 물었다.

"그래? 뭐가 궁금한가?"

"얼마 전에 도망쳤던 간난이 그년이 김판수 어르신 말처럼 돌아왔지 뭡니까? 고년이 바람이 들어서 꼬이는 사내를 따라갔다가 등을 치이고 와서는 방안에 틀어박혀 울기만 하는데 어쩜 좋을까요? 얼굴이 홀쭉한 것이 저렇게 놔두었다간 큰일나겠어요."

"큰일은 무슨, 가거든 샛서방이 나흘 안에 돌아온다고 말하게. 그 자의 아내가 어제 죽었으니 이제는 샛서방질 하지 않고 데려갈 거라구 말이야."

"아이구. 간난이 고년이 들으면 좋아하겠네요. 김판수 어르신 말이니 틀림없겠지요?"

"이를 말인가?"

"에구, 간난이 고년, 얼마나 좋을까. 간난이에게 이 좋은 소식을 알려줘야지, 더는 못 참겠어요."

주모가 엉덩이를 들썩거리다가 입이 간지러운 것을 참지 못하고 봉놋방을 나가버렸다.

실권이가 혼자 앉았다가 주모와 주고받는 이야기에 귀가 솔깃해져서 슬그머니 돌아앉아 맹인 점쟁이에게 다가갔다.

"저……."

"왜? 갑자기 마음이 동하는 모양이지?"

점쟁이가 도포자락을 감아 말며 몰풍스럽게 말했다.

"미안하구먼유. 화 푸세유. 제가 덩둘해서 그런 거니 용서하세유."

"구렁이를 구렁이라 하면 화낸다 하더니 곰을 곰이라고 하는 사람이 다 있구먼."

점쟁이가 기분이 풀려서 실권이의 술잔을 받았다.

"이거 하나만 봐주세유. 제가 어떡하면 주인어른을 만나뵐 수 있을까유?"

"뽑게나."

점쟁이가 내민 산통에 있는 산대 하나를 실권이가 뽑았다.

"유씨 성을 가진 집에 찾아가면 되네. 그럼 자네의 소원이 이루어질 걸세."

"유씨 성?"

실권이가 생각하는 유씨 성을 가진 집이라면 유자광의 집밖에는 없었다. 유자광의 집에 가면 주인어른이 있다는 말처럼 들렸다.

"그게 참말이지유?"

"내 점괘를 아직도 못 믿는 모양이지? 찾아가면 사는 수가 생기고, 찾아가지 않으면 죽는 수가 생기니 다른 도리가 없네."

"그게 무슨 말씀이셔유?"

"자네 점괘가 참으로 묘하단 말일세. 자네가 찾으려하면 사는 수가 생기고, 자네가 찾으려하지 않으면 죽는 수가 생기니, 자네가 살려면 주인을 찾아나서야 하고, 자네가 죽으려면 주인을 찾아나서지 않아야 하는 점괘일세."

점쟁이가 밑도 끝도 없는 말을 중얼거렸다. 실권이가 유자광의 집을 찾아가기로 마음을 먹은 다음에 점쟁이에게 물었다.

"그럼 제가 찾아나서면 아무 탈이 없는 거쥬?"

"그렇다니까. 자네가 찾으러 나간다면 무사히 집으로 돌아간다고 나오네. 단 물 가운데 다섯 개 구멍에 사는 길이 있네."

"물 가운데 다섯 개 구멍이라니요? 물이면 물이지 다섯 개 구멍은 또 뭔가유?"

"점괘에 그렇게 나오는 것을 난들 어쩌나?"

"어쨌든 어르신 말씀은 제가 살 수 있다는 거쥬?"

"그렇지. 사는 운이지."

"그럼 안심이구만유. 그런데 어르신 성함이 어떻게 되시남유?"

"나? 내 이름은 김숙중이라 하네. 그런데 자네가 정말 상목 열 필을 줄 텐가?"

"예. 까짓거 주인어른을 만날 수 있다면 상목 열 필도 적지유."

"거! 보기보단 화통한 사람일세. 자네, 나중에 복 받을 걸세."

점쟁이가 허리춤에 산통을 갈무리하곤 술 한 사발을 실권이에게 건네었다.

3

어스름 초승달이 방문 틈으로 희미한 일자를 만들었다. 눈을 감고 있던 실권이는 자리에서 몸을 일으켰다. 아랫목에 술에 취한 김숙중이 곤하게 잠이 들어있을 뿐이라 방 안은 괴괴하였다. 실권이는 상목 사이에 숨겨놓았던 인영도를 꺼냈다.

가죽 칼집에 감추어진 묵직한 인영도를 등에 짊어지고 실권이는 조용히 방문을 나섰다. 미투리를 신고 마당을 나온 실권이는 닫힌 사립문을 훌쩍 뛰어넘었다.

멀리 사경四更*을 알리는 야경꾼들의 목책 소리가 간간히 들려왔다. 큰길로 나서니 길목 곳곳에는 순라군들이 횃불을 환하게 밝혀놓고 서성거리고 있었다. 순라군은 도둑, 화재 등을 경비하기 위하여 밤에 궁중과 서울 장안을 순찰하던 군인들이었다. 한양 성중에서는

* 사경 : 하룻밤을 오경으로 나눈 넷째 부분, 새벽 한 시에서 세 시 사이

이경二更*부터 오경五更*까지 통행이 금지되었으므로 이 사이를 순시하기 위하여 순라군을 배치하였다.

궁궐 안은 오위五衛의 위장衛將 또는 부장部長이 군사 십여 명을 거느리고 순찰하였고, 서울 주변은 충의위忠義衛·충찬위忠贊衛·충순위忠順衛·족친위族親衛·내금위內禁衛 등의 군사가 두 패로 나누어 순찰하였다.

사대문四大門에는 따로 상호군上護軍·대호군大護軍·호군護軍 중의 한 명과 정병正兵 다섯 명을 배치하였다. 좌·우 포도청에서는 각각 패장牌將 여덟 명, 군사 예순네 명을 지정하여 순찰케 하였고, 훈련도감·어영청·금위영에서는 윤번으로 패장훈련도감 9명, 금위영 7명, 어영청 8명과 군사를 뽑아 교대로 순찰을 담당케 하였는데 야간통행 위반자는 경수소에 구금하였다가 군영에서 곤장 형벌에 처하였다.

길목마다 군졸들이 쫙 깔린 것을 보자 실권이는 내심 걱정이 되었다.

'점쟁이 말로는 괜찮다 했는데, 그냥 돌아가버릴까? 아니여, 장부가 칼을 뽑았으면 썩은 무라도 베야 할 것이 아니여? 그리고 홀로 남겨진 도련님과 아씨를 위해서라도 마음 약해지면 안 되지. 점쟁이 말처럼 나리를 빨리 만날 수 있다하지 않어?'

실권이는 생각을 고쳐먹고 순라군이 딴청을 피우는 틈을 살펴 공중으로 몸을 날렸다. 실권이가 한양에서 돌아와 반년이 넘도록 한마

---

* 이경 : 하룻밤을 오경으로 나눈 둘째 부분, 밤 아홉 시에서 열한 시 사이
* 오경 : 새벽 세 시에서 새벽 다섯 시 사이

음으로 무예 연습에 몰두하다보니 지금은 예전의 실력을 훨씬 뛰어넘고 있었다. 그는 가볍게 순라군들의 머리 위로 날아올라 어두운 나무 위로 몸을 감추었다.

"이봐! 금방 머리 위로 뭔가 지나가는 것 못 봤나?"

포졸 하나가 공중을 두리번거리며 곁에 있는 동료에게 말을 걸었다.

"글쎄 찬바람이 휙 지나간 것 같은데 혹시 귀신 아닌가?"

말을 받은 포졸이 익살스럽게 대답하자,

"그러지 말게. 괜히 으스스해지네."

하며 포졸이 몸을 으스스 떨었다.

"그건 그렇고 아닌 밤중에 홍두깨라구 포도청에서 갑자기 순찰을 늘리라니? 아무리 나는 새를 떨어뜨린다 하지만 궁궐을 지키는 금위영까지 동원되다니 이게 말이 되는가?"

"그러게. 지금쯤은 마누라 엉덩이나 두드리며 뜨뜻한 아랫목에 누워있을 텐데 말이여. 하여간 힘은 있고봐야 된다니께."

포졸 하나가 입맛을 다시며 중얼거리자 옆에 있던 포졸이 맞장구를 쳤다.

"그려 그려. 아! 따뜻한 방이 그립네. 마누라 치마폭이 그리워. 어흐흐. 날씨 한번 춥기도 하다."

실권이는 그들이 한눈파는 틈을 타서 나무에서 내려와 어둑어둑한 골목길을 달려갔다. 순라군을 피해 다니던 실권이는 큰 솟을 대문 앞에 횃불이 즐비하고 군관들과 포졸 십여 명이 삼엄하게 지키고 있는 집을 발견하였다.

대문이 눈에 익었다. 작년에 실권이가 간신히 도망을 쳤던 유자광의 집이 틀림없었다. 실권이는 품속에서 천을 꺼내어 얼굴을 감쌌다. 그러고는 조심스럽게 좌우를 살피다가 담장에 드리워진 그림자 사이로 숨어 담장을 따라 돌았다.

저편 모퉁이에서 횃불을 든 군사 서너 명이 다가오고 있었다. 실권이는 서까래를 잡고 가볍게 담장을 넘어 유자광의 집 안으로 숨어들었다.

바깥의 형세와는 다르게 유자광의 집 안은 쥐 죽은 듯 고요하였다.

너무나 조용하여 기분이 썩 좋진 않았지만 기왕 내친걸음이라 망설임 없이 과거에 유자광을 만났던 곳을 찾기 위하여 지붕으로 훌쩍 뛰어올랐다.

구름이 많은데 초승달빛조차 미약하여 숨어들기에는 문제없어 보였다. 실권이는 도둑고양이처럼 날쌔게 몸을 움직여 지붕과 지붕 사이를 뛰어다니며 눈에 익은 장소를 찾아보았다. 첩첩한 지붕들을 넘어 넓은 마당이 있는 건물의 지붕 위로 올라섰을 때 실권이는 담장 아래 매복해 있는 포졸들과 유자광의 사병들을 발견하고는 재빨리 몸을 숙였다. 실권이가 몸을 낮추어 가만히 살펴보니 후원 뜨락 어두운 그늘에도 한 무리의 병사들이 매복하고 있었다.

'이곳이구먼. 여기가 유자광의 처소가 맞구먼.'

실권이가 사방을 살펴보니 사병들과 포졸들이 곳곳에 그득하게 매복해 있었는데 경계가 매우 삼엄하였다. 구름 속에 있던 달이 모습을 드러내었다.

지붕 위에 있던 실권이는 즉시 몸을 낮추어 기와에 납작 엎드렸다.

바로 그때, 기와에 끼어 있던 자갈 하나가 또르르 굴러 내려갔다. 실권이가 잡으려고 얼른 손을 내밀었지만 발 없는 자갈은 또르르 소리를 내며 기왓장을 타고 내려가더니 마침내 땅바닥으로 떨어지고 말았다.

딱, 하고 떨어지는 돌멩이가 유자광의 자명고였다. 섬돌 위에 떨어진 돌멩이가 무거운 정적을 요란하게 깨뜨렸다. 후원 뜰과 담장 아래에 매복하고 있던 군졸과 유자광의 심복 사병들이 지붕을 쳐다보았다. 희미한 달빛에 지붕 위에 엎드려 있는 사람의 모습이 드러났다.

"자객이다."

"자객이 지붕에 있다."

군졸과 사병들이 마당으로 우르르 몰려나왔다. 이내 사방에서 횃불이 타올라 대낮처럼 밝아졌다. 중문이 벌컥 열리더니 한 무리가 어디서 가져왔는지 긴 사다리를 지붕에 걸치고 지붕으로 올라왔다. 몇몇 포도군관들은 담장 기와를 차고 지붕으로 훌쩍 뛰어 올라와 실권이를 포위하였다.

'망할 점쟁이 놈. 사는 수가 생긴다더니 개코로. 죽을 수밖엔 안 보이는구먼.'

훈련원에서 나온 군관이 유자광의 집에 보고를 올린 탓에 군사들을 매복하여 자객을 대비하고 있던 참이니 실권이는 독안에 든 쥐 신세요, 호랑이 굴로 들어온 사슴이나 진배없었다.

안국방 입구부터 순라군들을 세운 것이 바로 그 때문이었다. 어리석은 실권이는 그때에도 이런 사실을 눈치채지 못하였으니 머리가 나쁘면 몸이 고생한다는 옛말이 이를 말이었다.

실권이는 일이 그르게 되자 포도군관들을 향하여 뜯어놓은 기왓장을 던졌다. 그러나 미리 대비하고 있던 군관들이 이에 맞을 리 없어서 지붕으로 올라오던 말단 군졸들이 애꿎은 기와 세례를 받아 추풍에 낙엽 떨어지듯 우르르 사다리에서 떨어졌다.

"이놈! 간도 굵구나. 여기가 어디라고 이곳에 침입했느냐?"

그중 우두머리인 듯한 군관이 위엄 있게 소리치고는 주위의 군관들에게 명했다.

"뭣들 하는 게냐. 어서 저놈을 잡지 않고!"

호령이 떨어지자 군관들이 실권이를 향해 달려왔다. 경사진 지붕 위에서 달려오는 군관들의 몸놀림은 제비처럼 가벼웠는데 실권이는 그들의 몸놀림을 보자 수박의 고수들이라는 것을 직감하였다.

유학을 중시하는 경향이 선초부터 이어 내려오는 통에 무학을 익혀 무관으로 벼슬길에 오르려는 사람보다 문관으로 진출하려는 양반들이 많아져 이를 고심하던 태종 이방원은 자신의 제위 8년1408년에 무학을 장려하기 위해 무과를 실시하고 용호방龍虎榜이라 일렀다. 무과 시험 과목은 무예와 무경을 함께 보았는데 이것은 숭문언무崇文偃武 정책으로 무관들의 수준을 높이기 위한 것이었다.

태조 때부터 시작한 무과초시는 3년에 한 번씩 식년이 되는 그 전해의 가을에 실시하여 중앙은 훈련원에서 70명, 지방은 각 도에서 200명을 선발하였다. 이들의 시험과목으로는 목전木箭, 철전鐵箭, 편전片箭, 유엽전柳葉箭 같은 궁술과 기사騎射, 기창騎槍, 격구 같은 마상무예와 창술, 수박 등을 보았는데 합격한 이들은 다음해 봄에 한양에 모여 병조와 훈련원의 관장 아래 무과복시를 쳐 280명을 뽑았다. 이

때는 무예와 아울러 사서오경 중의 한 과목, 무경칠서 중에 한 과목, 기타 육서 중의 한 과목을 선택하여 강서와 아울러 시험하였는데 여기서 합격한 이들은 다시 임금이 친히 참석하여 시험하는 무과전시를 치게 되어 각자의 무예를 보이고 기격구와 보격구를 시험한 후에 성적순으로 갑과 다섯 명, 을과 다섯 명, 병과 스무 명의 등급을 정하여 갑과의 수석자는 장원이라 하여 정6품, 차석은 방안, 삼위는 탐화라 하여 각각 정7품, 을과는 정8품, 병과는 정9품의 품계를 주었다.

그러나 학문이나 무예나 한 가지만으로도 한 사람이 평생을 공부하는 것이 힘든 일인데 문무를 겸한다는 것은 너무나도 어려운 일이 아닐 수 없었다. 때문에 문무겸전하는 이는 가뭄에 콩나듯 하는 형편이라 할 수 있었다.

한편으로 무과는 향리나 양인 같은 계급이 응시할 수 있었기 때문에 양반계급에게만 응시를 허락하는 문과에 비해 격이 낮게 인식되었다. 무예 실력이 뛰어난 하층계급의 응시자는 대부분이 천자문조차 깨치지 못한 까막눈이라 제아무리 날고 기는 무술을 가졌어도 2차 시험인 무과복시에서는 자신보다 못한 양반들에게 밀려 떨어지는 결과를 낳았다. 때문에 하급 장교들의 무예는 무과별시에 합격한 이보다 더 뛰어난 사람들이 많았다. 또한 이들은 무예를 평생의 업으로 삼고 어릴 때부터 수련한 사람들이 많았기 때문에 실권이의 입장에서 보면 어느 누구보다 무서운 인물들이었다.

실권이는 상대방을 가늠하기 위해 그 자리에서 움직이지 않고 상대방을 응시하였다.

실권이를 둘러싸고 있는 네 명의 사내는 금위영과 어영청의 최고수들로 장안의 수많은 군인들 중에서 이들과 버금가는 무예를 가진 이가 없었다. 중앙에 호령하는 인물은 훈련원 군관으로 실력으로 치자면 네 명의 아래에 있었지만 양반이고 줄을 잘 대어서 진급한 자였다.

네 명의 장교들은 괴한의 몸에 빈틈을 발견할 수 없어 그 자리에서 관망하며 빈틈을 찾았다. 한동안 갑갑한 상황이 계속되자 가운데 있던 군관이 칼을 뽑으며 호령했다.

“무얼 하느냐? 어서 저놈을 잡아라.”

고수와 고수 간의 싸움은 예측하기 힘든 것인데 상관의 호령에 어쩔 수 없이 공격한 한 명의 장교가 실권이의 도끼질에 어깨를 맞고 지붕 아래로 떨어졌다. 도끼질이란 손을 마치 도끼로 내려찍듯이 사용하는 수법으로 목덜미를 내리칠 때 사용하는 방법이었다. 상대편 사내 역시 수박의 고수인지라 활갯짓으로 급소를 피하며 부득이 지붕 아래로 떨어진 것이다.

지휘하던 훈련원 군관은 네 명의 장교들이 일당백의 고수들이라 저대로 의기양양한 마음에 반드시 자객을 쓰러뜨릴 것이라 생각하고 있었는데, 한 장교가 허무하게 지붕 아래로 떨어지는 것을 보고는 황망히 실권이를 쳐다보았다.

장교 세 사람은 실권이의 주위를 돌며 빈틈을 찾았다. 왼편에 있던 장교 하나가 갑자기 복호세伏虎勢로 실권이의 허리를 향해 오른 주먹을 날렸다.

실권이는 몸을 살짝 비틀며 왼발을 오른쪽으로 옮겨 방위를 틀었다. 그러자 오른쪽에 있던 군관의 오른발이 어느새 실권이의 머리를 향해 날아오고 있었다. 실권이는 깜짝 놀라 허리를 뒤로 휘며 다시 오른발을 왼쪽으로 한바퀴 돌려 오른발의 방위를 왼쪽으로 틀었다. 그러나 경사진 지붕의 기와 위라 발이 걸려서 만변행신법이 제대로 시전이 되지 않았다. 더구나 세 명 모두 택견과 수박의 고수들이라 실권이는 공격다운 공격도 하지 못하고 어려움을 겪었다. 이때 군졸들이 사방에서 사다리를 타고 올라와서 주위에 몰려들었다.

실권이는 지붕 위에서 몸을 날려 앞마당으로 뛰어내려 바닥을 굴렀다.

"어딜 가려느냐?"

세 명의 장교들이 실권이의 뒤를 쫓아 마당으로 뛰어내렸다. 모두들 떨어지는 기세를 늦추기 위해 몸을 굴렀다가 벌떡 일어나 실권이를 포위하였다. 지붕 위로 올라간 군졸들은 닭 쫓던 개처럼 멍하니 이들을 바라보다가 다시금 사다리를 타고 우르르 내려왔다.

자객이 들었다는 소문이 이미 퍼져서 집 주위에는 몇 겹의 군졸들이 횃불을 밝히며 실권이의 도주로를 차단하고 있었고, 마당에는 실권이와 세 명의 장교가 빈틈을 노리며 대치하고 있었다.

'망할 점쟁이. 나를 속였구먼!'

실권이는 진퇴양난의 처지가 되자 답답한 마음에 눈물이 날 것만 같았다. 아무리 생각해봐도 맹인 점쟁이에게 속은 것 같았다. 주모와 짜서 자신을 죽음에 이르게 한 것이라 생각하였다.

"뭣들 하는 게야? 저 역적놈을 사로잡지 않고."

훈련원 군관의 호령에 덩치 큰 장교 하나가 팔을 펼치며 달려들었다. 그러나 아무도 거칠 것이 없는 넓은 마당에서 자유롭게 만변행신법을 사용할 수 있는 실권이에게 그들의 공격은 더 이상 무서울 것이 없었다. 실권이는 펄쩍 뛰어 호령을 하던 훈련원 군관에게 다가갔다.

몸을 피하려던 군관이 몸을 돌리는 순간 실권이가 그의 허리를 거푸딴죽비비기으로 강하게 내질렀다.

훈련원 군관이 공처럼 데굴데굴 굴러 섬돌 아래에 처박히고 말았다. 그는 비명도 제대로 지르지 못하고 일격에 정신을 잃고 말았다. 남은 세 장교들이 실권이를 품자 모양으로 둘러싸고 날카로운 눈빛을 번뜩이며 당장이라도 공격할 기세를 취하였다. 이들의 뒤에는 칼을 든 유자광의 호위병들이 둘러싸고 있었고, 담장 위에는 궁수들이 올라가서 당장이라도 활시위를 당길 기세였다.

"이놈!"

장교 하나가 돌개질을 하면서 공중에서 실권이를 걷어찼다. 실권이는 왼쪽으로 방위를 튼 후에 낭심음낭을 향해서 강하게 후려 찼다. 장교가 깜짝 놀라 공중으로 솟구치며 두 손으로 막았지만 벼락 같은 실권이의 강한 발차기를 이기지 못하고 거품을 물며 쓰러졌다.

이 순간을 놓치지 않고 또 한 장교가 두발당성으로 실권이의 얼굴을 노리며 차들어왔고, 다른 장교는 낚시걸이로 실권이의 발을 막았다.

진퇴양난의 처지에 놓인 실권이는 돌개질로 발차기를 피하고 낚시걸이한 사내의 허벅지를 두 발로 찍으면서 그 반동으로 뛰어올라 내차기로 그의 얼굴을 내질렀다. 이것은 눈 깜박할 사이에 일어난 일로서 한순간에 두 명이 쓰러지자 남은 한 명의 장교는 자신의 눈을 의심하였다. 보고도 믿을 수 없는 일이었지만 눈앞에 보이는 일은 실로 현실이었다.

금위영과 어영청의 최고수가 한 사람에게 순식간에 짓밟히자 남은 장교는 싸울 마음이 없어져서 서서히 뒤로 물러섰다. 상수의 시작은 안력이니 상수를 알아차리는 눈을 키우는 데에서 시작하는 것이다. 하수가 상수를 보는 눈이 없다면 박살나는 것이 당연한 일이었다. 하수가 박살나지 않는 방법은 상수와 싸우지 않는 수밖에 없었다. 더구나 그가 상수의 차원이 아닌 고수라면 더욱더 싸우지 않는 방법을 택해야 하는 것이다. 장교가 베 바지 방귀 새듯 슬그머니 물러서자 뒤편에 있던 유자광의 심복 무사들이 칼을 빼어들고 달려들어 실권이를 둘러쌌다.

실권이는 횃불 빛에 반사된 서슬 푸른 칼날을 보고 등에 메고 있던 인영도를 뽑아들었다. 때를 같이하여 한 사내가 검을 아래로 휘두르며 실권이의 다리를 향해 찔러왔고 반대쪽의 사내는 가슴을 향해 찔러 들어왔다. 이것은 유자광이 병법의 원진圓陣에서 따와서 자객을 대비하기 위하여 만든 진법으로, 가운데에 있는 적의 아래와 위, 왼쪽과 오른쪽을 번갈아 공격하며 둥근 진을 형성하는 것이었다.

실권이가 오른쪽을 향해 방위를 틀자 나머지 두 명이 그 방위를 향해 다시 찔러 들어왔다. 실권이는 만변행신법에 의존하여 가까스로 몸을 피했으나 예상치 못한 방위로 두 개의 칼이 찔러 들어왔다.

실권이가 인영도를 크게 휘둘러 칼을 막자 불꽃이 일어났다.

무사들의 네 개의 칼날이 상하 좌우로 짝을 이루어 실권이의 몸으로 정신없이 찔러 들어왔다.

실권이는 몇 번의 죽을 고비를 넘기면서 처음으로 휘둘러보는 인영도가 익숙해졌고, 차차 진법의 변화가 눈에 들어오기 시작했다.

실권이는 좌우로 날아오는 검 가운데에 몸을 피할 수 있는 각도의 검은 놔두고 피할 수 없는 검을 향해 인영도를 내리쳤다.

화풍검영花風劍影이란 초식이었다. 날렵하지 않은 인영도가 날렵하게 검을 때리자 검을 든 무사들이 얼굴을 찡그리며 한 걸음 물러났다. 무거운 무게가 부딪히면서 손이 저려왔기 때문이다. 인영도를 휘둘러 막을수록 상대편의 무사들은 손이 저려 검법이 흐트러졌다.

순식간에 실권이의 열세가 우세로 바뀌었다. 자신감과 힘이 실린 인영도는 엄청난 위력을 발휘하였다. 무사들이 휘두른 검이 인영도에 부딪힐 때 불꽃이 일어나며 무처럼 잘린 반 토막이 바닥에 낙엽처럼 떨어졌다.

"이럴 수가 ……."

경악한 무사들이 반 토막이 난 검을 들고 서로의 얼굴을 마주보았다.

홀로 남은 장교가 상황이 여의치 않은 것을 깨닫고 손을 치켜들었다.

"뭣하는 게냐? 궁수들은 준비하라."

둘러선 무사들이 일제히 뒤로 물러났다. 사방의 담장 위에서 활을 든 궁수들이 실권이를 향해 시위를 겨눴다. 실권이는 눈앞이 막막하였다. 세 방향에서 날아오는 수십 개의 화살을 귀신이 아닌 다음에야 무슨 수로 피할 수 있을 것인가.

'망할 점쟁이 같으니!'

공연히 김숙중이라는 맹인 점쟁이에 대한 원망이 솟았다. 아직 실권이의 주머니에는 비탈이에게 건네지 못한 은가락지도 있었다. 또 비탈이의 뱃속에 있는 자신의 아이도 생각났다. 보리를 수확할 때가 되었다는 것도 생각났고, 봄에 파종하여 모를 낼 일도, 밭을 갈아 무나 배추, 콩을 심어야 할 일도 떠올랐다. 아직 할 일이 산더미처럼 쌓였는데 이제 죽어야한다니 실권이는 왠지 억울하고 분한 마음에 눈시울이 뜨거워지며 눈물이 솟았다.

'망할 점쟁이, 사는 수가 생긴다더니. 주인어른을 만날 수 있다더니, 이제 끝이로구나!'

실권이가 담장에 둘러선 궁수들을 바라보며 길게 한숨을 내쉬었다. 손을 든 장교가 명령을 내리려 할 때였다.

"멈춰라!"

시위를 당기던 궁수들과 군관의 눈이 목소리가 나는 곳으로 향하였다. 서편 담장으로 난 문에 한 사내가 긴 창을 들고 서있었으니, 바라보던 장교의 눈이 커지며 그의 고개가 땅바닥에 닿을 정도로 굽혀 내려갔다.

"무령군 대감께서 어쩐 일로?"

"내가 처리하겠다."

"대감께서 직접 처리하신단 말씀입니까?"

"저 놈은 내가 처리해야 한다."

눈에 익은 얼굴. 작년에 실권이가 싸웠던 바로 그 유자광이었다.

유자광은 날카로운 눈초리로 실권이의 손에 들려 있는 도검을 뚫어지게 바라보다가 입을 열었다.

"그것은 인영도 아니냐?"

"그, 그걸 어떻게?"

유자광은 눈빛을 반짝거리며 입가에 차가운 미소를 지었다.

"오! 인영도가 맞구나. 내가 그토록 찾아 헤매던 것을 너 따위가 가지고 있다니 그러고 보니 네가 작년에 나를 찾아왔던 것이 남이의 복수를 위한 것이로구나!"

실권이는 뜬금없는 유자광의 말을 이해할 수가 없었다. 유자광이 남이를 고변한 것은 남이가 가졌던 인영도 때문이었다. 인영도는 남이가 이시애의 난을 평정할 때에 가져갔던 것으로, 눈부신 무예 실력으로 난을 평정하고 호응한 야인들을 항복시킨 바 있었다. 인영도는 칼을 무쇠처럼 자르는 보도寶刀로 달리는 말과 야인을 한칼에 잘라버릴 정도의 위력이 있었다. 야인들이 두려워한 것은 말할 것도 없고, 그의 영웅담이 나라 전체에 퍼져서 젊은 나이에 병조판서의 자리에 오를 수 있었던 것이다.

유자광은 이시애의 난이 평정된 이후에 남이의 인영도를 차지할 마음을 품었다. 인영도와 같은 보도는 자신과 같은 호걸에게나 맞는 것이라 생각했기 때문이다. 그가 남이의 말과 시를 꼬투리로 잡아 역모로 몰고간 것은 그런 이유가 있었던 것이다.

남이가 형장의 이슬로 사라진 후, 남이의 가산이 적몰될 때에 유자광은 인영도를 차지할 생각이었다. 그러나 기이하게도 인영도는 그 흔적을 찾을 수 없었다. 그 후로 오랫동안 유자광은 사람을 풀어 은밀히 인영도를 수소문했지만 소식이 없다가, 오늘 우연히 자객의 손에 있는 보도를 발견하게 되었던 것이다.

작년에 찾아왔던 자객이 인영도를 가지고 있는 것으로 보아 유자광은 자객이 남이의 원수를 갚을 심산이라는 것을 짐작할 수 있었다. 오랫동안 찾아다니던 보도를 보게 된 반가움과 떨림으로 유자광은 흥분이 되었다.

유자광은 천천히 마당으로 걸어 나오며 입을 열었다.

"무모한 놈이로구나. 네가 인영도를 가지고 있다고 나를 죽일 수 있겠느냐?"

"무슨 말씀을 하시는지 모르겠구먼유. 저는 대감을 죽이러 온 것이 아녀유. 저는 다만 제 주인어른을 찾으러 왔구먼유."

이번에는 유자광이 황당한 얼굴로 실권이를 바라보았다. 그러고 보니 작년에도 사화에 연루된 주인의 행방을 찾으러왔노라 말했던 것이 떠올랐다.

"도대체 네 주인의 이름이 무엇이며 어디에서 사느냐? 네 주인의 이름을 알아야 어떻게 되었는지 알 것이 아니냐?"

자광은 인영검의 주인이 따로 있으며 그것이 눈앞에 있는 실권이라는 자의 주인이라는 것을 직감하였다. 유자광은 이시애의 난에 남이를 따라갔다가, 남이의 유영검법이 수류검과 인영도에서 따왔다는 이야기를 들었던 터였다. 수류검과 인영도는 한 쌍의 도검이니 그 주인이 수류검도 가지고 있을 것이라 생각했다. 실권이는 유자광의 속셈도 모르고 묻는 대로 대답하였다.

"제 주인님의 이름은 전유선이구요, 개성의 청하동에 살고있구먼유.”

“전유선? 개성 청하동?”

“예. 작년에 사화에 연루되어 끌려가셨는데 소식이 없구만유.”

유자광이 회심의 미소를 지었다.

“이제 알았으니 네가 인영도를 가질 자격이 있는지 내가 직접 시험해 보리라.”

유자광은 무영창을 내지르며 공격해 들어왔다.

“왜 이러세유.”

유자광의 장창에 맞서 실권이의 인영도는 춤을 추며 공격과 방어를 거듭하였다. 칼과 창이 맞부딪힐 때마다 불빛이 번득이고 용호가 대적하듯 막상막하의 공격과 방어를 하면서 두 사람은 어울려 싸웠다.

유자광의 철창은 과거 양梁나라 장수인 왕언장王彦章에 필적할 정도라는 소문이 있었고 여진족과 싸울 때 남이장군의 유영검법과 함께 이름을 날렸다. 무쇠로 만든 창과 몇 합을 어울릴 양이면 그 충격에 곧 손이 저려 병기를 놓쳤기 때문에 더욱 그의 철창술이 무적으로 이름나게 된 것이었다.

유자광은 철창에 끄덕하지 않는 보도의 위력에 감탄하면서 장창을 찔러 들어갔다.

‘과연! 살아있는 남이南怡를 보는 것 같구나.’

삼십여 합이 오가고 나니 유자광은 자신의 무영창이 실권이에게 점점 밀리고 있다는 것을 느끼고는 당황하였다. 어쩌면 나이 때문인지도 몰랐다. 남이를 상대할 적에 그의 나이는 이십대 중반의 팔팔할 무렵이었다. 그러나 지금은 시간이 흘러 오십대 중반을 넘어서고 있었다. 젊고 실력 있는 무인을 상대하기에는 무리가 있었다.

유자광은 항적세로 철창을 찌르는 척하다가 훌쩍 뛰며 실권이를 향해 수리검을 던졌다.

핑 피핑, 파공음을 날리며 수리검 여러 개가 실권이를 향해 쏜살같이 날아갔다. 실권이가 암기를 생각지 못했다가 놀라서 인영도로 막았지만 수리검 하나가 오른쪽 허벅지에 박혔다.

'윽!'

실권이가 허벅지를 부여잡으며 유자광을 노려보았다.

"하하하하. 병법兵法은 이기는 것을 제일로 삼는다. 싸움도 마찬가지다. 내 오늘 너를 잡아 네 손에 있는 인영도를 내 수중에 넣을 것이다. 으핫핫핫."

군졸들과 무사들이 유자광을 따라서 웃었다. 그때였다. 서쪽하늘이 갑자기 환해졌다. 멀리서 '불이야!' 하는 소리가 들려오더니 군관 한 명이 허겁지겁 뛰어들어와 급하게 소리쳤다.

"이놈들아 여기서 뭐하는 거냐? 서관대궐이 불에 타고 있다. 어서 가서 불을 끄거라."

궁수들과 병정들은 어리둥절하더니 당겼던 활시위를 내려놓고 후다닥 군관을 따라 불이 난 곳으로 달려갔다. 이곳에 모인 대부분의 관원들은 임금이 있는 대궐을 호위하는 금위영과 어영청의 군속들이었다. 만일 대궐이 불에 탄다면 광폭한 왕에게 목숨을 부지할 수 없다는 것을 잘 알고 있었다. 군졸들이 유자광의 눈치를 살폈다.

"이놈들아. 어서 궁궐의 불을 꺼라!"

유자광도 불똥이 튈까 싶어 군졸들에게 호령을 하였다. 더구나 유자광은 자객을 다 잡아놓은 터라 군졸들의 도움이 없어도 좋았다.

군졸들이 불을 끄기 위해 우왕좌왕 대문으로 뛰어가며 삽시간에 마당이 시장 바닥처럼 혼란해졌다.

설상가상으로 갑자기 눈을 뜰 수 없을 정도로 커다란 먼지바람이 일었다. 유자광이 고개를 숙이며 눈을 가렸다가 떴을 때 마당 가운데 있던 실권이의 모습이 보이지 않았다.

"인영도. 내 인영도가 어디로 갔느냐?"

대노한 유자광이 소리를 지르며 노복들을 다그쳤다.

"그놈, 그놈을 잡아라. 멀리 도망가지 못했을 것이다. 어서 잡아."

유자광이 핏발 선 눈으로 화광이 충천하는 서쪽 하늘을 바라보았다.

4

실권이는 먼지바람이 거세게 일어났을 때 군졸들을 따라 유자광의 집을 나왔다.

수리검이 꽂힌 허벅지를 부여잡고 어두운 밤길을 무작정 달려가다 보니 어디가 어디인지 알 수 없었다.

허벅지에서 흘러내린 피가 짚신을 축축하게 적시고 있었다.

실권이는 힘이 빠지는 것을 느끼고 잠시 뛰던 걸음을 멈추었다. 그러곤 어두운 그늘에 몸을 숨기고 머리띠를 풀어서 허벅지의 상처를 동여매었다.

그때였다.

"이리 오시오."

길 가운데에서 누군가가 실권이를 불렀다.

인영도를 부여잡고 바라보니 삿갓 쓰고 도포 입은 키 작은 사내가 우두커니 서있었다.

"누, 누구?"

"목숨을 부지하고 싶으면 나를 따라 오시오."

삿갓 쓴 사내가 몸을 돌려 앞장서 걸었다. 실권이가 무엇에 홀린 사람처럼 그의 뒤를 따랐다. 달리 방법이 없기도 했고, 여차하면 목을 날려버릴 작정이었다.

삿갓 쓴 사내가 다리를 건넜다.

실권이는 허벅지가 뜨끔뜨끔하여 내려다보니 돌다리 바닥에 피 묻은 발자국이 선명하게 찍혀있었다.

사내가 다리 건너편에서 기다리고 있다가 실권이가 다리를 건너자 다리 아래로 내려갔다.

'다리 아래로 내려갈 걸 다리는 왜 건넌데?'

실권이가 시근거리며 다리 아래로 내려가니 때마침 횃불 몇 개가 다리 위로 지나가다가 멈추어섰다.

"핏자국이다. 놈이 저리로 도망쳤다."

군사들이 다리 위를 지나 큰길을 향해 달려갔다.

선비가 말없이 개천을 지나 처음에 건너기 전의 다리 위로 올라가 둑길을 따라 내려갔다.

"여, 여기가 어딥니까?"

"내가 말하면 알겠소?"

"그, 그렇구먼유."

실권이가 무안해하며 머리를 긁적였다. 선비가 앞서가며 말했다.

"방금 우리가 지난 다리가 수표교요. 우린 청계천 물길을 따라 내려가고 있는 거요."

"뉘신데 저를 도와주시는 건가요?"

"잠자코 나만 따라오시오."

사내가 둑길을 따라 성큼성큼 걸어가는데 실권이가 뒤를 따라가다가 수표교를 바라보니 다리 아래에서 횃불이 이리저리 움직이고 있었다.

사내가 수표교로 내려가지 않았다면 들켰을 것이고, 수표교에서 올라오지 않았다면 또 들켰을 것이다.

실권이가 말없이 그 뒤를 따라가니 사내가 청계천 둑길을 따라 끊임없이 내려가고 있었다.

삿갓 쓴 사내는 거침없이 걸어가는데 기이하게도 순찰을 도는 포도관원들과 군졸들을 용케도 피해갔다. 사내가 앞으로 가면 군사들이 뒤에서 나타나고, 뒤에서 가면 앞에서 지나갔다.

청계천을 따라 내려가다가 실권이가 세 번째 만나는 다리 아래에서 사내가 멈추어 섰다.

"이 물길을 따라 내려가시오. 성벽 아래에 오간수五間水* 구멍이 있는데 이 구멍으로 나가면 무사할 거요. 성을 나가게 되면 되도록 빨리 집으로 돌아가 마을 사람들과 피신하도록 하시오. 시간이 촉박하니 어서 가시오."

실권이는 귀신에 홀린 것 같아서 두 눈을 껌뻑거리다가 머리를 숙여 읍하였다.

---

* 오간수 : 예전에, 서울 동대문과 수구문 사이의 성벽에 뚫린, 쇠창살로 박은 다섯 개의 구멍으로 흘러 내려가던 물

"고맙구먼유. 은인의 성함이라도 말씀해 주시면 두고두고 이 은혜 잊지 않을 거구만유."

"내 이름을 꼭 알아야겠소?"

"예."

"내 이름은 오순형吳順亨이오."

"고맙습니다유. 은인님."

실권이가 이번에는 오순형에게 큰절을 하고 일어나 몸을 돌려 수로를 따라가다가 몸을 돌려 물었다.

"그런데 은인님께서 무엇 때문에 저를 도와주신 건가유? 지는 모르겠구먼유."

"허허허. 상목 열 필 때문이라고 합시다. 참, 성복* 뒤에 약방문일지 모르겠소만 둘 다 데려가면 불길하고 하나만 데려가면 서로 사는 길이 생기오. 명심하시오."

실권이가 무슨 뜻인지 알 길이 없어 고개를 갸우뚱거리며 바라보니 우두커니 서있던 오순형이 자취 없이 사라지고 없었다.

"어딜 갔지?"

실권이가 좌우를 둘러보다가 생각해보니 상목 열 필이라면 점을 본 대가로 김숙중이라는 맹인 점쟁이에게 주었던 것이다. 오순형이라는 양반이 김숙중이라는 맹인의 부탁을 받은 것인지 알 수 없는 일이었다. 그런데 난데없는 이야기를 하는 이유는 실권이도 알지 못하였다.

---

* 성복 : 초상이 나서 처음으로 상복을 입음. 보통 초상난지 나흘 되는 날부터 입는다.

실권이가 물길을 따라 가다보니 눈앞에 거뭇거뭇한 성벽이 보이고 그 아래에 둥그런 수로가 보였다. 성벽 아래에 모두 다섯 개의 구멍이 나있는데 쇠창살로 막혀있어 빠져나갈 구멍이 없어보였다.

실권이가 도망갈 구멍을 찾아보니 세 번째 구멍에 창살 하나가 떨어져 나가서 한 사람이 빠져나갈 공간이 있었다.

실권이가 오간수로를 막 빠져나왔을 때 수로 안에서 급한 발자국 소리와 횃불 빛이 비쳤다.

"개미새끼 한 마리도 빠져나가게 해선 안 된다. 이곳을 단단히 지켜라."

"예."

오간수로에 불빛이 환하게 비치는 것을 보니 병사들이 수로를 지키고 있는 모양이었다.

실권이는 조금만 늦었어도 성을 빠져나오지 못했을 것이라 생각하곤 안도의 숨을 내쉬었다.

오간수 문을 벗어나 영제교에 이르렀을 때 실권이는 김숙중의 말이 생각났다.

"그러고 보니 맹인 점쟁이의 점괘가 기가 막히는구먼."

실권이는 유자광의 집에 들어가야 사는 수가 생긴다는 말과 성벽 아래에 보이는 오간수로를 보곤 김숙중이 죽음 중에 삶이 있으며, 물 위의 다섯 간 구멍에 사는 수가 생긴다는 뜻을 비로소 이해할 수 있었다.

"그런데 둘 다 데려가면 불길하고 하나만 데려가면 서로 사는 길이 생긴다구? 도대체 무슨 말인지 알 수가 있어야지."

실권이는 오순형의 종잡을 수 없는 말을 되뇌면서 어두운 밤길을 절룩거리며 달려갔다.

1

장안에 자객이 들어와 자광의 집을 침범한 사건이 알려지고, 서궁 근처에 불이 나서 인가 십여 채가 전소되는 사건이 일어나자 포도청과 육조가 시끄럽고 어수선했다. 유자광은 다음날 아침에 입궐하여 연산주에게 전말을 아뢰었다.

"어젯밤에 저를 해하려 하던 자는 무오년 사화 때에 잡히지 않은 잔당이온데 다행히 그놈들의 은신처를 알아내었습니다."

"오! 무령이 그놈들의 은신처를 알아냈단 말인가?"

"예. 개성의 청하동에 반역자의 잔당이 숨어 있사오니 속히 군사를 풀어 역모에 관계한 자들의 씨를 말려야 할 것 입니다."

연산주가 즉시 유자광으로 하여금 정승들과 상의하여 토포사를 뽑아 반역의 잔당들을 토벌케 하였다. 유자광은 금부도사 신극성을 의정부로 불러들였다. 한참 후에 금부도사 신극성이 자광의 명을 받고 의정부 정청으로 들어갔다.

"대감. 부르셨습니까? 저에게 무슨 급하신 용무라도 계십니까?"

"내가 자네에게 공을 세울 수 있는 기회를 주겠네."

"네?"

신극성이 자광을 바라보았다. 두 사람의 눈빛이 일시 마주쳤다. 근묵자흑近墨者黑이라 하였던가? 유유상종類類相從이라 하였던가? 자광은 신극성이 권세를 위해 물불을 가리지 않는 위인이라는 것을 누구보다 잘 알고 있었고, 신극성 또한 자신의 출세를 위하여 유자광의 힘이 필요하단 것을 알고 있었다.

자광이 냉소하며 말했다.

"어명이네. 역적의 도당들이 숨어 있는 곳을 토포하라는 어명일세. 내가 자네를 토포사로 추천하였는데 어떤가? 자네가 한 번 나서보겠는가?"

"맡겨만 주신다면 실망시켜 드리지 않겠습니다."

신극성이 힐끔 자광을 올려다보았다.

"병조에서 망단자望單子*를 올렸으니 낙점은 따 논 당상일 걸세. 아마 자네가 금부로 돌아갔을 때쯤은 하명이 내릴 것이네. 어명을 받게 되면 개성의 청하동이란 곳을 찾아서 급습을 하게. 소문이 나면 잔당들이 도망갈 것이니 개성부사에게 알리지 말고 은밀하게 처리해야 하네."

"예. 그리하겠습니다."

---

* 망단자 : 벼슬아치를 발탁할 때 공정한 인사 행정을 위하여 세 사람의 후보자를 임금에게 추천하고, 이를 기록한 종이

"참. 그리고 내가 따로 자네에게 부탁이 있네."

"말씀하십시오."

"뭘 하나 찾아줘야겠어. 수류검이나 인영도가 있을지 모르거든. 내 생각으로는 반드시 그 마을에 있을 것이야. 만약 자네가 그것을 찾게 되면, 은밀하게 나에게 가져다주게. 그 정도는 할 수 있겠지?"

"맡겨만 주십시오."

신극성이 고개를 꾸벅 숙였다.

"좋아. 자네만 믿겠네. 잘만 하면 내가 자네에게 좋은 외직자리 하나 천거해 주겠네."

"외직이라 하오면?"

"상주는 어떤가?"

상주는 경상도에서 첫째가는 곡창지대로 외직 가운데 노른자라 할 수 있는 곳이었다. 신극성의 얼굴이 화색이 되었다.

"대감의 명을 받들겠습니다."

명을 받고 바람처럼 금부로 돌아오는데 금부 앞에서 포도군관을 데리고 급히 나오는 포도대장을 만났다.

"축하하오. 이번에 토포사가 되셨다면서요?"

신극성은 벌써 어명이 내렸다는 것을 짐작하면서 멋쩍게 말했다.

"그런데 어딜 그리 급하게 가시는 거요?"

"강진에 귀양가 있는 죄인 하나를 급히 데려오라는 명을 받았소. 내 생각으로는 무령군 대감과 서궁 근처에서 일어난 방화사건에 연루된 인물인가보오. 내가 바빠서 긴 이야기는 어렵고, 나중에 술이나 한 턱 크게 내시오."

포도대장이 진동걸음으로 금부를 나갔다. 금부로 들어가니 자광의 말마따나 토포사에 명한다는 교지가 내려져 있었다.

유자광의 입김으로 토포사가 된 신극성은 내금위와 포도청의 실력 있는 무사들을 데리고 개성으로 향하였다. 은밀하게 도적의 잔당을 급습하라는 자광의 명령대로 신극성은 개성부사를 만나지도 않고 늦은 밤 불시에 마을로 들이쳤다.

청하동은 첩첩산중에 위치하여 도적의 소굴로 오인받기에 맞춤한 동네였다. 토포사 신극성뿐 아니라 따라온 관군들도 청하동을 도적의 소굴이라고 생각하고 신극성의 신호와 함께 밀물처럼 마을로 들이닥쳤다. 평화롭던 마을은 금세 화광이 충천하고 비명소리가 난무하는 아수라장이 되고 말았다.

"반항하는 자들은 죽여도 좋다. 역적의 도당이니 인정사정 봐줄 것 없다!"

신극성의 명령에 따라 관군들과 무사들은 도망치는 남자들이며 여자들 할 것 없이 조금이라도 반항하려 하면 무자비하게 창검을 휘둘러 죽여버렸다. 이미 나라의 허가를 받은 일이라 관군들은 자비심을 두지 않았다. 수급이 늘어갈수록 공은 높아지는 것이니 수족에 사정을 둘 리 없었다. 늦은 밤 난데없는 소동에 도적이 마을에 습격하였다 생각한 마을 장정들은 손에 손에 낫이며 곡괭이를 들고 저항하다가 덧없이 황천객이 되고 말았다. 겁을 집어먹은 여인네들은 도망가다가 죽임을 당하고 혹은 포승줄에 굴비 엮듯이 묶이어 마을 한가운데로 끌려나왔다.

"왜 이래요? 우리가 뭔 잘못을 했다고 이러시는 거예요?"

영문을 모르고 끌려나와 항의하던 여인은 관군들에 의해 초다듬이질을 당하였다.

"도적년들아. 너희들이 맞아 죽어볼 테냐?"

한마디 말도 제대로 못하고 몰매를 맞는 광경에 여인네들은 사시나무처럼 벌벌 떨면서 한없이 울부짖을 뿐이었다.

신극성은 타고 온 말 위에서, 끌려나온 사람들을 바라보다가 마을 가운데 있는 커다란 기와집을 가리키며 소리쳤다.

"저곳이 우두머리가 사는 집이 분명하다. 저곳을 수색해보거라."

관군들이 일시에 기와집으로 들이쳤다. 칼과 창을 든 관군들은 전유선 집의 대문을 부수고 들어와 닥치는 대로 분탕질을 해대며 구석구석 방문을 열고 사람의 그림자를 찾았다.

비탈이는 마을이 화광에 가득하고 비명소리가 난무하는 것을 듣고 불안한 예감에 안방에서 우치와 태임을 싸안고 내당으로 내달렸다. 이때 벌써 횃불을 든 사람들의 그림자가 내당에까지 뛰어들어 비탈이는 감나무 뒤에 몸을 숨겼다가 뒷문으로 빠져나가 곳간 안으로 숨어들었다.

쌀섬 뒤에 숨어 급한 숨을 들이쉬며 비탈이는 중얼거렸다.

"어떻게 된 거여. 이 사람은 도대체 어떻게 된 거여?"

비탈이는 한양 간다며 집을 나가 깜깜 무소식이 된 실권이를 마음속으로 애타게 불렀다.

2

한편, 느긋한 마음으로 전유선의 집으로 들어온 신극성은 관군 하나가 내당에서 찾아온 것이라고 가져온 푸른 빛깔의 검을 받아들었다. 비색 검집을 찬찬히 살피던 신극성은 손잡이를 잡아 칼을 빼들었다. 은빛 검이 챙, 하는 경쾌한 쇳소리와 함께 검집을 빠져나왔다. 검신에 水流無劫, 劍影無痕 수류무겁 검영무흔*이라는 글귀가 새겨져 있는 은빛 보검은 초가지붕을 태우는 불꽃에 반사되어 영롱한 빛을 발하였다.

"오호! 과연 무령군 대감의 말씀처럼 수류검이 있구나. 대감께서 보신다면 좋아하시겠군!"

한동안 수류검을 감상하던 신극성은 비색 검집에 검을 집어넣고 고삐를 잡고 있는 말구종에게 수류검을 내주었다. 신극성은 커다란

* 수류무겁 검영무흔 : 물은 억겁의 세월을 그치지 않고 흐르고 검의 그림자 자취가 없다.

마당을 이리저리 둘러보며 중얼거렸다.

"그런데 이 너른 집에는 사람이 살지 않는가? 어찌 이리 사람의 흔적이 없을꼬?"

바로 그때였다.

악, 하는 여자의 비명이 집 안에서 들리더니 곧이어 무사 하나가 문을 박차고 뛰어나왔다. 신극성이 놀란 얼굴로 바라보니 그는 얼굴에 경악한 표정을 띠고 왼손으로 복부를 잡고 오른손을 펼쳐 신극성에게 무슨 말을 하려는 듯하다가 입에서 왈칵 피를 토하더니 고목처럼 쓰러지고 말았다. 관군들이 죽은 무사가 들어왔던 문으로 재빨리 뛰어들어갔다.

신극성은 말에서 내려 땅바닥에 맥없이 죽은 무사를 살펴보았다. 그는 신극성이 신임하는 실력 있는 칼잡이로 외직으로 나갈 때 병방비장 한 자리를 주기로 약속한 인물이었다.

"괴이하구나. 어서 옷을 벗겨보라!"

졸개가 죽은 무사의 저고리를 끄르자 복부에 시커먼 주먹 자국이 나 있었다.

"암경暗勁이 실린 주먹을 맞았습니다. 고수가 분명합니다."

유자광이 보낸 심복 무사 하나가 죽은 이의 상처를 보곤 신극성에게 말했다. 신극성은 굳은 얼굴로 고개를 끄덕였다.

"이 집이 너무나 고요할 때 이미 알아보았네. 아무래도 집 안에 고수가 숨어 있나 보군그래. 우리도 어서 가보자."

신극성의 말에 무사들은 서로의 얼굴을 쳐다보고는 관군들이 갔던 곳으로 뒤따라 들어갔다. 이들이 문을 나서 뜰을 지나는 중에 기와집

뒤채에서 갑자기 크게 울부짖는 소리가 들려왔다.

그것은 비명 같기도 하였으며 고함 같기도 하였으며 어찌 들으면 흐느끼는 듯도 하였다.

"괴이하군."

신극성과 무사들은 울음소리를 따라 뒤채로 달려갔다. 뒤채로 달려가니 곳간이 있는 너른 마당이 나타났는데 관군과 무사들이 곳간 주위를 둘러싸고 있었다. 문이 열린 작은 곳간 안에서는 한 사내가 한 여인의 주검을 안고 서글프게 울부짖고 있었는데 곳간 어딘가에서 갓난아이 울음소리가 크게 들리고 있었다.

사내의 품에 안겨 있는 여인은 머리가 길게 산발한 듯 풀려져 있었으며, 옷고름이 땅바닥에 떨어져 있었다. 옷고름이 선혈로 붉게 물들었으며 여인이 움직이지 않는 것으로 보아 이미 죽은 것 같았다. 곳간 안에는 그 사내 이외에도 주위에 두 명의 관군이 입에서 피를 흘리며 쓰러져 있었는데 이들의 바지가 무릎까지 내려온 것으로 보아 아마도 여인을 강탈하다가 울고 있는 사내에게 죽임을 당한 것 같았다.

"이놈, 너는 대체 누구냐?"

신극성은 번들거리는 눈으로 울고 있는 사내를 향해 소리쳤다. 그러나 사내는 신극성의 말은 들은 듯 만 듯, 여인을 부여잡고 서럽게 울기만 하였다.

"이놈. 내 말이 들리지 않느냐? 네놈은 누구냐?"

신극성이 다시 소리치니 사내는 순간 울음을 딱 멈추고 여인을 바닥에 내려놓고는 자리에서 천천히 일어나 신극성과 주위의 다른 무사들을 바라보았다. 눈물과 콧물이 범벅이 된 사내의 눈에서 무서운 안광이 번뜩였다. 순간 바깥의 모든 사람들은 사내의 눈에서 품어져 나오는 살기에 몸을 움츠렸다.

사내는 충혈된 눈으로 신극성과 무사들을 바라보더니 봇짐에서 뭔가를 꺼냈다. 그것은 검푸른 빛을 내는 도였다. 사내는 검푸른 큰 도를 움켜쥐고는 크게 소리치면서 창고 바깥으로 달려나왔다. 신극성과 관군들과 무사들은 그의 기세에 뒷걸음질쳐 물러나 사내를 포위하였다. 이미 관군들과 무사들은 그가 고수라는 것을 직감하고 선불리 선공을 하지 못하고 토포사 신극성의 눈치를 살폈다.

이때 청하동을 휩쓸던 무사들과 관군들이 창검을 쳐들고 문짝을 부수며 마당으로 우르르 달려왔다.

"이놈은 우리가 처리하겠습니다."

이들 중에 검은 옷을 입은 무사들이 한 사내가 도를 들고 대치하고 있는 것을 보고는 공을 세울 요량으로 포위망을 구축하더니 일제히 소리를 지르며 사내를 공격하였다. 세 명의 무사들이 일제히 날카로운 검광을 뿌리며 한 사내를 향해 달려가 검을 휘두르니 챙 챙 챙, 하는 금속성의 소리와 함께 붉은 불빛이 튀었다.

이때 갑자기 허공에서 검은 물체 하나가 신극성에게로 날아왔다. 신극성이 깜짝 놀라 손으로 그 물체를 쳐 떨어뜨리니 그것은 다름 아닌 사람의 팔이었다. 팔목에 아대가 있는 것으로 미루어 무사의 팔 같았다. 신극성과 관군들은 일제히 세 명의 무사를 둘러보았다.

팔을 잃은 무사는 팔 아래 붉은 피를 철철 흘리며 바닥에서 비명을 지르며 구르고 있었는데 고통 때문인지 얼굴이 잔뜩 일그러져 있었고 허옇게 뜬 눈의 흰자위가 드러났다. 다른 두 명의 무사들은 가슴에서 선혈을 내뿜으며 비틀거리다가 힘없이 바닥으로 무너졌다. 언제 잘려졌는지 땅바닥에 무사들의 장검들이 낙엽처럼 떨어져 있었는데 모든 검의 검신이 날카롭게 잘려져 있었다.

"오! 칼을 무 자르듯 하다니 저 검 또한 이를 데 없는 명도구나."

신극성은 낮게 탄성을 지르며 사내의 도를 바라보았다. 순식간에 세 명을 베어버렸지만 검에는 피 한 방울 묻어 있지 않았으며 간간이 불빛에 비칠 때마다 푸른 광채를 내뿜었다. 신극성은 그와 같은 도를 보자 욕심이 동하였다.

"뭘 하는 게냐? 어서 저놈을 죽이지 않고!"

신극성은 관군들을 향해 소리쳤다. 관군들은 신극성의 명을 받들고 싶었지만 방금 세 명의 고수들이 무참하게 죽는 것을 보았던 터라 발걸음이 쉽게 떨어지지 않아 서로의 눈치를 보며 나서기를 꺼렸다.

이때 마당에 우두커니 서있던 사내는 분노에 불타는 눈으로 신극성을 바라보며 말했다.

"너희들은 관군 같은데 도대체 이 마을 사람들과 무슨 원한이 있기에 이토록 잔악하게 마을을 쑥밭으로 만든 것이야?"

이때 또 한 무리의 관군이 마당으로 들이닥쳤다. 그들을 이끄는 군관 중의 한 사람은 마당에 서있는 사내의 얼굴을 보고 놀라 중얼거렸다.

"엉? 그러고 보니 네놈은 무령군 대감 댁에 침입했던 자객이로구나. 네 놈이 죽을 자리를 찾아서 돌아왔구나."

신극성이 우두커니 서있는 사내의 도검을 탐욕스런 눈빛으로 바라보았다.

3

실권이는 오간수문을 나와서 곧장 양주로 길을 잡았다. 과거에 그랬듯이 고양과 파주, 임진나루 일대에 파발이 돌아 기찰포교가 집으로 돌아가는 길을 막고 있을 것 같았기 때문이었다.

허벅지에 부상을 입은 탓에 걸음이 늦어져서 정오가 지날 무렵, 실권이는 양주에 도착하였다. 수중에 은가락지 하나와 인영도밖에 가진 것이 없어서 실권이가 구걸로 점심을 해결하고 곧장 북쪽으로 올라가서 적성의 작은 농가의 헛간에서 유숙하였다.

다음날, 아침 일찍 여의나루에 도착한 실권이가 배 삯으로 주막집에서 장작을 패 주고 강을 건너서 도원역에서 점심 한 끼를 얻어먹고 첩첩산중으로 난 길을 따라 청하동에 도착하였으니, 이때는 벌써 밤이 찾아와 먹장 같은 밤하늘에 별빛만이 가득하였다.

실권이는 비탈이가 은가락지를 받고 좋아할 일과 상목 한 동을 덧없이 날리고 허벅지를 다친 일로 혼이 날 생각에 주저주저하며 마을 어귀에 다다랐을 때, 눈앞의 광경에 자신의 눈을 의심하였다.

초가마다 새빨간 불길이 하늘로 치솟아 마치 불마귀가 새빨간 혀를 굼실거리는 것 같았고, 산곡을 울리는 비명소리는 마치 지옥에 온 것만 같았다.

"이게 어떻게 된 일이여? 도, 도적이 들이닥쳤나?"

실권이는 부리나케 마을로 뛰어갔다. 마을 앞의 큰 회나무 아래에 장정 여섯 명이 논바닥에 널브러져 죽어 있었다.

"만복아. 칠성아. 개똥 아부지."

실권이는 처참하게 죽어 있는 사람들을 흔들며 소리치다가 벌떡 일어나 마을로 뛰어 들어갔다. 비탈이가 걱정이 되었던 것이다. 길가에 칼에 맞아 죽은 사람의 시체가 즐비하였다. 불타고 있는 초가에서 생살 타는 냄새가 비릿하게 풍겼다.

'내가 꿈을 꾸고 있는 것일 거여. 꿈이 분명할 거여.'

실권이는 자신의 눈을 의심하였다. 잠시 눈을 감고 있던 실권이는 심호흡을 하다가 눈을 떴다. 뜨거운 화광에 얼굴이 뜨끈거렸다. 실권이는 얼굴을 꼬집었다.

"꿈이 아니여. 비탈아, 도련님, 아기씨!"

실권이는 사색이 되어 가족들의 이름을 부르며 질풍같이 집으로 달려갔다. 불길 너머로 관군들이 사람들을 묶어가는 모습이 보였다.

"관군이 무슨 일로? 설마?"

실권이는 유자광에게 집을 알려주었던 것이 생각났다.

"이런 바보 같으니라구."

실권이는 자신의 가슴을 쥐어뜯었다. 유자광에게 집과 주인어른의 이름을 가르쳐 주었던 것이다. 청하동을 습격한 관군들은 실권이를 잡으러 온 자들이었다.

"바보, 멍청이, 등신 팔푼이 같은 놈!"

어리석은 자신을 자책해보았지만 이미 소용없는 일이었다. 실권이는 활짝 열린 대문으로 달려갔다. 문 안으로 들어가니 한 떼의 무사들이 곳간 앞에 모여 있는 것이 보였다.

실권이는 재빨리 싸리문 뒤에 몸을 숨기고 이들의 동태를 살폈다. 검은 옷을 입은 무사들과 긴 창을 든 관군들이 떼로 몰려 곳간의 곡식을 꺼내고 재물이 될 만한 것들을 뒤지고 있었다. 벙거지를 쓰고 철릭만 입었지 화적이나 다를 바가 없었다.

군졸들이 곳간뒤짐하는데 정신이 팔린 틈을 타서 실권이가 안중문으로 뛰어 들어가 정원의 석등 뒤에 몸을 숨겼다.

사랑채에서도 관원들의 방뒤짐이 한창이었다. 왁자지껄 시끄럽게 떠드는 소리가 들리더니 관원 하나가 비색 보검을 들고 사랑방에서 뛰어나와 마당 가운데 말을 타고 있는 관원에게 그것을 바쳤다.

'저놈이 주인어른의 수류검을 훔치다니…….'

실권이는 한걸음에 달려 나가 관원을 때려눕히고 주인어른의 수류검을 빼앗고 싶었지만 비탈이와 아기씨들의 생사가 걱정되어 뒷담을 타고 돌았다.

집안의 지리는 실권이가 눈을 감고도 훤하게 알고 있었으므로 담장을 따라 집 뒤로 돌아간 실권이는 장독대가 있는 뒷담을 훌쩍 뛰어넘었다. 별당에도 몇 명의 관군들이 요란스럽게 방뒤짐을 하고 있었다.

"별당에 없다면 어디 갔지?"

실권이가 별당 담장을 뛰어넘어 담장을 따라 가고 있을 때였다. 서쪽 담장 뒤편에서 여인의 비명소리가 들려왔다. 그곳은 실권이가 장작을 패두는 허름한 곳간이 있는 곳이었다.

등줄기에 소름이 끼치면서 순간적으로 눈앞이 먹먹해졌다. 도리질을 한 번 하고 실권이는 곧장 어두운 담장을 따라 달리다가 열린 뒷문을 빠져나가 곳간으로 곤두박질하듯 달려 나갔다.

곳간에는 세 명의 무사들이 짚더미 위에서 비탈이를 희롱하고 있었다. 비탈이는 필사적으로 몸부림을 치면서 악을 썼지만 건장한 무사들을 당해낼 도리가 없었다.

"네가 반항하면 어쩔 테냐?"

턱수염이 무성한 무사 하나가 우람한 팔뚝으로 그녀의 겉저고리를 찢어버리었다. 종잇장처럼 힘없이 찢어진 저고리 사이로 비탈이의 하얀 속살이 드러났다.

"이 짐승만도 못한 놈들아. 썩 꺼져라!"

비탈이는 두 손으로 가슴을 가리며 독기 어린 눈으로 앙칼지게 소리쳤다.

"소리를 지르니까 더 귀여운데? 헤헤헤."

턱수염 사내가 누런 이를 드러내며 웃다가 갑자기 비탈이의 두 발목을 텁석 잡았다.

"이 죽일놈. 망할 놈들아. 이 발 놔라. 쳐죽일 놈들아!"

비탈이가 발버둥을 쳤지만 사내의 완력을 당해낼 수 없었다.

"오냐. 발버둥을 쳐봐라. 난 너처럼 악바리 같은 계집이 더 좋더라."

털수염 사내가 비탈이의 두 다리 사이로 파고들었다.

"안 돼. 이 망할 놈!"

비탈이는 필사적으로 몸부림치다가 털수염 무사의 귀를 힘 있게 물었다.

"아아악!"

털수염 무사는 고통에 겨워 몸부림쳤으나 비탈이는 온신의 힘을 다하여 물고 늘어졌다.

"자네 귀 떨어지겠네."

"어, 저넌 보게. 성난 살쾡이 같구먼."

뒤편에서 지켜보던 무사들이 소리칠 때에 귀가 물린 털수염 무사가 고통에 몸부림을 치며

"이년이 죽으려고 환장을 했나?"

하고 소리치며 비탈이를 밀어내었다.

찌익, 하는 소리와 함께 털수염 무사의 한쪽 귀가 떨어져 나갔다. 비명을 지르며 한쪽 귀를 만지던 털수염 무사는 선혈이 낭자한 손을 보고 고래고래 비명을 질렀다.

"아아악. 내 귀가 떨어졌어. 내 귀가."

비탈이는 물고 있던 귀를 뱉어버리고는 몰풍스럽게 무사를 노려보았다.

"건드리면 죽여버릴 테다!"

"이 죽일 년. 내가 네 년을 죽여버릴 테다!"

귀가 잘린 무사가 그 자리에서 일어나 장검을 뽑아 비탈이의 가슴을 찍었다. 흰 칼이 가슴으로 들어가 등으로 삐져나왔다.

"이년. 내 귀를 가져간 벌이다."

비탈이의 몸이 썩은 통나무처럼 기울었다. 바로 그 순간이었다.

"비탈아!"

벼락같은 소리를 지르며 달려오는 실권이를 보고 곳간 앞에 서있던 두 명의 무사가 칼을 빼들었다.

"웬 놈이냐?"

짧은 순간 실권이의 두 눈에 곳간 안에 피를 흘리며 쓰러져가는 비탈이가 보였다.

"이, 이런 죽일 놈들. 비탈이를, 내 비탈이를……."

실권이가 주먹을 불끈 쥐었다. 곳간 앞에 서있던 무사가 칼을 휘둘러 가슴을 찌르는 순간 몸을 틀어 회전하며 주먹등으로 무사의 왼목을 때렸다. 무사가 나가떨어지기도 전에 실권이의 왼발이 쓸듯이 옆에 서있는 무사의 발목을 찼다. 무사가 맥없이 바닥에 쓰러지기 무섭게 실권이의 주먹이 그의 가슴을 내질렀다. 묵직하고 둔탁한 주먹이 복부에 꽂히자 무사의 입에서 피가 품어져 나왔다.

실권이가 자리에서 일어나 곳간 안에 칼을 든 무사를 노려보았다. 한순간에 두 명의 동료를 쓰러뜨린 실권이의 모습에 기가 죽은 무사가 도망갈 길을 찾아 곳간을 나왔지만 실권이가 그의 앞길을 막아서고 있었다

"비, 비켜라!"

"죽여버릴 테여. 죽여버릴 테여!"

실권이가 이를 앙물고 호랑이처럼 달려들었다. 무사가 치켜들었던 칼을 힘껏 내리쳤다. 그러나 칼날이 실권이의 목을 베기도 전에 실권

이의 발끝이 무사의 손목을 차올렸다.

서슬 퍼런 칼이 허공으로 치켜 올라가는 순간 실권이의 주먹이 무사의 가슴을 몇 차례 내질렀다.

무사가 썩은 나무처럼 바닥에 쓰러져 사지를 사시나무 떨듯 하였다. 뒤늦게 하늘에서 칼 한 자루가 떨어져 쇠된 소리를 냈다. 가슴을 부여잡고 경련을 하던 무사의 두 눈이 뒤집히더니 더 이상 움직이지 않았다.

"비탈아!"

실권이가 헛간 안으로 뛰어들어갔다. 칼을 맞은 비탈이의 뽀얀 가슴에서 붉은 선혈이 콸콸 흘러나오고 있었다. 실권이는 재빨리 한 손으로 그녀의 상처를 틀어막으며 소리쳤다.

"비탈아, 비탈아. 나여, 나. 내가 왔어. 어서 눈을 떠 봐!"

멍하게 눈을 뜨고 있던 비탈이가 고개를 들어 실권이를 올려다보았다.

"비탈아. 비탈아. 내가 너 주려고 은가락지 사왔어. 작년 가을에 받은 품을 모아서 은공장이에게 은가락지 사왔어. 네 소원이었잖여. 은가락지를 껴보는 거 말이여. 정신 차려. 정신 차리라구!"

실권이가 허리춤에서 반지를 꺼냈다.

"이것보아. 진짜 은가락지여. 내가 너 줄려고 가져왔단 말이야. 네 소원이었잖어. 이 은가락지 껴보는 것이 네 소원이었잖여. 어서 껴보아. 어서……."

실권이는 비탈이의 눈앞에 은가락지를 가져갔다.

"안 보여? 안 보여?"

실낱 같은 목소리가 비탈이의 입에서 흘러나왔다.

"비탈아. 여기 있어. 이거여. 이거여. 은가락지여. 내가 끼워줄 거여. 내가 끼워줄 거여."

실권이가 필사적으로 비탈이의 손가락에 반지를 끼워주었다.

"어뗘? 은가락지여. 비탈아. 정신 좀 차려봐."

실권이가 눈물을 철철 흘리며 내려다보니 비탈이의 얼굴에 희미한 미소가 감돌았다. 이내 실권이는 그녀의 몸에서 서서히 힘이 빠지는 것을 깨달았다.

"비……탈아!"

실권이가 넋이 나간 사람처럼 비탈이의 얼굴을 내려다보았다.

"……."

입가에 미소를 머금은 비탈이가 평온한 얼굴로 실권이를 올려다보고 있었다. 가슴이 철렁 내려앉았다.

"주, 죽은 겨? 설마 죽은 거 아니지?"

실권이는 조심스레 비탈이의 코에 귀를 가져갔다. 더 이상 숨소리가 들리지 않았다. 실권이는 온몸에 힘이 빠져서 맥없이 무릎을 꿇었다. 얼빠진 사람처럼 멍하니 비탈이의 얼굴을 내려다보던 실권이가 입을 열었다.

"비탈아. 비탈아. 그렇게 자지만 말구 일어나보아."

비탈이는 더 이상 아무런 말도 하지 않았다.

"비탈아. 어서 일어나라니께? 백년해로하자고 맹세했잖여. 아들딸 낳고 알콩달콩 살자고 약속했잖여. 그런데 너 먼저 떠나면 어떡혀? 너 먼저 떠나면 어떡하난 말이여!"

실권이는 비탈이를 안고 오열하였다. 눈앞에 비탈이가 눈을 흘기며 면박을 주던 모습과 첫날밤 연지 곤지 찍고 수줍어하던 모습이 교차하였다.

실권이는 하늘이 무너져 내리는 것 같아서 목을 놓아 울었다.

바로 그때였다.

"응애, 응애."

곳간 뒤편에서 어린 아기의 울음소리가 들려왔다. 대성통곡을 하던 실권이는 정신이 번쩍 들었다.

'아기씨. 아기씨.'

4

토포사 신극성은 곳간 안에 있는 자가 유자광의 집에 침입했던 자객임을 눈치채곤 공명심에 큰소리를 쳤다.

"저놈을 사로잡은 자는 내가 큰 상을 내릴 뿐 아니라 후일 크게 기용하겠다."

신극성의 말에 검은 옷을 입은 무사들이 피 묻은 장검을 들고 성큼성큼 곳간으로 걸어갔다. 본래 출세를 꿈꾸며 세도가의 호위무사를 자청했던 무뢰배에게 벼슬아치들이 내뱉는 논공論功의 한마디 말은 달콤한 꿀보다 매력적인 것이었다. 크게 공을 세워 변방의 작은 고을 원님 자리를 받을 수 있다면 더 할 나위 없이 좋은 것이요, 그보다 못하더라도 병방 비장 한자리 꿰차게 된다면 그것으로도 족하다 생각하는 자들이었다.

세조 때에 홍윤성, 양정, 유수, 임운과 같은 이는 골격이 장대하고 여력이 과인하여 모두 고향에서 사람깨나 때려죽이거나 행인을 엄습하던 무뢰배들로 수양대군의 개가 되어 충신들을 때려죽이고 현달한 위인들이었다.

무뢰배들이 권신들의 무사나 가신이 되는 이유가 단 한 가지 출세를 위함이었으니, 지엄한 토포사의 한마디 말에 물불을 가릴 이유가 없었다. 무사들은 공을 세워 변방 비장이라도 되어 볼 심산으로 실권이를 향해 일제히 달려들었다. 실권이는 곳간 뒤편에 두 아이를 내려놓곤 인영도를 뽑아들며 곳간을 나섰다.

실권이가 곧장 무사들의 칼날을 향해 인영도를 후려쳤다. 칭, 치칭, 가벼운 쇳소리와 함께 날카로운 칼날이 바닥으로 떨어지며 서너 명의 무사가 피를 뿜으며 비명을 질렀다.

보도의 위력 때문인지 일 합에 무사 두 명이 팔을 잃었고 세 명은 칼을 잃고 물러섰다.

"죽고 싶은 놈은 오너라."

실권이가 목이 터져라 소리를 질렀다. 겹겹이 둘러싸고 있던 관군들이 기세에 놀라 뒷걸음질을 쳤다. 신극성이 소리를 질렀다.

"장군덕, 유필상, 김종수는 어디 있느냐?"

"지금 갑니다."

관군 사이가 갈라지며 남철릭을 입은 군관 세 사람이 고함을 지르며 실권이 앞으로 뛰어나왔다. 실권이가 바라보니 덩치 큰 사내는 아이 머리만한 철퇴를 들었고, 또 한 명의 사내는 싯누런 채찍 하나를 들었으며, 그 뒤에 관복을 입은 사내 하나가 활을 들고 있었다. 이들은 금위영에서 용력 있는 장사로 알려진 군관들로 철퇴를 든 사내는 장군덕이라 하고, 채찍을 든 군관은 유필상이요, 활을 잘 쏘는 이는 김종수라는 자였다.

“저희에게 맡겨주십시오.”

말이 끝나기 무섭게 유필상과 장군덕이 좌우로 갈라졌다.

“이놈, 이것도 피해보거라.”

유필상의 싯누런 채찍이 곡선을 그리며 실권이의 머리를 노리고, 장군덕의 철퇴가 묵직한 소리를 내며 가슴팍으로 파고들었다.

실권이는 몸을 틀어 철퇴를 향해 인영도를 휘둘러 막으며 채찍을 피하였다. 무거운 철퇴와 인영도가 부딪치자 쨍, 하는 소리와 함께 불꽃이 튀었다.

“제법이구나.”

장군덕이 크게 소리치며 철퇴를 둥글게 휘둘렀다. 유필상은 채찍을 땅바닥에 연신 휘두르며 실권이를 위협하였다.

실권이는 철퇴와 채찍은 어떻게든 맞설 수 있다 생각했지만 활을 든 군관이 걱정이었다. 한 번의 화살로 죽을 수도 있기 때문이었다.

활을 든 군관을 의식한 까닭에 실권이는 장군덕과 유필상의 공격에 밀려서 연이어 뒷걸음질을 쳤다. 그러다가 장군덕과 유필상의 사이로 끼어들었다. 세 명이 번갈아 몸을 움직이게 되면 조준이 어렵다는 사실을 깨달았던 것이다.

마음이 홀가분해진 실권이는 만변행신법으로 무기를 피하며 상대방을 핍박하였다. 유필상과 장군덕은 서로의 무기로 상대방을 때릴 뻔하기도 하였다.

신극성은 싸움이 길어질수록 유필상과 장군덕이 밀리고 있음을 깨닫곤 김종수에게 고개를 돌렸다. 김종수가 결심을 하였는지 고개를 꾸벅 숙이더니 화살을 시위에 끼웠다.

김종수가 실권이를 노리며 시위를 힘껏 당겼다. 신극성이 고개를 끄덕이자 김종수가 시위를 놓았다.

퓽, 시위를 벗어난 화살이 바람을 가르며 실권이의 가슴팍을 향해 날아갔다. 짧은 거리에서 번개같이 날아오는 화살이라 피할 수조차 없었다.

인영도로 철퇴를 막던 실권이는 무의식적으로 왼손을 들었다. 순간 손아귀에 화끈한 느낌이 들더니 화살 하나가 손바닥을 뚫고 나와 덜렁거리고 있었다.

실권이는 놀라고 당황하여,

"이놈!"

하고 소리를 지르며 활을 쏜 사수를 향해 인영도를 내던졌다. 있는 힘을 다해 던진 인영도가 김종수의 활과 머리를 차례로 쪼개며 뒤에 있던 관원의 어깨 하나를 날리고 담장에 힘 있게 박혔다.

그 순간 유필상의 채찍이 화살에 맞은 실권이의 왼팔을 휘감았다.

"이놈이?"

실권이는 왼손으로 채찍을 감아 혼신의 힘을 다해 끌어당겼다. 엄청난 힘을 이기지 못하고 실권이에게 끌려온 유필상의 가슴에 실권이의 발바닥이 파고들었다. 강한 는질러차기에 유필상의 몸이 맥없이 허공으로 날아올랐다. 힘없이 바닥으로 고꾸라진 유필상의 몸이 움직이지 않았다. 순식간에 김종수와 유필상이 변을 당하자 마당이 일시 쥐 죽은 듯 조용해졌다.

실권이는 덜렁거리는 화살을 오른손으로 뽑아내었다. 격렬한 통증과 함께 손아귀에서 붉은 선혈이 주르르 쏟아져 왼손을 붉게 물들이고 바닥으로 뚝뚝 떨어졌다.

'저놈이 사람인가?'

신극성이 너무 놀라 멍하게 서있으니 실권이가 껑충 뛰어 신극성에게 다가왔다. 앞을 막는 군졸의 키를 훌쩍 뛰어넘은 실권이가 신극성의 멱살을 움켜잡았다. 이내 피가 철철 흐르는 왼손으로 극성의 목을 감싸 안았다.

신극성은 도망갈 겨를도 없이 실권이의 손에 잡혀버린 것이었다. 그도 무과를 급제한 무관이지만 금위영의 고수들을 일거에 쓰러뜨린 고수에게 급소를 잡히자 어찌할 수가 없어,

"뭐, 뭐 하는 게냐?"

하며 곁눈으로 실권이의 눈치를 살폈다.

"어서 그 손을 놓지 못해?"

홀로 남은 장군덕이 철퇴를 들고 번들거리는 눈빛으로 소리쳤다. 실권이는 신극성의 멱살을 강하게 움켜잡으며,

"무기를 버리지 않음 이 자를 당장 죽여버릴 껴여."

하니 신극성이 놀라 손을 휘저으며 소리쳤다.

"뭣들 하는 게냐? 어서 무기를 버려라."

장군덕이 철퇴를 버리자 군졸들이 들고 있던 창과 칼을 바닥에 떨어뜨렸다. 그때였다. 헛간 안에서 아이 우는 소리가 들려왔다.

장군덕이 히쭉거리며 웃더니 헛간 안으로 뛰어 들어가 포대 하나를 가지고 나왔다.

실권이는 강보에 싸여 맹렬하게 울고 있는 아기씨를 힘 없이 바라

보았다.

때를 놓치지 않고 장군덕이 말했다.

"나리를 놓지 않으면 아이를 죽여 버릴 테다."

"뭐, 뭐라구?"

"네 눈앞에서 아이의 머리와 몸이 떨어지는 것을 보고 싶으냐? 아이를 살리고 싶다면 토포사 나리에게 떨어져서 무릎을 꿇으란 말이다."

장군덕의 손아귀에서 울고 있는 아기씨를 보니 실권이는 맥이 빠졌다. 스스로 살길을 찾기 위해 생명의 은인이었으며 세상 누구보다 실권이를 아껴주었던 전유선의 핏줄을 죽일 수는 없는 일이었다.

실권이는 신극성의 맥문을 놓고 한 걸음 물러나서 천천히 무릎을 꿇었다. 신극성이 부하들에게 부축되어 소리쳤다.

"뭣들 하느냐? 저놈을 포박하지 않고?"

육모방망이를 든 군졸들이 실권이에게 다가가 몰매를 주었다. 상대방이 고수임을 아는 군졸들의 손속이 매섭기 그지없어서 삽시간에 실권이의 머리며 등짝이 피투성이가 되고 말았다. 군졸들은 초다듬이질로 피투성이가 된 실권이를 포박하여 상투를 잡아 신극성의 발아래에 무릎을 꿇렸다.

신극성이 졸개로부터 담장에 꽂혀있는 인영도를 받아쥐곤 득의양양한 미소를 지었다.

"흐흐흐. 수류검과 인영도라. 두 개의 보검을 얻고 무령군 대감댁을 침입한 자객을 사로잡았으니 내 앞길이 활짝 열리게 되었다. 너는 내가 금부로 압송하여 친히 취조하겠다."

바로 그때였다. 신극성이 들고 있던 인영도를 땅바닥에 떨어뜨리더니 비명을 질렀다.

"아아악."

동시에 장군덕의 몸이 힘없이 무너져 내렸다. 실권이가 영문을 몰라 바라보니 신극성의 팔뚝과 장군덕의 이마에 커다란 대못 하나가 꽂혀 있었다. 신극성은 팔뚝을 부여잡고 비명을 지르다가 고개를 들어 깜깜한 허공을 바라보며 소리쳤다.

"어떤 놈이냐?"

실권이는 어떻게 된 영문인지 몰라 어리둥절한 눈으로 좌우를 둘러보았다. 이때 검은 복면을 쓴 사내 하나가 지붕 위에서 떨어져 신극성의 등 뒤에 내려앉더니 재빨리 맥문을 움켜잡았다. 실로 눈 깜짝할 사이에 일어난 일이었다.

신극성은 복면인에게 잡히기 무섭게 온몸이 마비되고 목구멍이 막힌 것 같아 입을 열 수가 없었다.

군졸들은 신극성이 또 다시 붙잡힌 것을 보았으나 감히 달려들 생각을 하지 못하고 마당을 둘러싸고 복면인을 포위하였다.

"허튼 짓을 했다간 너희 대장의 목을 날려 버릴 것이다."

복면인이 바닥에 떨어진 인영도를 들어 신극성의 목을 자를 듯 위협하다가 인영도로 실권이의 포박을 풀어주곤 신극성의 쾌자 밑단을 뜯어 선혈이 흐르는 실권이의 손을 감싸주었다. 신극성은 몸이 굳어버렸는지 장승처럼 움직이지 못했고, 군졸들도 섣불리 달려들지 못하고 미적미적거릴 따름이었다.

"뉘신지는 모르지만 고맙구먼유."

실권이는 얼른 바닥에 떨어진 강보를 감싸 안았다. 강보 안에 아이가 경기하듯 울고 있었다.

"아이를 데려와보게."

복면인이 말했다. 실권이가 절룩거리며 다가가니 복면인이 강보에 싸인 아이를 물끄러미 내려다보았다. 그의 눈가에 눈물이 글썽이고 있었다. 실권이는 복면인의 눈가에 비친 눈물을 보곤 가슴이 철렁하였다.

"주, 주인어르신?"

복면인이 말없이 고개를 끄덕였다.

"주인 어르신이셨구먼유."

실권이의 눈에서 눈물이 주르르 흘렀다. 복면인이 길게 한숨을 내쉬다가 복면을 벗었다. 전유선이 초췌한 얼굴로 실권이를 바라보고 있었다.

"주, 주인어른. 도대체 어떻게 된 거여유?"

"네가 그동안 고생이 많았다."

전유선이 길게 한숨을 내쉬었다. 전유선은 사화에 연루되어 남빈청에서 조사를 받았는데, 권오복과 김일손의 편지에 곡진한 정이 표현되어 있었으므로 김종직의 도당으로 지목되어 장 50대를 맞고 강진으로 유배를 가게 된 것이었다.

전유선이 강진으로 유배를 와서 집안걱정을 아니한 것은 아니었다. 그러나 강진에서 개성으로 가는 사람이 삼 년 가뭄에 곡식 나듯하는 곳이라 전유선의 편지가 쉬이 전달되지 못하였다.

전유선이 유배지를 도망칠 생각을 아니한 것도 아니었지만, 일이 잘못되어 죄 없는 집안에 화가 미칠까 염려하여 근신하듯 참아왔던 것이었다.

전유선이 강진에서 겨울을 보내는 동안 아전들과 군졸들의 환심을 샀으니, 그의 뛰어난 의술 때문이었다. 강진현의 형방 어머니의 병을 씻은 듯 부신 듯 고친 후에 소문이 나서 강진의 부로들과 양민들이 몰려들어 인산인해를 이루었다. 근방의 사람들이 명의라 하여 정성이 극진하였고 아전들과 군졸들까지 대접이 공손하였다.

사흘 전, 평소에 친하게 지내던 형방이 늦은 밤 몰래 찾아와 말하길 한양에서 파발이 급하게 강진 관아에 이르렀는데 전유선을 잡아 올리라는 것이었다.

"무슨 일인지는 모르겠지만 이번에 금부에 들어가면 살아남지 못할 것이니 어디로든 도망쳐 훗날을 도모하는 것이 어떻겠습니까?"

전유선이 불길하게 생각하여 사정을 물어보았지만 형방은 사정을 알 길 없다고 도리머리를 흔들 뿐이었다. 형방이 돌아간 뒤에 전유선이 방안에 앉아 생각하니 아무리 생각해보아도 무슨 이유인지 알 수 없었다.

"무고하게 일이 엮여 강진까지 유배를 왔는데 알 수 없는 일로 금부로 들어가게 되면 억울하게 죽은 남이 사형과 다를 것이 무어 있겠는가? 하늘의 뜻을 거스르지 않기 위해 몸을 낮추어 스스로 고난의 길로 찾아왔지만 이제는 그럴 수 없다. 집으로 돌아가 아내와 노복들을 이끌고 사람이 찾을 수 없는 우복동牛腹洞*에나 들어가 살아야 하

* 우복동 : 병화가 침범하지 못한다는 상상 속의 마을. 경북 상주와 충북 보은 사이의 속리산에 있다고 한다.

겠다."

전유선이 굳게 마음을 먹고 그날 밤을 타서 강진을 떠나 개성 청하동까지 천백여 리 길을 이틀에 걸려 도착하였던 것이다. 전유선은 평화로운 청하동을 생각하고, 자신을 기다리고 있을 부인과 아이를 생각하였지만 그가 맞닥뜨린 것은 새빨갛게 불타고 있는 동리였다.

"부인은 어찌되었느냐?"

"산후더침으로 그만……."

실권이가 눈물과 핏물이 범벅이 된 얼굴을 소매로 닦았다.

"모두 내 불찰이다."

전유선이 자조 섞인 어조로 힘없이 중얼거렸다. 썩은 세상을 피하기 위해 청하동에 자리를 잡았지만 썩은 세상과 기구한 운명은 그를 가만히 놓아두지 않았다. 권오복을 알지 않았다면, 김일손의 병을 고쳐주지 않았다면 이러한 변을 만났을 것인가? 생각하면 인생이란 참으로 알 수 없는 일이었다. 인과의 응보를 받기 위해 끝없이 윤회하는 인간으로 태어난 자신의 운명을 탓할 밖에는 도리가 없었다.

전유선은 강보에 쌓인 아이를 받아 물끄러미 내려다보았다.

"나리, 마님께서……."

퍽, 하는 소리가 나더니 순간 전유선의 얼굴이 일그러졌다.

"나, 나리!"

전유선의 등에 화살 하나가 꽂혀 덜렁거리고 있었다. 실권이가 몸을 돌리니 담장 위에서 사수 하나가 활을 겨누고 있었다.

"이놈."

실권이가 바닥에 떨어져 있는 철퇴를 사수에게 힘껏 던졌다. 육중

한 철퇴가 화살처럼 날아가서 사수를 맞췄다. 철퇴를 맞은 사수가 담장에서 굴러 떨어졌다. 실권이가 다시 고개를 돌렸을 때, 전유선은 들고 있던 칼을 신극성의 목에 겨누고 있었다.

"사, 살려주시오. 뭐든 할 테니 살려주시오."

"한 번만 더 허튼 짓을 했다간 목을 베어 버릴 테다."

"허튼 짓을 하는 자는 군율로서 참하겠다. 허튼 짓을 하지마라!"

신극성이 고래고래 소리를 질렀다.

병사들이 주춤거리며 물러서서 눈치를 살폈다. 그때, 전유선이 고개를 돌려 실권이에게 말했다.

"어서 가거라. 아이는 내가 데리고 가겠다. 살아 있다면 훗날 만나게 될 것이다."

"나리, 아기씨가 ……."

실권이가 아이가 하나 더 있다는 말을 하기도 전에 전유선이 말했다.

"머뭇거릴 시간이 없다. 어서 도망가거라. 실권아."

"그, 그게."

이때, 실권이의 뇌리에 오간수문 앞에서 오순형이 말했던 이야기가 떠올랐다. 둘 다 데려가면 불길하고 하나만 데려가면 서로 사는 길이 생긴다는 말이 무슨 뜻인지 이제야 알 것 같았다. 오순형은 바로 이 순간을 이야기 한 것이었다. 그의 말마따나 화살을 맞은 전유선이 아기씨 둘을 데리고 간다면 불길한 일이 생길 것 같았다. 주인어르신을 위해서도 헛간 안에 죽은 듯이 자고 있는 아기씨는 자신이 데리고 가야한다고 실권이는 결심하였다.

“나리. 제가 지키고 있을 것이니 나리께서 아기씨를 데리고 먼저 도망치세유.”

“너부터 가거라.”

“나리.”

실권이가 인영도의 칼날을 손으로 잡았다.

“나리. 지는 쉽게 죽지 않아유. 모두 제 탓이니 제가 책임질 거구먼유. 저보다 어린 아기씨를 부탁해유. 앞으로 남은 날이 더 많은 아기씨를 생각해야쥬.”

전유선이 말없이 실권이를 바라보다가 고개를 끄덕였다.

“인영도는 저를 주세유. 제가 가지고 있다가 도망칠 테니 몸을 피하세유.”

“미안하구나. 내가 네게 죄가 많다.”

전유선이 실권이에게 인영도를 건네었다.

“그런 말씀 마시구. 어서 가세유.”

실권이가 시퍼런 인영도를 신극성의 목에 겨누고 군졸들을 바라보며 소리쳤다.

“허튼짓을 했다간 이 자리에서 목을 날릴 것이니 알아서 혀. 난 갈 데까지 간 몸이여. 칼 물고 뜀뛰기 전에 알아서 하란 말이여.”

실권이가 한바탕 위협을 하곤 전유선을 바라보았다. 전유선과 실권이의 눈이 마주쳤다. 이내 전유선이 강보를 안고 관원 사이로 달려 어둠속으로 사라져버리고 말았다.

“나리, 부디 몸을 보전하세유.”

실권이가 눈물을 글썽이며 중얼거리다가 신극성의 멱살을 잡고 곳간 안으로 들어왔다. 군사들이 곳간 앞에서 웅끗쭝끗 둘러섰다.

실권이는 곳간 뒤편에서 강보를 찾아내 한 손에 안고 바라보았다. 이렇게 시끄러운 와중에도 아기는 한잠이 들어서 정신이 없었다.

실권이는 아이를 업고 신극성의 목을 잡고 곳간 밖으로 나왔다.

"허튼짓을 하면 이 자의 목을 날릴 테여."

실권이가 군사들을 곳간 안으로 몰아넣은 후 신극성의 등짝을 내차며 불길 사이로 달아났다.

"저놈 잡아라!"

뒤늦게 관군들이 헛간에서 뛰어나와 소리를 질렀지만 공연하게 공을 세우려다가 목숨을 잃기 싫어서 허공에다 헛 화살을 쏘며 고래고래 소리를 지를 따름이었다.

화광이 충천하는 동리를 벗어난 실권이는 논둑을 벗어나 숲속으로 뛰어들어갔다. 실권이가 무예를 연마하던 숲이라 눈을 감고도 길을 찾을 수 있었다.

논둑을 따라 횃불이 따라오는 것이 보였다. 산으로 올라간 실권이가 한달음에 고개를 넘어가다가 멈춰 서서 불길이 치솟는 청하동을 바라보았다.

'모두 내 잘못이여. 내가 한양에 가지 않았다면 저런 일도 없었을 텐데.'

실권이는 가슴을 무겁게 내리누르는 죄책감에 소매로 눈물을 훔치다가 강보에 싸인 아기를 바라보았다. 아기는 눈을 감은 채 작은 입을 오물거리고 있었다.

화살에 관통당한 오른손에서 송곳으로 후벼 파는 듯한 쓰라린 통증이 밀려왔다. 고개 위에서 등성을 타고 실권이는 더욱 높은 산중으로 들어갔다. 인적 없는 깊은 산속으로 깊이 들어온 실권이는 바위턱에 앉아 찬찬히 생각에 잠겼다.

'개성으로 갈 수는 없을 거다. 곳곳에 관군이 깔려 있을 것이니 산속에서 들짐승처럼 숨어살거나, 관군이 미치지 않은 변방으로 피하는 수밖에 없겠다.'

한 치 앞을 분간하기 어려운 자신의 어두운 미래를 생각하고 실권이는 꺼질 듯 한숨을 길게 내쉬다가 자리에서 일어서 힘없이 발걸음을 옮겼다.

산등성을 따라 올라갈수록 눈앞은 칠흑같이 어두워져 한 치 앞도 보이지 않았다. 고개를 들어보면 빽빽한 산림 위로 희미한 밤하늘 한 조각이 간신히 보일 정도였다.

산등성을 타고 산정으로 기어 올라가니 잡목들이 서서히 사라지며 탁 트인 하늘이 나타났다.

두 뿔을 곧추세운 초승달이 높은 봉우리 위에 걸리어 가녀린 빛을 발하고 있었다. 달빛 아래에 구불구불 뻗어내려간 산줄기가 보였다. 좌우로 우뚝우뚝 솟아난 기암괴석이 가녀린 달빛에 비춰 흡사 괴물의 송곳니 같았다.

허공을 올려다보니 가녀린 초승달과 비탈이의 얼굴이 겹쳐졌다가 사라져 버렸다. 초점을 잃은 눈은 혼이 빠진 듯 멍해지고 눈가에 고인 덧없는 눈물이 빰을 타고 흘러내렸다.

실권이는 목구멍으로 흘러나오는 감정을 참지 못하고 구슬프게 통곡하였다.

"내가, 내가, 죽일 놈이여. 내가. 내가 늦게 오지 않았어도. 아니여. 내가 한양에 가지만 않았어도 이런 일이 일어나지 않았을 텐데. 다 내 탓이여. 다 내 탓이여. 비탈아, 비탈아. 내가 죽일 놈이구먼. 내가 죽일 놈이여!"

무거운 죄책감에 한동안 오열하던 실권이는 등 뒤에서 아기 우는 소리를 듣고 다시금 정신을 번쩍 차렸다. 곤하게 잠을 자던 아기가 놀란 모양이었다.

'내가 지금 뭐하는 거여? 내가 정신을 차려야지. 밤바람이 차가운데 아기씨 고뿔이라도 들리면 큰일이잖여.'

앉았던 자리에서 일어나는데 갑자기 땅이 빙글빙글 돌았다. 실권이는 그 자리에 주저앉아 두 눈을 감았다. 물 먹은 솜처럼 몸이 무겁고 나른하였다. 곡기를 제때 하지 않고 기운을 썼으며 피를 많이 흘린 때문이었다.

감겨진 두 눈이 쉬 떠지지 않았다.

'실권아. 정신 차려라. 실권아. 정신 차려.'

실권이는 눈을 뜨지도 않고 자리에서 일어나 몇 걸음을 걸었다. 인가를 찾아야한다는 강박감이 실권이의 다리를 움직였던 것이다. 갑자기 실권이의 발끝이 허공을 밟은 듯 힘없이 내려앉았다. 덩달아 실권이의 몸이 중심을 잃으며 아래로 떨어져내렸다. 물에 빠진 사람 지푸라기 잡는 격으로 실권이는 손에 잡히는 것을 사력을 다해 붙잡았다.

눈을 떠 정신을 차리고 보니 절벽의 나무뿌리를 잡고 매달려 있었다. 나무뿌리를 잡은 왼손과 어깨에 송곳으로 찌르는 듯한 통증이 밀려왔다. 하필이면 화살을 맞은 왼손으로 나무뿌리를 움켜쥔 까닭에 상처가 다시 터져 손목을 타고 흐르던 붉은 선혈이 어깨에서 허리로 흘러내렸다. 피를 많이 흘린 탓인지 전신이 나른해져왔다. 몸은 천근처럼 무겁고 왼손의 감각이 점점 없어지는 것 같았다.

두 다리를 움직여 보았지만 발끝으로 지탱할 수 있는 공간이 없었다. 실권이는 오래 버틸 수 없으리라 생각하였다.

"아기씨. 아기씨."

실권이는 등 뒤에 짊어진 아기씨를 떠올리고 오른손으로 조심스럽게 강보를 당겼다. 왼손에 남아 있던 감각이 아예 느껴지지 않았다.

'피를 너무 많이 흘렸다.'

실권이는 온신의 힘을 다해 강보를 풀어 튀어나온 나무뿌리에 걸어놓았다. 끈으로 강보와 나무뿌리를 한데 묶고 나니 온몸의 긴장이 사르르 풀리면서 눈이 감기었다.

"도련님. 제가 지켜드릴 거구먼유."

나무뿌리를 잡고 있던 손에 힘이 풀렸다. 실권이의 몸이 벼랑 아래로 떨어졌다. 놀란 산비둘기들이 요란하게 벼랑 위로 날아올랐다.

다음날 아침 신극성은 도망쳤던 군사들의 말을 듣고 달려온 개성 현감이 보낸 군사에게 발견되어 한양으로 돌아오게 되었다. 석상처럼 마비되었던 몸이 풀린 것이 그로부터 이틀 후였으니 신극성은 자신이 보고 들은 것은 말하지 아니하고 개성의 청하동이 무오년에 화를 피했던 역적들의 소굴이었다고 장계를 올리고, 죽은 마을 사람들의 수급을 함께 보내었다.

이때에 유자광은 신극성에게 수류검을 얻어서 약속한 대로 상주목사 한 자리를 내주었으니, 영남의 노른자위라고 하는 상주목사에 부임한 신극성은 권력을 배경으로 가혹한 세금을 거두어 사복을 채우고 악정을 저질러 조선조 삼맹호三猛虎*의 한 사람으로 악명을 날리게 되었다.

2편으로 이어집니다.

* 삼맹호 : 조선 연산군 때에 악정으로 이름났던 세 지방관. 경상도 의성 현령 이장길, 상주 목사 신극성, 선산 부사 남경을 이른다.